星を編む

凪良汐

編織星辰的你

凪良汐
Yuu
Nagira

簡捷——譯

目次

飛向春天

當我走進病房，父親的病床上空無一人。北原先生去福利社囉，住同一間病房的市川先生告訴我。我等了一會兒，父親一直沒回來，我心裡擔心，於是下到一樓。在福利社沒看見父親的身影，他去哪裡了？在附近找了找，我看見父親坐在通往檢查大樓那條走廊的長椅上，痛苦地前屈著身體。

「爸。」

我喊了他一聲，坐在父親身旁、約莫高中年紀的女孩子看向我。我好像在哪裡見過這個人——

「他好像很不舒服，所以我先帶他到這裡坐一下。」

她自黑底小菊紋樣的和服袖口伸出手，輕輕拍撫我父親的背。

「那真是太謝謝妳了，感謝妳的幫忙。」

「不會。請陪著令尊一下，我去找護理師來。」

正當她這麼說的時候，父親意圖婉拒似的抬起手。

「謝謝妳，我感覺好多了。」

由於生病的關係，父親經常感到暈眩，但休息一下便會好轉。「草介。」聽見他呼喚，我扶了他一把，父親緩緩站起身來。

「這位小姐，非常謝謝妳，幫了我一個大忙。」

「請您多保重。」

她站起身，和服帶有重量的絹質長袖便隨之沉沉滑落。細緻染工、金線刺繡，小菊紋樣華貴卻柔美，營造出年輕女性清新優雅的氣質。

「真美的友禪染啊，現在很少有能染出這麼精緻花樣的職人了。」

父親邊走向電梯邊說。

「我完全看不出和服的好壞。」

「真想讓你也多見識點美好的東西啊。」

「沒關係，我不感興趣。」

你還是有點興趣比較好吧——聽見我的回答，父親朝著我苦笑道。

我的父親生於鄉下一個經營老字號旅館的家庭，是旅館的接班人，但他沒什麼經營天賦，旅館在我念國小之前便倒閉了。而且向銀行融資的時候，他還在連帶保證人欄位上蓋了章，因此陷入連個人資產都遭到扣押的窘境。

當年的狀況勢必免不了破產，他大可以有計畫地將旅館收起來就好，卻為了照顧長年在此任職的年長員工，一直苦撐到了最後。父親原本是個沒吃過苦的少爺，母親則是個隨遇而安的人，他們倆並未聲請破產，腳踏實地地持續償還債務。

——稍微吃點虧又有什麼關係呢。

——比起損益得失，媽媽更希望你成為一個懂得為人奉獻的人。

我很尊敬這樣的父母親，我在國小作文上這麼寫道。像永遠面朝太陽的向日葵那樣，我仰望著正直無私的雙親，全無一絲一毫的懷疑。

初次從那道陽光別開視線，是在我準備考高中的時候。校方基於成績表現，建議我報考私立明星高中，我卻因為經濟上無法負荷而放棄了那所學校。到了念國中的年紀，我自然也感受得到家裡的經濟狀況十分拮据。私立學校除了學費以外，制服等學生用品的開銷也是一筆不小的負擔。我暗自沮喪，但還是告訴自己書在哪裡都能念，選擇了市內的公立高中。

三年後，我又碰上了同樣的問題，不過大學我申請了獎學金。大多數獎學金都不是真正贈予學生一筆錢，而是必須償還的貸款式獎學金。儘管對於這個年輕人為了求學必須負債的國家感到疑惑，但我身邊也有不少這樣的同學。同時，還有更多不必那麼辛苦的同學。這兩種學生，從生活條件的本質上來看就不是同一類人。

——早在出社會之前，就已經分出勝負了。

與朋友們一起喝酒的時候，有個人這麼說。他說許多東大生的家長都是有錢人，這是因為富裕家庭有能力從小把孩子送到好幾間一流的升學補習班去上課。聽他說一個月的補習費至少也要五萬圓的時候，全場登時鴉雀無聲。因為這與自己成長的家庭環境差異太過巨大，也因為這太殘酷了——有些現實，憑藉個人的才華與努力終歸無法抗衡。

——打從出社會第一年，就要開始償還獎學金啦。

——聽說平均償還期間是十四年哦。

——即使從一畢業就開始按時償還，等到還清債務也三十六歲了……

——身上背著債務也不能結婚啊。

——所以也不能生小孩。

——假如生了病沒辦法工作要怎麼辦？

——聽說免除償還的標準很嚴格哦。

所有人沉默不語，彷彿有一陣冷風從人聲鼎沸的居酒屋桌邊吹過。打從放棄念私立高中的那一刻起、選擇利用獎學金制度的那一刻起，再往前追溯，從出生在什麼樣的家庭的那一刻起，我們就已經被分門別類。

總會有辦法的。有人這麼說，大家紛紛點頭，但我們已經注意到了現實。即便不抱持過高的期望、不強求光輝燦爛的人生，只要求最平凡無奇、庸庸碌碌的未來，我們但凡在人生路上絆倒一次，恐怕就將難以企及。有句名言說少年該胸懷大志，但眼前的現實是，能夠懷抱大志的環境現在已成為一種特權。

「我差不多該回去了，需要幫你帶什麼東西來嗎？」

探完病準備回家的時候，我總是這麼問父親。

「不用。比起這些，你剛開始工作一定很忙吧，週末還是好好休息。」

父親的回答也總是千篇一律。

「北原先生，你們家真是太理想了，和我們家簡直天差地遠啊。」

市川先生在對面病床上攤開賽馬報紙，這麼咕噥道。市川先生得了肝病，長期住院，但我從沒見過他有任何訪客來探病。

我提著裝有髒衣服的紙袋，在醫院前面等公車的時候，智慧型手機響了。是念研究所時，和我同樣待在觸媒化學實驗室的長谷川打來的。

『好久不見，你一切都好嗎？』

熟悉而爽朗的聲音在耳邊響起。

「不算特別好，不過就像普通人一樣有飯吃，有工作。」

『還是老樣子啊。話說回來，這週日你有空嗎？』

「有什麼事？」

『我們要幫才谷學長辦慶祝會。』

才谷是我們同實驗室的學長。據說是才谷學長在纖維強化塑膠的複合化研究上取得了重大成果，由於我先前做的也是同領域的研究，他們也想邀請我參加慶祝會。

「我是很想去露個面，但那天我們網球社要到外地去比賽，我是副指導老師。」

我撒了謊。我確實是副指導老師沒錯，但網球社沒有要出去比賽。

『沒想到你還有辦法打網球啊。』

「所有運動我都不擅長，但每位老師必須至少負責一項社團活動。」

你真的是個老師啦，長谷川語帶欽佩地說。

『但我到現在還是不敢相信北原你竟然當上了高中老師。高中生還是吵吵鬧鬧的年紀吧？你不是最受不了這種小鬼嗎？』

長谷川笑著說完，又壓低聲音說：

『可是啊……老實說，比起才谷學長，我覺得你才是更優秀的研究者。明明連教授都對你另眼相待，你突然退學的時候真是嚇了我一大跳。』

「那時我母親身體出了狀況，需要住院，總之有很多因素。」

當時，我父母經營旅館欠下的債務只差一點就能還清，但由於雙親原本都出外工作，這下子就少了母親的那一份收入。治療費用還有保險能夠給付，不過一旦住院，各方面的開銷就相當可觀，因此我決定從研究所退學。坦白說，我本來就應該在大學畢業後立刻求職，幫助父母親還債才對。既然做研究賺不到錢，我實在沒有餘力繼續做下去。而且豈止賺不到錢，我的求學期間拉得越長，債務也隨之與日俱增。包含研究所在內，我欠下的獎學金已累積了三百五十萬圓之多。

『要是你繼續留在實驗室，說不定能做出成果，也不用償還獎學金了。』

「能那樣的話當然最好。」

我熱愛研究，但凌駕於這份熱愛的，是我不可能一個人做著我熱愛的事，卻放任雙親在困境中受苦。我的父母親寧可自己多吃點虧，也不忘記為人著想，大半輩子都捨己為人，而我自幼看著他們的背影長大。

從研究所退學之後，我先到補習班當講師，同時去考了本地的教師甄試。幸好我在學期間就預先取得了教師資格。雖然很可惜，擔任教職即可免除償還獎學金的制度已經廢止了，但無論如何教職員都是安穩的職業，雙親也替我高興。

『我說你啊，對現狀真的滿意嗎？』

並不滿意——這樣的情緒反射性浮上表面，但我也早已習慣壓抑它了。

「能活得隨心所欲的人，本來就是少數中的少數吧。」

常說年輕人未來擁有無限可能，但現實是人人都只能從自己「受限的未來」當中做出抉擇。富裕家庭、貧窮家庭，有天賦的人、沒有天賦的人。我手上的手牌永遠匱乏，但儘管如此，我仍然從中選出了最好的一張牌——我這麼說服自己。

『哎，我可能也差不多是時候了。父母也一直叫我回去繼承工廠。』

「我記得你老家開的是鐵工廠？」

『只是間小工廠，不過廠裡有很多優秀的工匠哦。』

反正我做研究感覺也沒什麼前途嘛，長谷川自嘲地笑了。

『總之，你時間不湊巧的話也沒辦法。要幫你帶什麼話給才谷學長嗎？』

幫我跟他說聲恭喜——我正想這麼說，又打消了念頭。即使獲得我的祝賀，才谷學長也不會感到高興吧。

「就跟他說，我過得很好。」

明明是慶賀的場合，聽見這不合時宜的口信，長谷川回了句「啊？好喔」，說改天等我們都有空時再一起喝一杯，然後掛斷了電話。

製作上課要用的講義忙到半夜，我肚子餓了，於是準備出門去便利商店。和父母親三個人一起住的時候，廚房裡總會有些吃的，但到了母親過世、父親住院的現在，只為了自己一個人煮食總讓我提不起勁。

走出家門，十一月寒冷的晚風撫過臉頰，冷卻了因工作而發熱的腦袋，令人心曠神怡。經過公園前面時，我聽見某種硬物喀啦喀啦刮擦道路的聲音，攪亂了夜晚沉靜的空氣，原來是一個貌似大學生的男生正在溜滑板。他晃動上半身保持平衡，才剛看他跳上車擋欄杆，他已經沿著細鐵管滑了一段，又跳下步道。滑板從來不曾離開他的雙腳，彷彿用黏著劑黏在鞋底一樣。

——要是能像他那樣跳躍，肯定很過癮吧。

我停下腳步觀看，這時從道路另一頭，有位警察騎著腳踏車過來了。他在我眼前不遠處下了車，走近溜滑板的那個年輕男生。

「那個——不好意思，我們接到附近居民投訴，說滑板的聲音太吵囉。」

年輕人聽話地將滑板夾在腋下，低頭說對不起。一頭燙捲的金髮、鬆垮的長褲，打扮看起來叛逆淘氣，舉止卻規矩有禮。

「阿敦。」

一個女孩子從附近的長椅上跑過來。他們貌似是情侶，但女生顯然是高中年紀，警察看向她問：

「妹妹，妳幾歲了？還是高中生吧？」

現在已是接近十二點的深夜了。女生默默低下頭，年輕男生露出「糟糕」的表情。

「不好意思，請問我們學校的學生怎麼了嗎？」

我上前搭話，警察回頭看向我。

「我是他們的高中老師，比賽快到了，所以讓他們在這裡練習。」

「能出示一下你的身分證件嗎？」

我從錢包裡拿出駕照給他看，警察便記下了我的姓名和地址。朋友曾笑稱我外表就是個典型的正經老實人，警察看了便理解地點頭。

「狀況我了解了，不過現在時間也很晚了。」

「我們會立刻結束練習，讓學生回家休息。」

警察離開之後，我轉向那兩人。

「就是這麼回事，所以明日見菜菜同學，今晚請妳趕緊回家吧。」

看她露出「咦」的表情，我不禁苦笑。

「我真的是你們高中的老師哦，負責教一年級化學。」

我雖然不是她的班導，但明日見菜菜是市內知名的明日見綜合醫院的獨生千金，在校內相當引人注目，我也認得她。她睜大眼睛，欠了欠身說，是我失禮了。

「這一次我不會聯絡家長，不過時間已經很晚了。」

就拜託你囉，我看向年輕男生，他可靠地點了點頭回應。

「老師，真的很謝謝您。」

明日見同學再一次低頭向我致謝。

「我才要謝謝妳。之前，我父親在明日見醫院受過妳照顧。」

噢……她點點頭。

「醫院是家父經營的，我沒有做什麼，老師不需要向我道謝。」

是個懂事的孩子。不過我所說的，是她在我父親身體不適時熱心看顧他的那件事。只是件小事，所以她忘掉了也無所謂。

「你們兩個，回家路上都要小心哦，注意安全。」

再見。我說完，走向便利商店。

當我正在化學準備室準備午餐的時候，門口響起敲門聲，我回答「請進」，走進來的是明日見同學。「打擾了。」她鞠了一躬，不是匆忙潦草地彎一下腰，也不是冷淡地只動了動脖子點頭，而是儀態優美地行了一禮。

「北原老師，昨天晚上很謝謝您。」

看來她查過了我的名字。正好水滾了，我於是將熱水倒進杯麵，一邊回答「不客氣」。她興致勃勃地朝這裡走來。

「這是便利商店的新商品吧，好吃嗎？」

「不清楚，我也是第一次吃。妳喜歡吃杯麵嗎？」

「喜歡，不過在家裡不太有機會吃。我父母不喜歡即食食品。」

「畢竟妳爸爸是醫生，在家想必也會在乎健康問題吧。」

明日見同學露出不置可否的笑容。

「不過我經常和阿敦一起吃。」
「就是昨天那個男生嗎？」
「嗯，他是滑雪選手，練單板滑雪。」
「不是滑板選手？」
「溜滑板是為了練習，因為滑雪板沒有雪就沒辦法練了。」
「噢，原來如此。」
「阿敦從今天開始到東北去了。」
她說，只溜滑板練習還是不夠，阿敦一年中有一半以上的時間都追逐著積雪，遠赴北方或海外練習。她是和全家人一起出國旅遊時，在加拿大認識他的。
「他暫時不會回來，這段期間我都吃不到杯麵了。」
她哀傷的模樣有點好笑。說話期間經過了三分鐘，明日見同學說：「在用餐時間打擾老師了，我只是來為昨晚的事情道謝。」說完便作勢離去。
「我也只是回報了妳的恩情而已，不必向我道謝。」
她停下腳步。
「……那個，我們該不會在醫院裡見過吧？昨天回家後我一直在想，我好像在哪裡見過老師，但不是在學校。」
我很訝異她還記得。
「對，那時我爸爸受妳照顧了。」

「果然是那時候的家屬。請不用客氣，多虧了令尊，我也得救了。」

「什麼意思？」

我這麼問，但她只伸出手說「老師請先開動吧」。再繼續泡下去麵就要糊了，因此我說「那我就先吃了，不好意思」，決定邊吃邊聊。

「味道如何？」

她興味盎然地問，我回答相當美味。擔擔麵風格的泡麵，吃得到山椒強烈的辛香，最近的即食食品做得真不錯。一個念頭閃過腦海，我打開抽屜。

「如果不嫌棄的話，妳要不要吃？」

我取出同一款杯麵，她整張臉頓時都亮了起來。「那我就不客氣了。」她說著，自己拿起了電熱水壺，注入自來水。毫不畏縮這點頗有大小姐風範。

「那天我剛從品鑑會回來。」

她一邊撕開杯麵的透明塑膠膜，一邊說道。

「什麼的品鑑會？」

「能繼承我們家醫院、保護我們家財產，明日見家未來該選擇的男性的品鑑會。」

她略顯淡漠的語氣，和這番話的內容都在在令我驚詫。

「是相親嗎……？」

她明明還只是高中生——

「應該就像在正式比賽之前，進行季前熱身賽的感覺吧。那天我陪著父親，一起去參加醫師協會的派對。我不愛參加派對，但祖母叫我去，還特地將她年輕時穿過的和服送給我穿。」

「我父親讚不絕口，說那是很精美的友禪染。」

「謝謝。我祖母從以前開始，就一直以收藏精緻和服為樂。」

電熱水壺「咔嗒」響了一聲，明日見同學謹慎地將它拿起。我還是第一次看見有人用茶道沏茶般優雅的動作，往杯麵裡注入熱水。

「在派對上，父親介紹了許多優秀的男醫師給我認識。」

「噢……那個，結果怎麼樣呢？」

看見我不知所措的反應，她粲然露出無可挑剔的笑容。

「大家都不是壞人。不過年紀比我大太多了，對話總是進行不下去。」

「那也是很正常的。」

「我覺得自己就像娼妓一樣。」

我悚然心驚。這句直白露骨的話，和午間明亮的日光、她身穿制服的身影之間形成過於強烈的反差——

「畢竟所做的事情都是一樣的。」

她說著，小心謹慎地蓋上杯麵的鋁箔上蓋。注視手邊的眼神平靜沉穩，側臉看不出任何動搖，因此我看得出她正強烈壓抑著自我。

「我以為妳和阿敦正在交往。」

「我們是在交往沒錯。」
「家裡知道妳有男朋友嗎？」
「我不能說，這件事萬一被父親知道就糟糕了。可是母親好像隱約察覺了端倪，她會假裝沒發現我在夜裡偷偷溜出家門。」
她小心不晃動到注滿熱水的杯麵，謹慎地端起容器，在我面前坐下。
「那天，從那場派對回來之後，現場認識的各位男士預計要來參觀我們家的醫院，父親也要求我陪同。」
為了逃離這件事，看見我父親身體不適的時候，她便假借看顧病患的名目獨自從人群中脫身，然後直接回家去了。
「所以，老師的父親也等於幫了我一個忙。雖然事後，我還是被父親嚴厲責罵了一頓就是了。」
「還是和妳父母談談比較好吧？」
「是的。所以為了預做準備，我瞞著他們偷偷在家庭餐廳打工。」
「打工？」
「我打算找個恰當的時機和父母商量，請他們讓我上大學之後搬出家裡一個人住。可是我父親絕對會反對，所以為了到時候著想，我想先存下足夠自己租公寓住的錢。阿敦願意替我當租屋的保證人。」
啪喀一聲脆響，她掰開免洗筷。

「大學畢業之後在家幫忙做家事，年紀差不多了就和父母親決定的對象結婚……我才不想過這種人生。我要去工作，靠自己的力量賺錢，和喜歡的人一起生活下去。只要我還待在父親的庇護之下，這就不可能實現，所以我必須擁有養活自己的經濟能力才行。」

她這麼說著，吃了一口泡麵，綻開笑容說好好吃。不同於剛才壓抑的笑法，這是充滿純真與堅毅的笑容。

自從那天以後，明日見同學開始經常造訪化學準備室。既然她的人際關係看起來沒什麼問題，為什麼會在午休時間特地跑來找老師呢——

「因為我想吃杯麵。」

她果斷地這麼說，遞出自己的便當說「請用」。我道謝後接過便當，交出新上市的杯麵作為交換。明日見同學喜孜孜地往杯中倒入熱水，而我打開美麗的漆器便當盒，吃起無論配色、營養、滋味都無可挑剔的飯菜。

「令堂充滿母愛的便當吃進我的肚子裡，真讓人良心不安。」

「我吃到自己想吃的東西，倒是覺得很感激哦。」

明日見同學啜食著番茄口味紅通通的麵條，而我將高湯煎蛋捲放入口中。一口咬下，高湯在嘴裡滿溢而出，我懷念地想起過世母親料理的味道。

「我並不是不愛吃母親煮的飯，只是最近突然覺得杯麵特別好吃……明明母親做的料理更美味也更健康才對，還真不可思議。」

明日見同學目不轉睛地凝視著杯麵說。

「覺得垃圾食物好吃，是因為妳還年輕吧。」

「年紀大了，就不會覺得垃圾食物好吃了嗎？」

「一般都說口味偏好會隨著年齡改變，不過我還是很喜歡在大半夜吃拉麵、炸雞塊便當或甜甜圈哦。」

她意外的眼神使我感受到補充說明的必要。

「我還沒有妳想像中那麼老。」

明日見同學微微睜大眼睛，我頓時有了奇妙的領悟。我今年即將滿二十六歲，在我心目中還足夠年輕，但從學生的角度看來，「老師」不論幾歲都是成年人，往往就等同於大叔了。我不得不體認到實際年齡和職業年齡的差距。

「那麼，我有問題想請教還很年輕的老師。」

「這說法有點刻意，不過請問吧。」

「長大成人之後，是不是有許多事都會改變呢？」

「妳是說哪些事？」

比方說……明日見同學說著，垂下眼看向杯麵。

「長大之後，我就不會再覺得這杯泡麵好吃了嗎？現在在我眼中如此耀眼的阿敦，在我長大之後就不會再顯得耀眼了嗎？反過來說，長大之後，我是不是就能愛上那些現在覺得不可能去愛的人？……類似這樣的事。」

「未來的事情誰也不會知道。」

她先是露出不滿的神情，接著垂下眼瞼說，說得也對。

「我明白的，未來只能由自己開拓。」

明日見同學「呼」地嘆了口氣，整個人靠上椅背。

「妳是不是有什麼煩惱？」

「我的每一天都充滿了煩惱。」

確實沒錯。

「最近，我的身體不太舒服。」

語畢，她立刻又端正了儀態說，不過我沒事。

「身體不舒服的時候，就連想法都容易變得負面呢，我會注意的。」

「不需要注意這種事，人本來就是由心靈和身體共同驅動的，兩者相輔相成。這或許是獨當一面的表現，但明日見同學，我覺得妳似乎太嚴以律己了。」

她露出了略略深思的神情，因此我便不再多說，靜靜吃著蘆筍牛肉捲。安靜的化學準備室裡，只聽得見午休時間的喧鬧聲。

「老師，您現在過的是自己理想中的生活嗎？」

「不是。」

我毫不遲疑地回答。

「老師原本想做什麼呢？」

「研究觸媒。當上老師之前，我在研究所的實驗室裡做研究。」

「……觸媒。國中課堂上好像稍微學過一點……」

「觸媒本身不發生變化，它是能引發其他物質發生化學反應，或是增進反應速度的物質。我做的是纖維強化塑膠的複合化研究。」

「為什麼放棄了喜歡的事情，改當老師呢？」

「我在經濟上沒有餘裕，無法繼續留在研究所念書。」

她唰地垂下眼，我感受得出她對於自身得天獨厚的家境感到慚愧，而我看了也對自己感到羞愧。炫耀自己的不幸能使對方啞口無言，儘管家境貧窮，但我不希望自己成為精神上也同樣貧乏的人。

「請不要為自己富裕的家境感到羞愧，有錢總是比沒有來得好。不過我認為，不以此為傲，是明日見同學妳難能可貴的優點。」

她眨眨眼睛，目不轉睛地盯著我瞧了一會兒，將目光轉向明亮的窗外。

「……我……」

她輕聲說完這個字之後便噤了口，中間間隔一小段空白。我默默等待。

「從國中的時候，我開始夢見自己在天上飛翔。」

「天上？」

「有時候維持我自己的樣貌，有時候變成鳥，偶爾變成太空梭，在空中上下左右、自由自在地飛行。那實在太快樂了，每次睜開眼從夢中醒來，我都覺得好悲傷。」

聽她的語氣，並不像是講述一個快樂的回憶。

「當時發生了什麼事嗎？」

「什麼事？」

「譬如身體狀況出現變化，或是造成壓力過大的某些原因。」

她稍微想了想，搖了搖頭。

「沒有，完全沒有。什麼事也沒發生。我一點壓力也沒有。」

不過，說起來……她繼續娓娓道來。和朋友們一同外出的時候，大家曾經一起買了花色相同的T恤。T恤本身的設計非常可愛，但洗過幾次之後，領口便鬆垮發縐了。這會不會是瑕疵品？她向朋友這麼提起，對方卻道了歉，說「真抱歉，讓妳穿這種便宜貨」。在那之後一段時間，她都被這群朋友視而不見。

「我平常穿的衣服，都是和母親一起到百貨公司買的。」

使用優質布料精心縫製，親膚舒適的高級名牌服飾。

「我一直以為，那就是『普通的衣服』。」

背朝著朋友們的笑聲，獨自一人在教室吃著便當，她思考了各式各樣的事。關於金錢和物質上從來不曾感受過任何匱乏的自己，關於自己是多麼無知又丟臉的人。她說，她從那時開始夢見自己飛翔。

她低垂著頭，冬季的日光透過窗戶照進來，反射在她長長的黑髮上，閃耀如同一頂王冠。

「老師，每天做自己不想做的事，痛苦嗎？」

「我覺得稱不上痛苦。」

「那快樂嗎？」

「也稱不上快樂。」

「到底是痛苦還是快樂？」

「都不是。」

儘管沒下雨，卻也並非萬里無雲的晴空——隨著年齡增長，日子逐漸往這種狀態靠攏。就像在朦朧不明的灰色天空底下看著雲層流向，判斷該往哪走才不會被雨淋得渾身溼透，一面祈禱著「肯定不會有問題的」，一面邁開腳步往前走——

「我向學妹打聽了北原老師教學的情形。聽說您雖然態度淡漠，但願意仔細解答學生的提問，對於聽不懂講解的學生，也會在事後個別發放講義給他們。她的評語是，雖然感覺沒什麼幹勁，但總結來說是位好老師。」

學生其實看得很仔細啊，「沒什麼幹勁」這句評價令我佩服地想道。

「老師，您為什麼辦得到這種事呢？」

「哪一種事？」

「出於各方面的原因，老師沒有進入自己渴望的行業，卻每天腳踏實地地完成自己不喜歡的工作，這是很了不起的事。為什麼我就做不到呢？明明這麼得天獨厚，家人明明在不愁吃穿的環境下把我養大，我卻厭惡自己的家庭，想從家裡逃出去。或許我只是個任性到無可救藥的人而已。」

「妳不是。」

我立刻否認，她抬起低垂的臉龐看向我。

「天生被賦予的『資源』，並不一定是妳所想要的『資源』。」

正如同世上沒有兩個一模一樣的人，她的痛苦和喜悅也只屬於她一個人。不需要和誰比較、分出高下，每一個人都擁有感到「我好痛苦」、「我好快樂」的權利。一般大眾劃分的「喜悅」和「痛苦」都只是概略的評判標準，沒有必要逼迫自己遵循它們。

「妳一定也明白吧，所以才打算靠自己的力量存錢，做好即使和父母親抗爭也要離開家的準備，然後往自己理想中的道路前進。妳沒有做錯任何事。」

「是的。但或許還是沒辦法如願吧。」

「發生什麼事了嗎？」

她彷彿想說些什麼，卻又閉上嘴，低下頭去，模樣顯然不太尋常。儘管身處的環境有些問題，但她應該總是專注看著前方，朝向自己想踏上的道路努力才對。

「如果妳不嫌棄，可以找我商量哦。」

然而，她並未開口。我們在沉默中相對而坐，從窗戶照進來的日光便突然轉暗了。往窗外一看，雨雲正從西邊的天空湧來。

過完年假，大部分三年級生不再到校，校園內顯得格外安靜。

明日見同學還是一樣，每逢午休就跑到化學準備室來。她正將湯匙插進蜜柑果凍，邊吃邊喜孜孜地說，這週日她準備要去藏王。

「那裡準備舉辦一場滑雪大賽，我要去替阿敦加油。這是我第一次到現場看滑雪比賽，真的好期待哦。對了，阿敦要我替他跟老師打個招呼。」

從去年底左右，明日見同學的身體狀況就不太好，情緒好像也不太穩定，一直讓我有點擔心。不過今天難得看到她精神飽滿的樣子，我安心了不少。

「那真是太期待了。妳怎麼跟父母親說？」

「我打算當天來回，所以沒告訴他們。如果能在那裡過夜，行程就不必排得那麼匆忙了，但實在找不到恰當的理由，而且阿敦也和他的滑雪夥伴們住同一間房。」

「但願你們至少能一起吃頓晚飯。」

「很難說，賽後還有媒體採訪之類的行程，我想阿敦應該會非常忙碌。」

她說著，將空果凍盒丟進垃圾桶。

「妳只吃這個嗎？只吃果凍吃不飽吧。」

過完年後，她不知為何不再吃杯麵了。

「我沒什麼食慾。」

她的臉色確實不太好，整個人看起來似乎也日漸消瘦了。

「到醫院檢查一下比較好吧？」

「我不想到我們家的醫院診察。」

啊，原來是這樣。被認識的人觀看身體，對於年輕女性來說想必十分痛苦吧。

「話雖如此，我又不太方便到其他醫院看病。」

一看健保卡，對方就知道她是明日見綜合醫院的千金了。

「很不自由呢。」

宣告午休結束的鈴聲響起，她站起身說「那我回去了」，整個人卻立刻不自然地軟倒，我反射性地伸出手攙扶她。

「妳還好嗎？」

「……抱歉，謝謝老師。」

她雙眼緊閉，似乎感到暈眩。我緩緩讓她在椅子上重新坐好，小心不晃動到她的身體。過一會兒，她慢慢睜開眼睛。

「不好意思，嚇到您了。」

「對，我真的嚇了一跳，妳的體重太輕了。有沒有吃早餐？」

「我喝了柳橙汁。」

昨天的晚餐呢？聽我這麼問，她默不作聲。

「妳還是請個病假早退比較好，我聯絡家人來接妳吧。」

「請不要這麼做。」

她強烈的語氣使我回過頭。

「對不起，但我真的不想到我家的醫院看病。」

我實在沒辦法，只好帶她到保健室。一在床鋪上躺下，她便彷彿被吸入其中似的陷入沉睡。她的眼睛底下淺淺泛著青色，看起來相當疲憊。

我第五節沒課，於是到學校附近的便利商店買了方便立即食用的香蕉和優格。然而當我回到保健室，明日見同學卻不見人影。

「明日見同學已經回教室去了哦。」

兩位女學生這麼告訴我。她們好像是保健室的常客，正坐在床鋪上聊天。看不出身體哪裡不舒服，但現今許多學生也患有外表看不出來的心病，因此「妳們看起來這麼健康，怎麼不快回教室上課」成為了禁句。我向她們道謝，走出保健室，聽見一句「欸，好扯喔」的牢騷。

「妳看見了嗎？老師手上拿著慰問品吧。」

「一定是給明日見同學的，未免也太偏袒她了吧？」

「哎，不過那個人確實是很特別。聽說明日見同學的父母捐了很多錢給學校，和我們這些普通學生不能相提並論啦。」

「對於明日見同學本人，我是談不上喜歡或討厭，可是碰到這種事，妳不覺得有點讓人不爽嗎？」

「我也覺得，所以我都盡量忽視她。她是她，我們是我們。」

「這才對，跟她比較只會顯得自己更悲慘而已。」

不說這個了，她們轉而聊起喜歡的藝人。她們說得沒錯。假如所有人都能基於理解與尊重，建立起沒有隔閡的人際關係，那是最好的。但這並不簡單，所以世界上總是紛爭不斷。與其放任無法互相理解的痛苦轉變成憎惡，還不如保持距離、裝作沒看見還更輕鬆，也更和平。就這樣，世界逐步被分割為美麗而冰冷的馬賽克方塊。

第五節課開始了，我走過靜悄無聲的走廊，隔著小窗窺探明日見同學那一班。明日見同學坐在教室中央，承接教師和同學視線的座位上。從她直挺到令人不忍的背脊，看不出任何身體不適的表徵。

那身影充滿嚴以律己的堅強，無比地孤獨。

週日，我總是帶著換洗衣物和慰問品到父親的病房探視。

「它變得這麼小巧可愛啊。」

父親攤開變成孩童尺寸的棉質睡衣，這麼笑道。

「是我太大意了，洗壞了你喜歡的睡衣。」

「沒關係啦。爸爸知道你很忙，還讓你幫忙洗衣服，我一直覺得很不好意思。」

教師的工作確實非常忙碌。昨晚，我為了製作期末考題翻遍整本題庫，但掛念著明日見同學身體不適的事又無法專心，直到深夜才想起還沒洗衣服，連忙提著衣物跑到有烘乾機的投幣式洗衣店，結果釀成了這種後果。

「遇到什麼事了嗎？」

「沒有，嗯……只是學生出了點事。」

「是問題學生嗎？」

「不是，她非常乖巧。」

「那是家境貧寒嗎？」

「她的家境也非常富裕，只是父母的期望和她本人的志向不一致而已。」

她不是一般人眼中容易理解的「不幸家庭的小孩」，這使得她的孤獨更難被看見。雙親就不用說了，她甚至沒有能敞開心胸談天的朋友，否則不會在午休時間跑來找老師。我只能希望阿敦好好支持著她。

「工作忙碌的時候，不用勉強自己來探病哦。」

父親對陷入沉思的我說。

「我們是家人，不用跟我這麼客氣，還是多照顧一下學生比較要緊。」

父親露出溫和的微笑這麼說。真的是這樣嗎？想提出疑問的心情湧上心頭。為了照顧外人而擱置家人的需求，真的是一種美德嗎？

「沒關係，我還顧得來。比起那個，需要再幫你帶什麼東西嗎？」

「不用，現在這樣很足夠了。」

結束一如往常的對話，我像平常一樣提著裝有髒衣服的紙袋，離開病房。等候電梯的時候，和父親同病房的市川先生向我攀談。

「草介啊，有件事要跟你說。如果你已經知道了，就當作是我多事吧。」

是什麼事？看見他難以啟齒的表情，我偏了偏頭。

「最近有個人時不時跑來找北原先生借錢。」

「咦？」

他說不久前，有個四十幾歲的男子開始來探望我父親。感覺兩人關係相當親近，但他每次來總會從我父親那借走幾萬圓。

「而且也沒看過他還錢。他姓內海，你認識嗎？」

我聽過這個姓氏。好像是旅館倒閉之前的專務董事，小時候他也非常疼愛我。但內海先生比我父親更年長，年齡對不上。

「是你們家的親戚嗎？他都叫北原先生『叔叔』。」

這麼說來，內海先生確實有個年紀比我大的兒子，印象中名叫浩志。

「如果是我多管閒事，實在不好意思啊。可是看那副樣子，我總覺得北原先生被敲詐了。」

「謝謝您告訴我。」

不會、不會，市川先生說著回病房去了，而我則帶著無法釋懷的心情走向醫院停車場。平常我都搭公車，但由於昨晚想事情想得睡不著，今天我睡過頭了。一坐進車裡，有道華美的影子飄進我視野邊緣，是個穿著明亮淺藍色大衣的年輕女性。

「明日見同學？」

我從車窗裡探出臉喊她，明日見同學回過頭來。一看見是我，她便如脫兔般跑來，我急忙打開副駕駛座的門鎖。

「拜託，請快點開走。」

她一上車便如此懇求，我不明所以地開動車子。後照鏡裡，一對中年男女小小的影子跟著明日見同學跑出戶外，貌似是她的父母。

「謝謝您。」

開到大馬路上，她呼出一口氣。

「妳今天不是要去藏王嗎？」

「我本來是這麼打算的。」

可是到了今天早上，父親突然要她到醫院中午開辦的慰問會上彈鋼琴。她反抗說她有事，但父親的態度十分強硬。

「我只好來到醫院，卻被告知佐藤先生也會出席這場慰問會。」

「佐藤先生？」

「是先前我陪伴父親出席醫師協會派對時，父親介紹我認識的人。他是個優秀的外科醫師，叔叔還是O大的外科教授……也就是位居醫療體系最頂端的人物。」

雙親數度安排她和這樣的人見面，也就表示——

「我想他不是個壞人，只是初次見面時他說過的話有一點……」

「他說了什麼？」

「在自我介紹之後，他突然說『我是次子，所以入贅到你們家當婿養子也沒問題哦』。」

初次見面就說這個，明日見同學想必吃了一驚吧。即便雙方對於未來已有無言的共識，但如此不顧感情基礎、唐突地展示自己的條件，實在沒有把明日見同學當作一位女性來尊重。可以窺見對佐藤先生來說，和她結婚比起個人之間的情愛，更是偏重於利益優先的決定。

不能僅憑這一件事就斷定佐藤先生的人格，不過這一類牽涉到觀感界線、欠缺顧慮的問題，往往能見微知著。同時也看得出她身處的環境，已經一天天朝著無處可逃的方向演進。

「老師，真對不起，剛才嚇到您了。雖然很抱歉要麻煩您，但能不能請老師在車站放我下車？我現在就要前往藏王，立刻出發的話還能勉強趕得上阿敦出場。」

比起這個，妳還是先和父母親談談比較好——我原想這麼說，話到嘴邊還是作罷了。在毫無準備、手無寸鐵的情況下協商只會遭到強行制伏，所以她才去打工，累積離家的資金，為了交涉決裂的時候預作準備。明日見同學做了所有力所能及的事，她已不需要再多做什麼。

「明日見同學，我只說一件事。」

「無論老師再怎麼阻止，我都要去。」

「對，但我想妳還是換雙鞋子比較好。」

事到如今才驚覺似的，明日見同學看向自己腳下。先不論洋裝，穿著皮鞋不可能上得了雪山，明日見同學難為情地低下頭去。總是成熟可靠的她，此刻看起來卻像個小孩子，讓人覺得好笑。

我送她到車站前，她說了聲「謝謝老師」，準備下車，整個人卻在此時忽然軟倒。或許是在起身時突然感到暈眩，她倚在車門邊，低垂著頭。

「……抱歉。馬上就會好轉了，請稍等我一下。」

「明日見同學，妳有好好吃飯嗎？」

她沒有回答。

「在這種身體狀況下長途旅行，很讓人擔心。」

「沒問題，我撐得住。」

這不是意志力的問題，她的臉色逐漸變得像紙一樣蒼白。

「不行，我送妳吧。」

「我不要。今天就好，請讓我去。」

「對，我開車送妳到藏王。」

她看向我。原先頑固的神情漸漸次軟化、塌垮，她一臉泫然欲泣地蹙著眉頭，顫抖著聲音輕聲說，謝謝老師。

我驅車前進，同時意識到自己太過於關照明日見同學了。在這個時代，教師和個別學生、尤其是異性學生來往密切，是相當危險的行為，即使雙方都沒有那個意思，外界仍然免不了猜疑。但明知如此，我還是無法棄她於不顧。除了擔心她之外，同時也是因為我在她身上，感覺到了與我自身重疊的部分。

走高速公路，到藏王的車程接近三小時。阿敦的出場順序排在最後，因此能趕上他第二次滑行就算幸運了。儘管想盡快趕路，但目的地畢竟是雪山，所以我還是在途中的休息站停車，替輪胎綁上雪鏈。

「有什麼我能幫忙的地方嗎？」

「馬上就裝好了，明日見同學就多休息吧。」

或許意識到自己在場反而礙手礙腳，她說「那我去買點飲料」就到商店去了。我迅速裝好雪鏈，過去接她，便看到明日見同學正在賣薯條的攤位旁買東西。在瀰漫周遭的油炸氣味中，她拿著剛炸好的薯條回到車上。

「妳要是覺得不舒服，請立刻告訴我。」

她身體狀況欠佳，還吃炸物，真的沒關係嗎？

「好的。這好好吃哦，這家店是不是很有名？」

老師也吃一點吧，她勸道，不過我拒絕了。

「我就不用了，明日見同學妳多吃點吧，妳必須多攝取營養才行。」

好，謝謝老師——在點頭的期間，她也一根接著一根將薯條放進嘴裡。明明只是在吃東西，我卻莫名感覺到某種駭人的氣勢。她轉眼間吃光了整包薯條，喃喃說「好想睡覺」，便斷線似的睡著了。

她面色蒼白，臉上盡顯疲憊，雙頰微微凹陷。這是出於精神上的壓力嗎？或者她真的生了什麼病？俗話說，醫生常勸病患養生，卻往往疏於照顧自己。假如時間上還來得及，回程或許還是送她到這一帶的醫院檢查一下比較好。

我們在三點前抵達藏王，勉強趕上了阿敦的第二次滑行。我從以前就與體育運動無緣，這是我第一次現場觀看這類競技。

滑道被挖成凹陷的U字形，選手在觀眾仰望之中從遙遠的頂端滑下，衝刺後從滑道側面一躍而上，在空中迴旋，每一次跳躍都在觀眾席激起歡呼聲。但看見其中一位選手不慎掉落到邊緣，從滑道內側滾落時，還是教人膽戰心驚。

「這應該骨折了吧？」

「不用擔心，阿敦說選手們都學習過安全的摔倒姿勢。」

「即使這麼說，踏錯一步還是會釀成重大意外吧。」

我提心吊膽地看著，這時廣播念出了片山敦的名字。仰頭望去，在黑色拱門底下，有個身穿黃色裝備、貼著名牌的選手正擺動著身體，是阿敦。明日見同學祈禱似的將雙手交握在胸前，連我都緊張了起來。

阿敦緩緩滑下坡道，從他第一次滯空，我便忍不住出聲讚嘆。和先前見過的任何一位選手都不一樣，他飛躍到驚人的高度，在半空以說不清是橫向還是縱向的角度高速空翻、迴轉，再以優美的姿態自滑道內側降落，然後又一次躍入空中。

——像飛鳥一樣。

以藍天為背景自由自在飛翔的鳥兒，奪去了我的目光。飛鳥一次也不曾擾亂節奏，翩然降落地面，然後激起扇形的雪沫，在觀眾面前停下。認知到他朝天舉起的是拳頭而不是翅膀，我才終於回過神來。周遭歡聲雷動。

「好厲害哦。」

我說著，往旁邊一看，明日見同學還交握著雙手，神情恍惚。她憔悴的臉色染上了紅光，雙眼閃閃發亮。原以為這都是因為戀愛神奇的力量，她卻說——

「像鳥一樣。」

「咦？」

「阿敦簡直像鳥一樣。您不覺得嗎？」

「我也覺得。」

如果能背負著澄澈的藍天，像他那樣自由飛翔，那該有多快樂啊。即便知道在飛向天空之後幾秒又會再一次被重力束縛，我仍然深深憧憬。

「老師，您的表情好像小孩子一樣。」

「我嗎？」

「眼睛閃閃發光，臉頰紅通通的。」

「妳也一樣哦。」

「咦，有嗎？」

明日見同學碰觸自己微微發紅的臉頰。我的臉頰也染上了同樣的顏色嗎？有點教人難為情。不過，我好久沒感受到這麼解放的心情了。我放棄了太多事物，把一切都往肚裡吞。原以為自己再也不可能發自內心感到興奮，殊不知在我心裡還殘留著如此鮮活的感情，連自己都感到詫異。

「看見阿敦在空中自由飛翔，我總是激動又期待，他讓我想起該怎麼作夢，想起自己也想像他那樣飛翔。在遇見阿敦之後，我才開始具體思考該如何離開家。阿敦帶我看見了前所未見的世界。」

「明日見同學，妳能飛的。」

「是這樣嗎？」

「妳才十七歲，只要妳想，沒什麼做不到的事。」

「這麼說的話，老師也、嗯……老師幾歲呀？」

「二十六歲。」

「那老師也一樣，只要您想，就沒有什麼做不到的事。」

是這樣嗎——疑問反射性地浮現，導致我慢了一拍才回答。

「如果是這樣，那就太好了。」

我露出笑容，一面在心裡應答：不，那是不可能的。我的翅膀已經被瀝青般黏稠的東西牢牢黏住了。兒時曾經純白的翅膀逐漸蒙上灰色，最後我自行將那些瀝青狀的東西塗抹在翅膀上，親手毀了它。每一次想拍動翅膀，總是被那漆黑沉重的東西束縛在原地。

——反正你也沒有時間了吧？

——你已經不需要它了吧？

啊，沒錯。在那個時候，我理當早已領會到這點才對。

雪地上搭起頒獎臺，阿敦站上了最高的位置，雙手高舉獎盃和雪板，相機閃光燈對著他此起彼落。明日見同學告訴我，阿敦在國外的滑雪大賽也得過獎，是眾所矚目的知名選手，從觀眾席也傳來「恭喜」的歡呼聲。

在頒獎典禮過後，我和明日見同學一起到選手們的休息室露臉。阿敦露出親切的笑容，先是為之前被警察盤查時的事情向我道謝，接著充滿男友風範地打了招呼：「菜菜平常受您關照了。」才說了幾句話，便傳來喊他「片山——」的聲音。

「片山，吉永先生來了，你快去打個招呼。」

「好。」阿敦回答完，豎起一隻手掌做膜拜狀：「抱歉，是我重要的贊助人。」

「你快去吧。你晚點也很忙碌吧？」

「是啊，我本來還想跟妳吃頓晚飯的。」

「沒關係，你別介意。本來約好一起吃午餐的，都是因為我遲到了。」

「真對不起呀，我下個月就會回去了。」

阿敦道著歉，到贊助人身邊去了。

「已經有贊助人了，真不簡單。」

「聽說他從十五歲時就有人贊助囉。贊助人可以提供雪板和雪鞋之類的裝備，等到選手實力再增強之後，也會資助出國比賽的經費。」

「這是好事，金錢上的顧慮會拖累各方面表現。」

那一瞬間，明日見同學微不可察地露出抱歉的表情，是出於自己從來不曾在金錢方面吃過苦頭的罪惡感吧。她平時堅強穩重，卻是個心思細膩的孩子，我說話也得更謹慎點才行。人總是在面對他人的過程中，認知到自己不成熟的部分。

「阿敦擁有獨力開拓自我的才能呢。」

我主動接話，明日見同學略顯遲疑地點點頭。她說，阿敦還有同樣具備滑雪天賦的弟弟和妹妹，未來得花上許多錢栽培。如果阿敦能取得成功，多餘的資源便能留給弟妹，阿敦是為了自己和重要的家人而努力。

我覺得這聽起來很理想。只為了自己努力容易無以為繼，只為了身邊的人努力也難以帶來滿足；兩者並行，人才能奮力飛得又高又遠。聽完這番話，阿敦質樸簡單的生活方式越發令我憧憬。這無關乎年齡，而是他正做著我做不到的事。

「我希望阿敦能自由自在、隨心所欲地生活。」

我也想成為那樣的人——從明日見同學這句自言自語，彷彿能看見她內心的憧憬在眼前浮現。她真的很喜歡阿敦呀，當我不禁微笑的時候，附近記者的對話傳入耳中。

「聽說片山在春天就要正式將據點轉移到加拿大了，是真的嗎？」

「是啊，他的成績那麼優秀，現在才過去算晚了。」

我看向明日見同學。「我都知道。」她露出壓抑的笑容。
「未來的事情，妳和阿敦好好談過了嗎？」
回程車上，我這麼問她。有的，她清晰明確地回答。
「據點轉移到國外之後，他還是會頻繁回國。他需要參加奧運資格選拔的國內大賽，而且因為有贊助人的關係，他也需要在媒體上曝光，順便替贊助人的品牌做宣傳。」
「那就太好了。不好意思，問了多餘的問題。」
「沒事的，反正我也打算和阿敦分手了。」
「咦？」我回問，但明日見同學沒有答話。
一陣沉默。我思考著是否別再多問比較恰當，此時坐在副駕駛座的明日見同學卻緩緩將上半身往前傾，發出含糊不清的呻吟。她在哭嗎？我慌張地想道，卻不是這麼回事，她的模樣不對勁。我打了方向燈，將車子停在路肩。
「明日見同學，妳怎麼了？」
她緊咬著牙關，雙手按著腹部。
「明日見同學，我載妳到醫院吧。」
「……不行，我不想去醫院……」
她的側臉痛苦地扭曲。總之我先下了高速公路，用智慧型手機查詢最近的醫院，往那裡駛去。在微暗的大廳裡等了一會，護理師便來叫我了。
「醫師有事要說明，請問您是患者家屬嗎？」

面臨這種狀況，我只好撒謊說，我是她哥哥。

明日見同學在休息室休息，因此只有我一個人進到診間。

「她懷孕了。」

果然，我閉了閉眼睛。綜合她最近的身體不適以及各種徵兆，我原本就懷疑可能是這麼回事，但聽說她已經進入無法人工流產的時期，我還是相當詫異。以這個週數來說，她實在太瘦了，再怎麼說都不是孕婦該有的體態。

「她的營養狀態非常糟糕，所以請你們找家庭醫師好好討論一下，請她盡量努力攝取食物。為了讓她靜養，今天還是在醫院住一晚比較好。」

究竟該怎麼辦呢？我一個人想破頭也沒用，首先還是得和明日見同學談談才行。我往休息室裡看了看，她已經清醒了。

「老師，對不起，給您添麻煩了。」

氣色很差，但她看起來十分平靜。

「醫師說妳懷孕了，妳自己也知道吧？」

她緊咬下唇，無力地點了點頭。她說，她的生理期原本就有點失調，等到她注意到的時候早就為時已晚。所以，她才堅持不去醫院。

「我能問幾個問題嗎？」

「好的。」

「妳的父母都不知情吧？」

「是的。」

「阿敦怎麼說？」

「我沒告訴他。」

「為什麼？他是最應該知道的人吧。」

「現在是阿敦最關鍵的時期。他的世界排名逐步上升，從春天開始即將把據點轉移到國外，專注於比賽。我不能在這種時期告訴他這種事。」

「所以妳才打算和他分手？」

阿敦是受到各大媒體矚目的選手，萬一被大眾知道他讓高中生懷上身孕，那必定會引人非議，也會妨礙到他未來的競賽發展。我明白她的心情，但在我們對話的當下，胎兒也不斷在成長。她必須早日接受正式診察，辦理生產相關的必要手續，畢竟無論如何，她都不可能一個人生產、養育這個小孩。

「妳有必要告訴阿敦實情。這不是妳一個人的孩子，阿敦不只要負起身為父親的義務，他也擁有身為父親的權利，不能以妳一己的意願剝奪它。」

明日見同學露出第一次察覺這件事的表情。

「我……不想給阿敦添麻煩……」

「麻不麻煩，是由阿敦自己決定的事。」

明日見同學蒼白的小手在顫抖。她不想拖心上人的後腿，想守護他的夢想；同時面臨自己難以處理的事態，又抱持著不安與恐懼。正面與負面的情感形成漩渦，看得出她一旦出現一丁點的鬆懈，轉瞬間便會被吞沒其中。

「妳真正想要的是什麼？」

「……我……」

「不用害怕。無論給出什麼樣的答案，那都是妳的權利。」

我跪下來，與膽怯的明日見同學視線齊平。

「儘管不能忘記阿敦擁有身為父親的權利和義務，但妳也同樣擁有身為母親的權利，而且實際上有所負擔的也是妳的身體。所以綜合來說，最應該優先考量的還是妳的意願。什麼樣的選擇對妳最好，我們一起想想看吧。」

「一起想？老師陪我一起？」

「是的。」

「為什麼？」

明日見同學忽然皺起臉，扭曲了神情。

「老師為什麼不罵我？為什麼不罵我是個不負責任、隨便的人……」

「妳是抱持著隨便的心態，和阿敦做那些事的嗎？」

不是的，她激烈地搖頭。

「我們兩個人一起認真考慮過很多，也確實做好了避孕，可是卻——」

「即便使用了避孕用品，仍然有可能發生意外。這不是任何人的責任，不應該為此責備妳。說到底，整件事最受傷的人是妳，責備沒有意義，只會消磨妳的心神而已。最重要的是，我知道妳並不是不負責任，也不是隨便的人，而是個認真又溫柔的孩子。」

明日見同學的鼻頭逐漸發紅，淚水漸漸盈滿眼眶。

「……我……」

「嗯。」

「……我……」

她死命嘗試穩住自己那好像隨時都會消失的嗓音。我靜靜等待，在數度開口、閉口之後，她終於找到自己的聲音。

「……我想、生下來。」

這個願望彷彿打破了表面張力，帶著終於滿溢而出似的殷切發音。

「我想生下小孩，和阿敦兩個人，一起養育。」

每說出一句話，她的心便無止境地溢出、落下。

「我知道了，那我們一起思考該如何達成這個願望吧。」

「對不起。」

「妳不需要道歉。」

「可是，還是對不起。」

「妳很努力了。獨自一個人，一定很不安吧。」

我撫摸她的頭，落下的水滴便在毛毯上染出一小塊痕跡。她反覆說著對不起，在她止住眼淚之前，我不斷告訴她「沒事的」。

「首先得解決今晚的問題。醫師說為了讓妳靜養，還是住院比較好，不過……」

考量她的家庭環境，外宿恐怕有困難。

「稍等一下，我馬上回來。」

我到附近商場買了幾條厚毛毯，將它們層層疊疊鋪在轎車後座上，讓明日見同學躺在上面。

「還有這個，如果妳有食慾的話。」

除了毛毯之外，我還一起買了薯條，也一併交給她。這是明日見同學唯一展現出食慾的東西。

「很好吃，非常好吃。」

我小心駕車，以免顛簸震動，後照鏡裡映出明日見同學貪婪地將薯條放進口中的身影。她說，她只是因為孕吐而吃不下飯，其實總是飢腸轆轆。

「合妳的胃口就太好了。我聽說有些孕婦無法接受白飯剛煮好的味道，所以原本以為妳會想吃一些沒有氣味、清淡的食物。」

「啊，其實我最一開始不敢吃的也是白飯，後來又突然覺得杯麵很好吃，以前我明明不算特別喜歡泡麵的。可是，我在家實在不可能只吃杯麵，不吃媽媽煮的飯……」

原來如此，她之所以頻繁造訪化學準備室，原來是出於維持生命這個緊迫的理由。然而到了最近，她說她也吃不下杯麵了，現在只吃得下薯條。除此之外，她的身體肯定還出現了其他各式各樣的變化吧。我深切體認到在身體裡孕育另一個生命的可怕與神秘。

「那個、不過，和老師聊天也很開心哦。」
她略顯抱歉地補上這麼一句，我忍不住笑了。
「沒關係，我很慶幸能成為妳的庇護所。」
鏡中的她一時露出了毫不設防的表情，一聲不響凝視著手上的薯條袋子。我說了什麼惹她不開心的話嗎？
「……老師是很溫柔的人呢。」
語調不像讚美，反而帶著點自嘲意味，令人介意。
「明日見同學，如果妳有什麼擔憂或煩惱，請在妳願意傾訴的範圍內告訴我吧。」
當我這麼說，對話間便空出一段躊躇般的沉默。
「老師，您記得我之前提過那些在空中飛翔的夢嗎？」
我記得。她和朋友一起買了同款T恤，卻因為這件事遭到同班同學冷眼相待，她由此對自己展開反思。
「那時候我想，像我這樣先天條件優渥的人，沒有『表達不滿的權利』。所以我一直聽從爸爸的話，也覺得這麼做才正確。可是，越是這麼做，我就越常夢見自己飛翔，直到某個時期開始，又不再夢見了。」
她將目光從手中那包薯條移開，抬起臉來。
「因為我遇見了阿敦。」
夜晚的高速公路上，暗橙色燈光像拂曉時分的太陽，照亮明日見同學一側臉頰。

「阿敦有他的夢想，為了實現它，他從孩提時代起心無旁鶩地努力到今天，他的願望與現實確切相連。與其說我喜歡阿敦，倒不如說我是想成為阿敦吧。阿敦他……是我的嚮往。」

她的心情我感同身受。人無法在空中飛行，但即便知道那是天方夜譚，一個願意為了飛翔短短數秒而賭上整個人生的人，仍然令我憧憬不已。

「我聽阿敦聊了許多事，開始覺得我也能按照自己的意志生活，開始去打工，現在再也不會夢見飛行了。」

她看向流逝的橙色燈光，輕聲說：

「可是，為什麼我總是、總是親手破壞自己珍惜的事物呢？傷害了最要好的朋友，惹怒了他們，這一次又要變成阿敦夢想路上的阻礙。」

「明日見同學。」

「不只是阿敦，要是知道我懷孕了，父親和母親都會哭泣吧。」

光芒迅速從明日見同學的眼中消退。

「我並不討厭我的父母。」

母親慈愛溫柔，父親雖然霸道，但她明白那也是出於親情，不希望女兒吃苦所致。我也愛著我的雙親，明日見同學說。

「父母親把我捧在掌心裡養育，但我不僅無法滿足他們的任何期待，還準備讓他們傷心失望。像我這樣的人——」

她的頭越垂越低，像一朵凋萎的花。這個國家視隨遇而安為一種美德，一朵花就該在它生根之處認分地綻放，我不禁反思起這種文化。你要有自知之明，要謙虛自持，要堅忍不拔。無形的壓力告訴我們，這才是真正的美。但這世上也有些花朵，在其生根之處無法完全開綻。我所身處的環境與她完全相反，卻明白她的心情。

——這世上有許多人真的過得很辛苦、很難受。

——相較之下，我們真是太幸福了，在生活中應該要心懷感恩。

我父母經常這麼說。他們說得沒錯，我家雖然並不富裕，但我不曾餓過肚子，房間裡有空調，冬暖夏涼。

面對無比慈愛的父母親，我很難提出疑問。即使回嘴，也只會教我自我厭惡，覺得自己是個不懂得為人著想、貪得無厭的人。雙親的言詞中存在著這樣的壓力。

就這樣，我謹守分寸，感謝自己當前擁有的幸福，放棄了私立學校，升上公立高中，靠著獎學金念了大學。到了從研究所中輟的時候，我身上便剩下了以學費為名、高達數百萬圓的債務。這就是我不好高騖遠、謹守分寸的結果。

我父母並不懶惰，相反地，他們拚了命地工作。然而，我家大部分的收入要不是拿來償還經營旅館的欠債，就是出借給他人救急。每當從前的旅館員工跑來向我父母求助，我父母就會籌措出一點錢給他們。那些前來拜訪的人都不是壞人，每一個都在臨別之際向我父母頻頻道謝。

——聽人說遇到困難可以到北原家尋求幫忙，原來是真的啊。

——原來世界上真的有那種像神明一樣無私的人。

——聽說即使過了還款期限，他們也不會催促哦。

父親和母親堪稱愚蠢的善心，在旅館雇員之間廣為人知。童年的我在屋外觀察螞蟻，聽見了訪客們離去時感謝我父母的談話聲，當時只覺得雙親受人敬重，甚至為此自豪。

可是等到我年紀越大，疑問卻隨之日漸膨脹。他們為什麼不願意把施捨別人的那些錢留作兒子的學費呢？我就這麼愛著善良而富有同情心的父母，尊敬著他們，同時又在內心累積著無聲的憤怒，開始渴望解開拴在我腳上、名為雙親的鐐銬。我對如此冷血無情的自己感到厭惡，然後——

明日見同學睡著了，我關掉車載音響播放的新聞，思考她未來該何去何從。考量到母體和胎兒的健康，以及她與阿敦的未來，事情已經刻不容緩。但還得顧及雙方父母的心情，該如何協調各方想法？

每週三，我都會到醫院探望父親。

今天出席了年級會議，因此我到得比較晚。本來只有學科主任需要出席這場會議，但我們主任臨時生病早退，受託代為出席的前輩教師，又必須代替他懷孕中身體不適的妻子去接長子回家，因此無法加班。

「最後只有你這個單身漢有空啊。」

父親說道。是啊，我面帶苦笑點頭。

「哎，這也沒辦法，和有家庭的人相比，單身族群總是比較有空。這種時候，你就率先幫忙他們吧，畢竟我們平常也總是受到人家關照。」

我在心裡暗自嘆氣。單身的人也並不是閒著沒事，學校總是以沒有家庭為由增加大家工作上的負擔，單身教師對此深感不滿。許多人認為應該徹底檢討體制上的問題，我卻在這種風向之下淡然答應幫忙，同樣單身的老師們對此頗有微詞，也曾經有同事叫我不要不合群、不要一個人裝作好人，這根本算不上善良。

「總有一天，你做的善事都會回報到你自己身上。」

我從思緒中抽離，看見父親正望著病床桌上母親的照片。

「俗話都說，好心有好報嘛。有些事原本是為了別人好，到最後因緣際會，福報總會回到自己身上。從這層意義上說，反而該感謝別人讓我們做這些事呢。」

父親說，我的母親生前經常這麼講。我也跟著看向母親的照片，父親和母親長得宛如兄妹一樣相像，而身為孩子的我和他們都不太相似。

「啊，對了，我有藏王的土產要給你。」

我想換個話題，於是將滑雪場附近一間紀念品店買來的點心交給父親。紙袋裡裝著兩盒點心，方便他分給同病房的室友們一起享用。我已經先送一些過去護理站了，我這麼告訴父親，他便點點頭說，謝謝你的體貼。

「你去滑雪啊？」

「我陪學生去看單板滑雪的比賽。」

「學生？那你跟學生的關係還真好。」

「那孩子有一些特殊情況。」

每天一到中午，明日見同學就來到化學準備室，吃她早上從速食店買來的大量薯條。等到放學後再買薯條回家，跟家裡說她不吃晚餐，躲在房間裡偷偷吃那些薯條果腹。她說無論再怎麼吃都覺得餓，原本消瘦的臉頰也逐漸膨起。

聽說阿敦會在下個月的國定假日回來一趟，我建議明日見同學趁那時和他兩個人好好談談。考量到胎兒已經成長到無法人工流產的時期，明日見同學將小孩生下已經成為既定的安排。既然如此，還是先鞏固兩位當事人的決心，再向明日見同學的雙親報告這件事比較妥當。我告訴她，假如不放心，我也可以陪她一起同行，不過……

——請再讓我思考一下。

明日見同學還舉棋不定。她堅決不想成為阿敦夢想的阻礙，仍在摸索是否能一個人生產、養育小孩。這在現實層面上是不可能的。

「你看起來好像很累啊。」

父親說道，我從思緒的海探出頭來。

「我沒事，不用擔心。」

不說這個了，我提起先前令我耿耿於懷的事情。

「爸，原來你和內海家還有聯絡？」

父親微微睜大眼睛。

「他也聯絡了你嗎？」

「沒有，只是護理師和我聊天的時候提到這件事。」

我沒告訴他是從市川先生那裡聽說的。

「原來是這樣。哎，說是內海家，不過聯絡我的其實是浩志。」

父親說，他們是幾個月前在樓下的賣場偶然遇見。他的相貌五官還看得出昔日模樣，是我父親主動叫住了他。原來浩志在建築公司上班，在工作中腿部不慎骨折，因此定期到醫院來復健。

「浩志見到我也非常高興，說他很懷念，現在他復健結束了，偶爾還是會到醫院來探望我。他以前也是個善良的孩子，果然都沒變啊。」

「浩志現在過得還好嗎？」

嗯——父親蹙起眉頭。

「他好像半年前和太太離婚了，還說見不到小孩讓他很難受。」

「有小孩的話，扶養費也不是一筆小數目呢。」

是啊，父親點頭。浩志已經再婚，和現任妻子也生了小孩。支撐兩個家庭相當辛苦，何況他前陣子還因為骨折而無法工作，現在過得特別艱辛，父親同情地說道。

這計算起來不合理——我只把這句話留在心底。在半年前離婚，現在已經再婚，還有了孩子，這表示他在前一段婚姻中就已經和現任妻子展開交往。浩志的經濟重擔是他自己咎由自取——這種事我父親也明白，但即便如此，他仍然想幫助他。這實在太符合我父親一貫的作風，使得我內心更加沉重。

「旅館倒閉的時候，我們也給內海一家添了許多麻煩。最後內海他太太離家出走，浩志也因此不得不轉學，害得他們吃了不少苦。」

要說吃苦，以個人名義背負債務的我們家才是最辛苦的。我已經見過太多像浩志這樣，還想從我們家奪走錢財的人。

「我們家也得還債，過不上奢侈的日子，但草介，這麼多年來，我和你媽媽、還有你，我們一家三個人還是和和氣氣地過上了平凡的生活吧。所以相形之下，我對大家感到特別抱歉。」

父親遙想過去似的看向遠方。

「我想在力所能及的範圍內幫助他們。這些福報，最終也都會回到我們自己身上。剛才也說過了，好心有好報嘛。真誠無私地為人奉獻，自己也能獲得拯救。」

「很符合你的作風，爸。」

是啊，我也希望能這麼想。可是真的是這樣嗎？爸，你所說的慈悲當中，身為兒子的我究竟在哪裡？

直到最後，父親都未曾提起他借錢給浩志的事。

下午課堂中，有人敲響教室的門，副校長從門後露出臉來。這種時候通常是學生家裡出了事情，然而副校長沒點名任何學生，反而朝我招手。

「醫院聯絡學校，說你父親有生命危險。」

我一時無法理解副校長在說什麼。我父親長期患有腎臟病，但那不是威脅性命的疾病。我立刻趕到醫院，卻已經來不及了。護理師說他已經被移到太平間，我一走出病房，便看見臉色鐵青的市川先生站在那裡。

「草、草介，你聽我說，事情不是這樣的。我沒有拜託北原先生去啊，是北原先生主動跟我說他要去求御守的。」

我沒搞清楚他在說什麼，便摸不著頭緒地跟著護理師下到太平間。

「到底發生了什麼事？」

掀開蓋在臉上的白布，父親臉頰上有著擦傷和瘀青，顯然是撞上某種東西的痕跡。

我回過頭，護理師臉上帶著困惑的表情，說：

「北原先生從醫院附近一間神社的石階上跌落了。」

「請問是怎麼回事？」

醫師會向您詳細說明，護理師說著，將我帶到諮詢室。

跌落石階的時候，父親手中握著一個安產祈願的御守。據說是市川先生長年關係疏遠的女兒捎來聯絡，說她懷孕了，因此我父親才會代替腰部不適的市川先生去求取御守。

「北原先生真的是很熱心善良的人，只不過……」

醫師帶著悲痛的表情說下去：

「這次意外發生在院區之外，醫院方面無法為這件事情負責。」

醫師解釋道，原本為我父親所做的治療沒有任何疏失，此次意外乃是我父親的過失。即便我打算與市川先生協商，院方也不會介入病患之間的糾紛，接下來此事將會交由警察處理。醫師行雲流水的說明和他臉上於心不忍的表情太不協調，我不知該作何反應。

「如果有任何疑問，您可以現在提出來。」

我凝視著悲痛地蹙著眉頭的主治醫師。醫院有義務維護住院病患的安全，這次是否有怠忽職守之嫌？如果想據理力爭，我有的是辦法。可是，如果是我父親，他一定會說是自己擅自溜出醫院，在外面不慎發生意外，所以都是他自己的錯，院方無須負任何責任。身為他的兒子，我也不好提出抗議。但院方面對一個剛喪失至親的人，卻做出一連串只求自保的解釋，冷血無情的作風令人心寒。

「我沒有疑問。這麼長一段期間，受您照顧了。」

我無法忍受再繼續待在這個地方。

我回到太平間，陪伴沉默躺臥著的父親，市川先生死命辯解的表情閃過腦海。事實多半就像市川先生所說的一樣吧，安產祈願的御守，多像是父親會想到的點子。但就算這麼說，我也不可能回句，哦，這樣啊，就乾脆地原諒他。

那麼，我究竟想怎麼做？長久以來在腹腔深處打轉的憤怒不斷增長，我彷彿隨時都要發出意義不明的吶喊。

我還沒整理好心情，便得決定喪禮的各項事宜。母親過世的時候還有父親和我兩個人一起處理，現在只剩下我一個人。守靈儀式上，許多親朋好友都前來弔唁。令尊是很有人望的人呢，殯儀館負責人員不冷不熱的哀傷語氣令人煩躁。

「還請節哀順變。」

我抬起臉，看見一個陌生男人站在那裡，在一眾我父親的舊識之間顯得相當年輕。感謝您百忙之中過來致意，我欠了欠身說道，他便喊了我的名字。

「草介，我是浩志，內海浩志。你可能不記得了？」

「……噢，好久不見。」

「我到醫院探望北原叔叔，卻聽說他過世了。事發突然，我只穿著這身衣服就跑來了，真抱歉。」

他沒有換上正式喪服，而是穿著普通的黑襯衫配灰色長褲。

「不久之前，我在醫院偶然遇到北原叔叔，從那之後我就偶爾會去探望他。」

「我也聽說了。」

「啊，原來你知道。叔叔真的對我很好，他還跟你說了什麼嗎？」

浩志帶著些微試探的眼神這麼問，在我腹腔深處打轉的東西又再次增長。

「他說你以前也是個善良的孩子，直到現在都沒變。」

「就這樣？」

「對。旅館倒閉的時候，我們家給內海一家人添了許多麻煩，所以我父親說，他想在力所能及的範圍內幫助你們，這樣他自己也能獲得拯救。」

聽我這麼說，浩志露出了安心與悲傷交相混雜的表情。

「北原叔叔是個像神明一樣善良的人，我真的非常遺憾。」

浩志眼眶含淚，勸我多保重、別太沮喪，便回家去了，對他借走的錢隻字未提。他一開始多半沒想過要賴帳吧，只是狡猾的心思像一張薄紙，忽然夾進了浩志心間。我回想起父親說過的話。

——我想在力所能及的範圍內幫助他們。

——這些福報，最終也都會回到我們自己身上。

——好心有好報嘛。真誠無私地為人奉獻，自己也能獲得拯救。

父親發自內心如此相信，母親也是。

然而在現今這個時代，當個善人，有時就意味著成為弱者。天秤總是不公不義地擺盪，付出的一切鮮少被準確秤量。父親和母親為他人奉獻的一切並沒有回報到他們身上，他們只被當成了手無寸鐵的善人壓搾。眾人感謝我的父親和母親，同時又在內心某處輕侮他們。我自己也一樣，身為他們的孩子，我愛著父親和母親，心裡又覺得他們愚蠢。我對他們的愛有多深，此刻就感到多悲哀、多無奈。父親和母親犯下的唯一罪過，就是讓兒子嘗到這種滋味吧。

「這麼長一段時間，你自己一個人，肯定很不容易吧。」

守靈儀式上，連我的研究所教授都來致哀，同實驗室的學生也一起來了。

「真是太突然了，如果有什麼我幫得上忙的，你儘管開口。」

長谷川和其他人七嘴八舌地鼓勵我，這時我和站在一小段距離外的才谷學長對上了眼。才谷學長的目光微微游移，接著像做好覺悟似的朝我走來。他鄭重其事地表達了哀悼之意，接著壓低聲音，以周遭誰也聽不到的音量說：

「真的很對不起。」

彷彿從喉嚨裡費盡力氣擠出來的致歉之詞。

「有沒有什麼我能做的事？什麼事都可以，不用客氣。」

「沒有。」

「北原，我對那時候的事——」

「我不記得了，全部都忘記了。」

才谷學長眼中浮現絕望的神色，嘴裡含糊咕噥了幾句這樣啊、抱歉之類的話，便離去了。我自他肩膀下垂的線條悄然移開視線。

才谷學長是實驗室的希望，是學界寄予厚望的年輕研究者。原本那說不定是屬於我的未來——這愚蠢的想法冷不防掠過腦海，我嗤之以鼻。

大學畢業之後，我應該出去工作才對。但我卻沒幫忙父母還債，反倒去念了研究所，非但沒賺到錢，而且還持續累積名為獎學金的負債。求學這件事，對我來說與罪惡感難以分割。每當我渴望繼續念書，不孝的自責感總是揮之不去。

到了母親健康出狀況，必須住院的時候，我再也承受不了這種兩相牴觸的矛盾。當我陷入深思，是才谷學長主動來關心我，問我怎麼了。他在團隊內做的也是和我相同領域的研究，經常和我聊天。

我向他坦白我想離開研究所的想法，才谷學長發自內心寄予同情。北原，我認為你能成為優秀的研究者，難道沒有其他辦法了嗎？他陪我一起思考。才谷學長家裡經營公司，而那間公司已經由他的兄長繼承。「拜此所賜，排行老么的我可以做我熱愛的研究。」他先前就這麼說過。才谷學長個性直率、為人公正，言行間自然流露出對他人的關懷，一直以來都頗有人望。看才谷學長就知道，「苦難使人成長」這種話，只是用來安慰受苦的人，或者說服他們接受現況的權宜說法。吃苦確實能提升人生的經驗值，但肩上的重擔也免不了同時將心靈壓得扭曲變形。不帶任何挖苦或諷刺的成分，我發自內心仰慕著才谷學長。

提出退學申請書，決定在月底離開實驗室的那一晚，我一個人留下來埋頭做實驗。一想到這種日子即將結束，我甚至想直接睡在實驗室。彷彿被焦慮感推著後背不斷往前似的，在這奇妙的充實感之中，我發現了它。在反應容器中，膠體發生了意料之外的變化。我第一次看見這麼驚人的反應速度。

「辛苦啦——」

聽見開門聲，我抬起臉，看見才谷學長走了進來。

「看到實驗室的燈還開著，我就知道一定是你。我幫你帶了點東西。」

才谷學長邊說邊舉起手中的便利商店塑膠袋。

「怎麼啦？你都流汗了。」

我碰觸額頂的髮際線，汗水沾溼指尖。我不知該怎麼用言語形容，只說，你看看這個，讓才谷學長自己確認。一看之下，他的臉頰也和我一樣逐漸發紅。才谷學長看向我，我們四目相交，微微點頭。必須立刻著手準備，確認這種現象是否具有可再現性。

「先保存實驗結果吧。才谷學長，請你幫個忙。」

我回過頭，才谷學長不知為何呆站在原地。

「才谷學長？」

「呃、嗯，不過啊，我說你……」

才谷學長的表情以一種奇妙的方式歪斜，分不清他在笑還是想哭。

「反正你也沒有時間了吧？」

「咦？」

才谷學長緩緩朝我走近，我下意識往後退。

「你已經不需要它了吧？北原。」

才谷學長抓住我的手臂。

「你能不能把這個算成是我的發現？」

我一時聽不懂他在說什麼。

「你已經不會再回到學術研究這條路上了吧，既然這樣，能不能把這個當作是我的發現？我會好好繼承它，一定會做出成果，拜託你。啊，對了，我記得你家裡過得很辛苦吧？需不需要我資助？不，請讓我資助你吧，要多少錢才夠？一切都好商量。」

諂媚般急切的笑容。我第一次見到才谷學長露出這種表情，剛才躍動的心急速凍結，心跳逐漸恢復平靜。啊，是了，沒錯。我已經遞出退學申請書，很快就不再是研究生了。名為現實的牆壁從前後左右上下將我壓扁，我終於理解自己放棄了什麼。

「北原，拜託你。」

套著白袍的手臂被抓住，我從腳底開始緩緩往下沉沒。

為什麼偏偏發生在這個時間點？若是再早半個月，我就會留在研究所繼續當個研究生了。若是再晚半個月，我就能在什麼也不知情的狀況下離開實驗室了。為什麼偏偏在這種不上不下的時間點，讓我知道我本來擁有另一種未來？神啊，祢的安排實在太過殘酷了。

「……我知道了，就這麼辦吧。」

「可以嗎？」

才谷學長的臉唰地亮了起來。

「可以，不過我不需要資助。才谷學長，這個發現就送給你吧。」

畢竟一直以來也受過你不少關照，我補充道。

我忘不了當時才谷學長的表情。取得輝煌成果的喜悅，以及犯下罪惡、再也無法回頭的恐懼，兩種情緒在那張臉上交相混雜。往後無論沐浴在何等榮譽之中，才谷學長想必都忘不了他並未支付任何代價，就從我手中獲贈了研究成果的事實。正因為他本性是個公正的人，想必一生無法忘懷，會自責一輩子吧。

那時候，我是不是該向他要錢比較好？這麼一來，至少才谷學長會感到比較輕鬆吧。就結果而論，我讓才谷學長這位研究者墮入了和我相同的地獄。當時，我是否下意識明白這一點？誘惑了才谷學長的惡魔，那時或許也悄悄鑽進了我心裡。

父親、母親，人人都說你們像神明一樣溫柔慈悲。

但你們的孩子，沒能成長為你們期望中的模樣。

那之後我一直在想，神明真的慈悲嗎？如果神明真的慈悲，那何謂慈悲？越是深思，我越不禁覺得那是一種非常殘忍而嚴酷的東西。

——爸，你怎麼想？

無論我再怎麼向他說話，棺柩中被白花掩埋的父親也不會再回答我了。

睜開眼，時間已接近正午，身體重得像鉛。昨天一天內，我一口氣辦完了喪禮，以及出殯後致謝親朋好友的宴席，忙到深夜才回到家。親戚們勸我不要太過沮喪，同時表達了對醫院以及市川先生的憤怒。他們也討論過是否該對簿公堂，但我回答說，我不想做這種否定父親人生哲學的事情，這麼做也無法拯救任何人。

——草介和父母真像，真善良啊。

——雖然很了不起，但當個餐風飲露的神仙可過不了生活哦。

親戚們搖著頭離開，等到送走所有人，我已經累得精疲力盡。

我確認了一下智慧型手機，發現明日見同學傳了訊息給我。似乎從其他老師口中聽說了我家的事，她為突如其來的憾事致哀，措辭恭謹有禮，難以想像傳訊息的是個高中生，能從中窺見她的成長環境有多富裕、又有多嚴格。

「謝謝妳的關心。事出突然，讓妳擔心了，不過我沒事。明日見同學，還是請妳優先照顧好自己的身體。今天是妳和阿敦見面的日子吧，祝福妳能帶著勇氣赴約，假如感到不安的話，我也可以同行。」

我回覆完訊息，進浴室泡澡。這幾天忙得不可開交，睽違已久地泡進浴缸，緊繃的身體獲得紓解，我才發現自己的疲勞已經累積到極限。我在浴缸裡閉上眼睛。

——啊，真舒服。

有一瞬間，我對於在父親喪禮隔天感到「真舒服」的自己覺得內疚，但可以放過自己了吧，我決定放棄思考。即使再怎麼悲傷，肚子還是一樣會餓，泡澡還是一樣舒服。由於太過疲倦，我發現自己的想法變得很隨便。

泡完澡，我看到明日見同學傳來了新訊息。

「老師，謝謝您。對不起。」

第一則訊息只寫了這麼幾個字，十分鐘後傳來了第二則訊息，這一則比較長一些。

「昨天，我向我父母坦白了。從上週開始，我制服的腰圍就穿不下了，實在無法繼續隱瞞下去。我沒有說出阿敦的名字，我還是想守護阿敦的未來。這是我第一次被父親打。母親哭著大呼小叫，他們說不會讓我生下小孩。好可怕，我覺得生下來的小孩會被他們殺掉。」

條列式般的文字，顯示出她的心情有多混亂。第三則和第四則訊息比較簡短。

「我決定再去見阿敦最後一面，就離開家。」

「我會一個人生下小孩，把孩子撫養長大。」

我不禁扶額。這是最糟的選擇，明日見同學已經失去了正確的判斷力。

「明日見同學，現在能跟妳聊聊嗎？」

我傳了訊息給她，但遲遲沒有顯示已讀。我趕緊換上外出服，她說要先見阿敦一面再離開家，他們會約在哪裡？既然許久沒見了，她應該會到車站接他吧？從山形過來的話，搭的多半是新幹線。拜託讓我趕上吧，我急忙趕往車站。

不同於本地車站，新幹線的車站內部相當寬廣，也設有好幾個驗票口。更何況他們不一定約在這裡見面，也可能已經會合，到其他地方去了。如果能找到人就是奇蹟了，我邊想邊在距離大型投幣式置物櫃最近的驗票口前等候。既然決定見過阿敦之後就離開家，明日見同學身上肯定帶著不少行李。很幸運地，我猜對了。

「明日見同學。」

看見我突然出現，明日見同學睜大眼睛。她正準備將行李箱放入電扶梯下方的投幣式置物櫃。

「老師，您怎麼會在這裡……」

「妳別衝動，讓我一起思考解決辦法吧。」

聽我這麼說，明日見同學抱歉地垂下眼。

「在令尊喪禮的隔天，就傳這種沒有常識的訊息給您，真的很抱歉。」

「不用在意我。比起這個，離家出走這種事——」

「我不想和小孩分開。」

明日見同學加重了語氣，眼中蘊藏著堅定的光。

「我知道。我會陪在妳旁邊，我們一起把實情告訴阿敦吧。讓我們三個人一起想辦法，好讓妳和阿敦都不必犧牲自己的未來。然後，我們再去和妳的父母談談，我會為妳和阿敦說話的。」

「菜菜。」

突然有人呼喚明日見同學，我回過頭，看見阿敦站在那裡。

「在剛出票口的地方找不到妳，害我著急了一下。」

阿敦開玩笑似的噘了噘嘴唇，接著將目光轉向我。

「北原老師，比賽那天非常謝謝您。聽說是您送菜菜回去的？」

阿敦帶著明朗又毫無心機的笑容朝這裡走來，步調輕快，彷彿那雙腳上也長著小小的翅膀，一看便明白明日見同學為什麼受到阿敦吸引。

「菜菜，妳一切都好嗎？」

阿敦伸手觸碰明日見同學的臉頰。

「咦，菜菜，妳是不是變瘦了一點？不對，變胖了？嗯？我不太確定，但總覺得妳看起來有點憔悴。總之，我們先去吃午飯吧。如果不嫌棄的話，北原老師，您要不要也一起來？」

就在這時，明日見同學發出細小的呻吟。

「明日見同學？怎麼了？」

我湊過去關切，一看嚇了一跳。在長裙裙襬下方，能看到明日見同學的雙腳底下，正一點一點形成淡紅色的水窪。該不會是破水？不對，看起來已經出血了，說不定是早產。明日見同學蹙著眉頭，緊緊咬著下唇。

「菜菜？」

阿敦也察覺狀況不對，斂起表情。明日見同學仍然答不上一句話，疼痛想必相當劇烈，她的臉色在轉眼間越發蒼白，我們已經無暇思考。

「她懷孕了。」

「咦？」

「明日見同學懷孕了。」

「……懷孕？咦、等一下，我不明白……」

「那個……不好意思，請問一下，你該不會就是玩滑雪板的片山選手吧？」

就在這時，阿敦背後有兩名女子來向他搭話。兩人手上拿著記事本和筆，怯生生地問他，能不能請你幫我們簽個名？

「不，現在不太……」

被極端狀況兩面夾擊，阿敦顯得不知所措。那兩名女子的目光悄悄瞥向明日見同學，「是女朋友嗎？」的好奇心若隱若現。

「阿敦，替她們簽名。」

我從她們手中接過記事本和筆，交給阿敦。絕不能被旁人察覺到現在的狀況。阿敦也理解了我的意圖，迅速簽好了名，兩名女子不停低頭說著「謝謝」離開了。那兩人的身影從視野中消失的瞬間，明日見同學便跪了下來，長裙像花瓣一樣輕飄飄地鋪開，遮住她流下的血。

「菜菜，妳沒事吧？」

明日見同學的臉龐因痛苦而扭曲。她凝視著阿敦朝她遞出的那隻手，試圖在最後關頭認清自己是否可以握住這隻手，是否可以和這個人共度未來。最後，明日見同學緩緩抬起手臂，準備握住阿敦的手。

「咦，那不是滑雪選手片山敦嗎？」

就在這時，路過的一群年輕男子停下腳步。看見其中一人拿出智慧型手機，將鏡頭朝向這裡，阿敦露怯似的收回了手。

光芒從明日見同學的眼中迅速消退。無論是明日見同學、或者是我，都不得不意識到——阿敦的背上長著翅膀，但那雙羽翼仍然年輕、仍然脆弱，送阿敦一個人飛上天際就已經竭盡全力，他還無法肩負著明日見同學和即將出生的小孩翱翔。

明日見同學腳步踉蹌地站起身，往我身上靠過來。

「……拜託您了，請幫幫他吧。」

以只有我能聽見的、細不可聞的音量，明日見同學如此請求。不是「幫幫我」，而是「幫幫他」，她要我幫助的不是她自己，而是阿敦。

她很衰弱，卻用盡了全身的力量抓住我的襯衫，額頭和鼻頭都滲著冷汗，在我身為男人一生無法體會的劇痛侵襲之下，她給出了這個答案。但這是他們兩人一起參與的事，只讓阿敦一人從後果中脫身，真的是正確的決定嗎？在我遲疑的當下，也有越來越多人注意到阿敦，朝這裡看過來。

「她懷的是我的孩子。」

聽我這麼說，阿敦瞪大雙眼。

「啊？」

阿敦迅速眨了幾下眼睛，來回看著我和明日見同學。

「對不起。阿敦，我今天是來跟你分手的。」

明日見同學以最快速度提了分手。

「阿敦，雖然對你很抱歉，但請你放棄她吧。」

「不、不是，等一下，這也未免太突然了……」

「即使無法接受，也請你立刻離開這裡。」

我加重了語氣。在更多群眾聚集之前，在騷動擴大之前，快走。

阿敦皺起眉頭。在遭到背叛的憤怒之中，仍有一股「不對，該不會……」的懷疑將阿敦束縛在原地。明日見同學開口：

「……好了，快從我面前消失。」

明日見同學和阿敦的視線交纏在一塊。在這短短數秒，只有他們倆知道內情的沉默之中，阿敦的表情瞬息萬變。懷疑、煩悶、確信、焦急、恐懼，阿敦腳步踉蹌地向後退了一步，又一步。他逐步後退，然後在下一瞬間迅速轉過身去。似乎聽見他小聲說了「抱歉」，是我的錯覺嗎？

明日見同學的臉色白得發青，但仍然面帶如釋重負的表情看著阿敦跑遠。也許在那道背影永遠離開自己面前的此刻，她依然在他背後看見一雙翅膀。她凝望的眼睛逐漸失焦，長裙裙襬已被染溼成淡紅色，彷彿布料原本就是這顏色一樣。

「……老師，對不起，讓您扮演這麼不光彩的角色。」

一句道歉說得斷斷續續。

「沒關係，我們馬上去醫院吧。」

我脫下大衣，蓋在明日見同學頭上，遮住她的臉。絕不能被周遭群眾知道她是誰，此刻陷入什麼樣的狀態。我將她整個人抱起來，跑過車站內部。擦肩而過的人們露出驚詫的表情，也有人以為發生了什麼事件，將智慧型手機的鏡頭對準我們。

我的車子停在車站後方的停車場裡，我讓明日見同學坐進後座，從她的包包裡取出手機，撥打聯絡人清單裡標示為「媽媽」的號碼。

『菜菜，妳跑到哪去了？妳身體那麼虛弱，居然還偷偷離開家……』

從電話那頭焦急的語調，聽得出母親很擔心她。

「您就是明日見同學的母親吧？」

一瞬間的沉默。

「您好，敝姓北原，是明日見同學的高中老師。」

『這……我真是太失禮了，感謝您平日對菜菜的關照。』

她迅速壓下內心的動搖，我切身體認到這確實是明日見同學的母親。

「這位媽媽，請您冷靜聽我說。明日見同學的身體出了狀況，現在下腹出血，我無法做出精準的判斷……但有可能是早產。」

在電話另一端，母親倒抽了一口氣。

「我現在送她到醫院——」

『請到我們家的醫院來。』

「好的。我們大約在二十分鐘後抵達，麻煩您做好準備。」

『快點、請快一點，拜託您了。』

我聽著她微微發顫的聲音掛斷電話，立刻發動車子。

「……請不要……到我們家的醫院……」

後座傳來明日見同學呻吟般的哀求。

「……要是在我父母的醫院生產，他們會把我和小孩分開的。」

或許是這樣沒錯。然而，父母仍然是無論面臨何種狀況，都願意不計代價保全明日見同學和胎兒性命的人。另一方面我也猶豫不決，不確定我們是否還有時間趕到明日見醫院。與其花費二十分鐘將她送到明日見醫院，是不是直接送往附近的醫院比較好？這可是攸關性命的事。

「……父親和母親都說……他們是為了我的將來好。他們說，喜歡一個人的感情遲早會冷卻。即使我並不特別喜歡對方，還是該和父母屬意的對象結婚，在對方的守護之下，過上衣食無缺、富足安樂的日子。他們說以長遠眼光來看，這才是女人的幸福。」

「明日見同學，現在不是說這種——」

不是說這種話的時候，我還來不及說完後半句……

「請聽我說！」

明日見同學便扯開嗓門高聲喊道。她身上哪裡還殘存著這樣的力氣？

「這才是女人的幸福……真的是這樣嗎？」

她喘著氣，一字一句說下去。

「可是……女人的幸福和我的幸福，可以畫上等號嗎？不，我明白的。在這世界上，我已經是天生得天獨厚的人。我是沒吃過苦、不諳世事的大小姐，但是……無論如何，我都想和阿敦的孩子一起生活下去。」

「即使阿敦不在妳身邊？」

何其殘酷的問題。

「即使他不在我身邊。」

明日見同學立刻回答。

「無論是阿敦的未來，還是他的孩子，都由我來守護。」

平時壓抑自制的她蕩然無存。我做的是錯事，一點也不正確，但我仍然渴望這麼做——她竭盡全力如此訴說。她不知道自己究竟在向誰乞求原諒、不明白有沒有乞求原諒的必要，卻還是哭著哀求「拜託您」。看著明日見同學這副模樣，我內在燃盡的殘灰靜靜升起火焰。那是憤怒的火。

「妳非常愚蠢。」

後照鏡中，絕望在明日見同學沾滿冷汗與淚水的臉上擴散。

「但愚蠢也無所謂。我們都擁有選擇未來的權利，即使不同於妳父母的期望、不同於世人普遍的幸福，妳的幸福仍然要由妳自己決定。否則……」

「……否則？」

「妳就會變得像我一樣。」

在父母的愛中成長，自己也渴望回報這份愛；另一方面又想要升學，想朝著自己嚮往的未來前進。光是為了這件事，在經濟上、精神上都飽受折磨，背負了高額的債務。

「……像老師一樣？」

「我的父親和母親，是名副其實的大善人。如果我不是他們的兒子，我一定會認同他們兩人是品格高尚的君子，事不關己地對他們抱持純粹的敬意吧。可是，我卻與他們血脈相連，是長年以來，在他們關照外人時受到冷落的孩子。」
如果有錢施捨別人，為什麼不把那些錢留給我，支持我的夢想、當作我的學費？我一直想這麼質問父母。然而，這問題等於否定了我父母的人生哲學和思考方式，也否定了世間廣泛定義為「善」的行為。
隨著我日漸成長，我逐漸對雙親失望，對這樣的自己感到內疚，卻又愛著這兩位家人。我在身為兒子的自己，和身為社會一員的自己之間，一直孕育著對父母的憤怒，卻說不出口，也無法表現在態度上。
「我害怕讓父母失望，也不敢面對他們，一路自我催眠，欺瞞著自己活到今天，連做研究的夢想都捨棄了，最後失去了脫身的出口。我已經無法飛翔了。」
「……老師……」
「妳絕不能變得像我一樣。」
——像鳥一樣。
我想起雙頰飛紅，仰望著飛向天際的阿敦，移不開視線的明日見同學。
——看見阿敦在空中自由飛翔，我總是激動又期待，他讓我想起該怎麼作夢，想起自己也想像他那樣飛翔。
她的雙腳和我同樣被牢牢縫在地面上，但她還懂得毫無保留地憧憬飛翔的人。哪怕此時此刻，憧憬的對象已經背向她，她仍然能為了守護他拚盡全力。不同於拉著才谷學長墮入同樣境地的我，她還有救，她還能振翅飛翔。總覺得守護這樣的她，某一部分的我也能因此獲得拯救。

「明日見同學，妳的疼痛程度還好嗎？還在出血嗎？」

從後照鏡裡，我看見明日見同學已閉上雙眼，心臟為之一震。我頻頻喊她的名字，沒有回應，車子又一次被紅燈攔下，把焦急的情緒推上最高點。

「明日見同學！」

這是我第一次對人怒吼。明日見同學微微抬起眼瞼，她想必承受著劇痛，暈過去或許還比較輕鬆。但假如是破水呢？如果胎兒正要出生呢？假如母親在這種狀態下失去意識，胎兒還能平安嗎？

「快醒來，否則嬰兒說不定會窒息。」

明日見同學全身劇烈地抖了一下。

「請妳保持清醒，不要讓產道閉合。」

明日見同學緩緩睜開眼睛。

「不要壓迫到腹部，吸氣、吐氣，持續深呼吸。」

我不曉得這些指示正不正確，假如弄錯了該怎麼辦？在著急慌亂之中，我顧不上那麼多，只能不斷出聲對她說話，這時從後座傳來低沉的呻吟聲。

那是野獸般的聲音，難以相信出自於十七歲的少女，教人背脊發寒。人們都說懷胎不是病，這是很自然的事；但自然原本就是殘酷的，死亡也是它的一部分。國道旁出現一面綜合醫院的看板，前方左轉六百公尺。我毫不遲疑地將方向盤打向左側。

當我精疲力竭地癱坐在分娩室前的長沙發椅上，有腳步聲從走廊另一頭傳來。是個穿西裝的男人和身披白袍的醫師，後面跟著一位泫然欲泣的女人。

「我還沒有詳細診斷過，但多半是早產。」

「現在情況怎麼樣了？」

「她被送進來的時候子宮口已經打開了，現在正在分娩室裡。她的情況再不處置會非常危險，幸好及早判斷時間緊迫，直接送到我們這裡就醫。」

「您是怎麼向醫師和護理師說的？」

「請放心，事後我會交代他們不能張揚。」

穿西裝的男人想必就是明日見同學的父親了。走在後方的女人注意到我，朝我低頭致意。

「您就是北原老師嗎？我是明日見菜菜的母親。這次真的非常抱歉，給您添了這麼多麻煩。我真不曉得該怎麼說才好——」

母親說到一半便說不下去，父親接著她的話開口：

「我是菜菜的父親。事態演變到這個地步，身為父親，我實在感到非常羞愧。但是老師，為了我女兒的將來著想，能不能拜託您不要把這件事傳出去？」

女兒都面臨這種情況了，他開口第一件事卻是迅速堵上院方和我的嘴，我心中油然湧上一股嫌惡感。正當我不知該如何回答的時候，分娩室的門打開了。

「生下來了，是個女孩子。」

那一瞬間，我無意間看見明日見同學的父親臉上閃過憤怒和失望。對於嬰孩平安出世沒有任何安心或喜悅，反而好像希望孩子從未出生——

「我女兒還好嗎？」

母親則是雙手交握在胸前，做祈禱狀。

「她現在非常虛弱，但沒有生命危險。」

「我能進去見菜菜和小嬰兒嗎？」

「只能看看她們哦，小嬰兒已經移動到保育器裡面了。」

護理師說，這個剛出生的女嬰比起一般嬰兒瘦小了許多。母親急匆匆地走進分娩室，父親正打算跟進去，半途卻想起什麼似的折了回來。

「老師，今天非常謝謝您。我改天再去向您致謝。」

「沒關係，不必費心了。比起這個，還是請您多照顧明日見同學。她說她非常不希望和小孩分開，等到狀況穩定下來，請好好傾聽她的想法。」

父親微微蹙起眉頭。

「女兒的將來，是由我這個父親決定的。」

「不是的，明日見同學的人生，是屬於明日見同學自己的東西。即便您是她的父親，也請尊重這一點。」

「我已經夠尊重她，也決定好了。」

「決定好了？」

明日見同學的父親背向我，我忍不住抓住他的手臂。

「請問您決定了什麼？明日見同學說，她想自行將小孩撫養長大。」

「這是我們家的家務事，請您不要干涉。」

他作勢甩開我的手，我抓得更用力，阻止他脫身。

「請告訴我，否則我會將這次的事情上報給學校。」

父親顯而易見地變了臉色。

「……小孩在戶籍上會登記為我和太太的孩子，然後盡快找個富裕的家庭，透過特殊收養制度出養。」

特殊收養制度——得知明日見同學懷孕之後，我也查過各種資料。明日見同學如果能自己養育小孩是最好的，但假如無法自行撫養，尋找收養家庭也是一個選擇。無法養育親生小孩的人，和想要小孩卻無法如願的人配對，以期帶給孩子幸福的成長環境。

然而，不同於一般收養，特殊收養制度的用意在於保護弱勢或受虐孩童，因此被收養的孩子也會在法律上切斷與親生父母之間的親子關係。如此一來，明日見同學和孩子之間的關係，等於在雙重意義上被斷絕了。

「像明日見家這麼富裕的家庭，也能適用特殊收養制度嗎？」

「這種事多得是辦法。」

他露出嫌棄我孤陋寡聞的眼神。

「明日見同學自己應該無法接受吧。」

「我會告訴她胎兒發育不完全，已經死了。既然這個孩子往後不會和菜菜的人生有任何交集，那最好不要讓她有任何牽掛。我也是身為父親，希望女兒幸福才會這麼做，請您理解。」

我內在某個部分激烈地反彈。父母伴隨著痛楚產下小孩，在愛與呵護中將小孩養大，對子女的感情與想法。天下父母心，父母的期許。人永遠站在各自的立場思考、發言，我明白，我都明白，也知道自己干預得太多了。但即便如此，我還是——

「有時候父母期望的幸福，和孩子想要的幸福並不相同。明日見同學說，假如要和小嬰兒分開，她寧可離開家。她已經做好了這麼徹底的覺悟。」

「覺悟？」父親露出諷刺的笑容說：

「菜菜從小被捧在手掌心，當作公主一樣養大。您認為這個根本沒為錢操過心，像溫室花朵一樣的小女生，有可能獨自養育一個連父親是誰都說不出口的小孩嗎？」

不可能，我的理智也如此判斷。然而非到緊要關頭，我們無從得知一個人的本性。哪怕面臨阿敦只求自保的行為，明日見同學還是守住了自己的尊嚴。承受著那種劇痛，她仍然意志堅定，不曾改變主意，「溫室花朵」這麼嬌貴的詞語不能用來形容她那副模樣。她的本性，或許是人們腳下反覆遭到踐踏，卻依然從不低頭的野草也不一定。她的未來，還沒有任何人能夠論斷。

「我能理解您身為父親，一定非常擔心女兒。但即便如此，菜菜同學的人生仍然屬於她自己，不該在她不知情的狀況下被拍板定案。」

明日見同學的父親神情扭曲，看得出他正勉強壓抑即將爆發的情緒。

「你這個人……到底有什麼問題，你憑什麼管這麼多？我看你好像早就知道我女兒懷孕，而且今天明明是假日，你卻和她待在一起。你真的是菜菜的高中老師嗎？」

父親心中產生了懷疑。我得告訴他實情才行，告訴他孩子的父親另有其人，只是他負擔不起責任，臨陣脫逃了——但說出這些事實，究竟又能拯救誰呢？如果不能，我到底該怎麼做？我手中握有一張救援的手牌，能讓她和孩子一起走下去，但這同時也將破壞我自己的人生吧。

「對，沒有錯。」

聲音顫抖，我深吸一口氣，往腹部用力。

「我就是孩子的爸爸。」

打出這張手牌的瞬間，我脫離了以往的人生軌道。

「未經我同意，我不允許您將小孩交到其他人手裡。」

明日見同學的父親臉上逐漸染上憤怒的赤紅，我看著這一幕，內心平靜得不可思議。宛如身處於颱風眼般的寂靜過後，他突然抓住我領口，抬手就是一拳。

「你……！」

來不及閃避，第二拳已經朝我揮來。

「你這個、這個……！」

看見這名父親說不出話，雙眼布滿血絲、朝我揮拳的模樣，我意識到這個人也打從心底愛著自己的女兒。感到安心的同時，一股荒謬感湧上心頭——「愛」是何其不完整的東西啊。明日見同學的父親為了保護女兒，打算從女兒手中奪走她對人生的選擇權；明日見同學保護了阿敦，卻用同一雙手剝奪了他當父親的權利；明日見同學的母親儘管擔心女兒，卻被夾在丈夫和女兒之間，只能不知所措地左右為難；阿敦在緊要關頭，卻在乎旁人的眼光，更勝於明日見同學。

我的父母優先關照別人，一直以來卻擱置兒子這個最親的「別人」；而我，把對雙親的愛當作藉口，將人生不能如願的責任轉嫁到父母身上。

這些都是特例嗎？不，不是。每個人都為著另一個人著想，毫無惡意地專斷行事，總在某些點上無可避免地錯身而過。這種無可救藥的構圖是怎麼回事？如果這也是愛的一種形式，如果無論如何去愛都不可能完美，那不如所有人都豁出去，隨心所欲地生活吧。這樣犯下的失誤，人們也能夠坦然接受才是。

「這是在做什麼！」

正當我毫不反抗地被他毆打時，忽然有一道聲音介入我們之間。我睜開眼，看見明日見同學的父親被他太太和護理師拉開了。他肩膀起伏地大口喘氣，仍然扯開嗓門高聲怒吼：

「我絕對不會放過你！我要向教育委員會申訴，把你懲戒革職！」

我腳步不穩地站起身。

「向教育委員會申訴確實可以懲罰我，但明日見同學也會遭到退學。市內知名綜合醫院的千金，怎麼會無緣無故被退學呢？有心人士少不了要猜測背後的理由，你永遠不知道真相會從哪裡洩漏出去。這反而才是最應該避免的情況吧？」

明日見同學的父親氣得渾身微微顫抖，母親意識到情況不對，也臉色發青。

「你想威脅我？枉費你為人師表，道德到底敗壞到什麼地步！」

我扯了扯嘴角，看起來可能像個厚顏無恥的笑容。我第一次跟隨心意選擇的手牌，愚蠢得教人發笑。

「我會負起責任，好好撫養小孩。」

「一個對未成年學生出手的男人，說這種話誰會相信？」

「說得對，但您不得不信。」

我往前踏出一步，明日見同學的父母便跟著倒退一步，和我保持距離。我臉上或許帶著瘋狂的表情吧，連我自己都感到訝異。非到緊要關頭無從得知一個人的本性——真的就是這麼回事。我一向是別人口中穩重理性的人，沒想到本性卻如此衝動，不顧後果。

我已經無法回頭了，也不打算回頭。如今我的雙親都已經過世，再也沒有任何事物能將我留在既定的軌道上。我能自己負起責任，隨心所欲地脫離軌道。

「我們會把孩子給你，但相對地，你也不准再靠近我們家菜菜。」

「好。」

「當然，你也必須從現在這所學校離職。」

「好。」

「這個小孩跟我們明日見家毫不相干，我們不會提供任何資助。」

「好。」

「我會跟菜菜說孩子已經死了。」

「可以，我全都答應。」

我面不改色地撒謊。此刻握在我手中的，是連結明日見同學和新生兒的唯一一條絲線。我一定會把這條絲線交到明日見同學手中。這也是我不完整的、自以為是的愛，是我的自我滿足，但我已不再為此自尋煩惱。

趕來醫院時，我把車丟在了急診門口，當我為了這件事向警衛道歉，對方回了我一句「請多保重」。我右側的視野明顯變窄，臉上看起來肯定是一片慘狀吧。這是我第一次遭人毆打，當下明明沒什麼感覺，到了現在身體卻開始到處發疼。

疲勞感也已經累積到極限，因此我往外開了一小段路，便將車輛停靠在路肩。整個人靠在椅背上，放掉全身的力氣，感覺到身體像吸飽水的棉花般沉重而倦怠，隨時會滴出水來。

不知不覺間下起了雨，極小的水滴逐漸覆蓋擋風玻璃。灰色和淺藍色交相混雜的天空慢慢吸去腦內的喧囂，寧靜逐漸支配我，像暴風雨過境之後，海岸被強風大浪沖刷殆盡那樣萬籟俱寂。

感覺真暢快。這是我第一次遵從自己的意志，選擇了自己的生活方式，不揣度任何人的心思。儘管是個愚蠢的選擇，但這就是我這個人的本質。

父親和母親會怎麼想呢？——這個總像習慣一樣無法擺脫的想法，有如飄搖交纏的細雨般，在空氣中消散無形。有某種東西流下來，搔過臉頰。我在哭，這太滑稽了，我連在喪禮上都沒掉過眼淚。

——爸、媽。

我在心中呼喚。我終於哭得出來了。到了心裡對你們沒有任何芥蒂的現在，我終於能夠哀悼了，感覺自己好像終於獲得解放。雖然我是這樣的人，但請原諒我，請愛著我吧。

過去，我也拚盡了全力愛過你們。

我靠在座椅上，閉上眼睛，靜靜流淚。

自我從高中辭職，搬到隔壁縣一棟公寓裡，已經過了一段時間。

「……呼哇……」

結發出含糊不清的聲音，我於是悄悄探頭打量她的睡臉。結皺了皺小臉，發出幾聲呼哇、嗚啊的哭鬧聲，然後又安穩睡去，我看了放下心來。

和明日見同學的父母協商過後，我們決定在戶籍上將結登記為明日見同學的母親所生下的小孩，我再以親生父親的身分認領她，「結」這個名字也是我取的。這對我和明日見同學的母親而言極不名譽，但我這個單身漢要順利收養結，只有這一個辦法。

但我沒想到育兒是這麼辛苦的事。從早到晚都在照顧嬰兒喝奶、換尿布，片刻都不能移開視線。看來我選擇在熟練之前專心育兒是正確的決定。

不過，我也沒有太多時間了。我賣掉了老家，因此資金方面暫時沒有問題，但還是該開始找工作了。現在搬到了另一個縣市，假如我打算繼續當老師，就必須重新參加教師甄試。還是該到一般企業就職呢？在那之前，還得尋找能在白天照顧結的托兒所。該思考的、該做的事太多，思路都堵塞了。

另一方面，也獲得了意想不到的好處。說是好處或許不太貼切，但既然長年折磨我的其中一份罪惡感消失了，從這層意義上來說確實算是好處吧。

我剛搬家後沒多久，才谷學長便主動聯絡我，好像是從長谷川那裡聽說我從高中離職，現在沒有工作。

——一定是我的錯吧？不然像你這麼認真的人，怎麼可能失業。

——都是因為我搶走了你的研究成果。

才谷學長問得無比苦澀，我卻聽了才發現自己早已把這一連串事件忘得一乾二淨，忽然覺得想笑。和那件事完全沒有關係，我這麼回答，但才谷學長不相信，甚至說他已經做好覺悟，準備向教授說出實情，聽得我比他還要緊張。

——千萬別這麼做，事到如今再去坦白，一切就都白費了。

——是我自己無法接受。從那天以後，我從來沒有一天睡得安穩。

話聽到這裡，我才意識到才谷學長的苦惱或許比我更加深重。儘管聽起來很沒道理，但無論如何，我都是先走出隧道的那個人。

——那麼，如果學長能提供我一點資助，我會很感激的。

這句話脫口而出，輕易得教我驚訝，才谷學長好像也被我出乎意料的提議嚇了一跳。

你要錢嗎？他問，我毫不遲疑地回答「對」。就學期間欠下的獎學金仍未清償，還不知道要和結一起同住到什麼時候，為了維持生活，我需要錢。

——北原，你到底出了什麼事？

——沒什麼，只是我不像旁人想像中那麼老實罷了。

就只是這樣而已，我半開玩笑地這麼說，但才谷學長沒有笑。

——我現在和女兒一起生活。

我向他吐露實情，才谷學長「咦」地反問。

——你結婚了嗎？

——我沒結婚，也沒有妻子。我一個人撫養她。

所以我需要錢。聽我這麼說，才谷學長呼出一口混雜著安心與脫力感的氣息。

——你真的變了。

——你覺得不以為然嗎？

一點也不，才谷學長這麼否認道，接著又重複了一次，一點也不。

——北原，謝謝你。

——我沒想到向人要錢還會被說謝謝。

——你讓我解脫了。

我靜靜露出微笑。拯救才谷學長的這張手牌，保留著它正確的意義，原原本本交到了才谷學長手中。而讓才谷學長獲得解脫的同時，我也拯救了我自己。小睡中的結醒了過來，開始哭泣，這通電話便匆匆結束了。

後來，才谷學長把錢匯到我的戶頭，當我清償了那筆名為獎學金的欠款，巨大的解放感使我腦袋一片空白。我回想起父親和母親的口頭禪「好心有好報」，彷彿能想像兩老在天國嘆息「這話可不是這個意思啊」的模樣，不禁笑了出來。我沒想過有一天，我能像這樣包容沒出息的自己。

日子一天天過去，但最重要的事還懸而未解。明日見同學以為孩子已經不幸死亡，我還找不到辦法告訴她小孩已平安被我收養。傳訊息給她沒有回音，或許是父母為了提防她和我聯絡，沒收了她的手機也不一定。我想過要在放學時段埋伏等她，又擔心這麼做弄個不好會傳入明日見同學的雙親耳中。

即使順利聯絡上她，也不曉得明日見同學會做出什麼樣的決定，她會選擇和孩子一起居住，還是各自生活？至少在高中畢業之前，她是無法決定的。在那之前，我和結的生活也會懸而未決地繼續下去。

這次或許還是太莽撞了點，我偶爾也會這麼反省，但不可思議的是，我心裡一點後悔的念頭也沒有。無論有多辛苦、多傻，這都是我自己的選擇。

街上傳來摩托車駛過的聲音，我擔心結被吵醒，探頭打量她的睡臉。除了夜啼之外，她最近也更常在睡前哭鬧了。她奶喝得少的時候，夜晚也比較淺眠，發現這件事的那天我很開心，我慢慢掌握了結的規律。

生命一天天逐步成長的歷程——包含結預料之外的反應，以及將這些反應納入考量，思考解決方法的過程在內，這一切意外地讓我感受到了待在實驗室那陣子的充實感。這似乎與普遍養育孩子的喜悅有所差異，但這就是我的育兒之道吧。原以為做研究這條路已經對我封閉，此刻我卻從意想不到的路徑兜了回來。

在喜悅的同時，我也感到落寞。結能待在我身邊多久，全憑明日見同學的答案決定，必須與她分別的日子遲早要到來。我遙想著那一天，凝視著結的臉龐。這張睡臉，和這規律的鼻息，都只屬於此時此刻。

電鈴聲突然響起。現在是晚上八點，這時間會是誰呢？我按下接聽，螢幕上出現明日見同學父母的身影。怎麼回事？我立刻打開玄關門，明日見同學的母親匆匆打過招呼，十萬火急地進了門。父親則帶著苦不堪言的表情。

「請問菜菜有沒有到這裡來？」

「怎麼了？」

「她留下一封信就失蹤了，旅行背包和換洗衣物也平空消失……」

「她去哪裡了？」

愚蠢的問題，就是不知道她去了哪裡，她的父母才跑來找我。我也動搖了。

「想得到的地方我們都聯絡過了，最後只剩下這裡。」

「她沒有到我家來。」

母親露出絕望的神情。

「菜菜同學最近的情況如何？有沒有什麼可疑的舉動？」

「完全沒有。菜菜鬱悶了一段時間，但回到學校上課之後，她就完全恢復了從前的模樣……不，比從前還更有活力。」

她早已計畫好了。演出一個完美的「明日見菜菜」讓父母安心，等到準備萬全之後便離開家。我回想起她在課堂上毫不表現出身體不適，背脊直挺得令人不忍的模樣。為什麼、為什麼，她的母親哭著說：

「她明年就要上大學了呀。如果無論如何都不想住在家裡，她也可以自己搬出去——」

「說什麼蠢話。她都幹出了那種好事，怎麼可能允許她一個人住！」

「就是因為你老是這樣，菜菜才會離家出走！」

我第一次看見明日見同學的母親回嘴，父親似乎也嚇了一跳，一時無言以對。

這時，屋內傳出一陣啼哭。請稍等一下，我說完回到起居室，結正哭鬧得厲害。我將她抱起來安撫，明日見同學的雙親走了進來。

「……她充滿了活力呢。」

明日見同學的母親一臉泫然欲泣地凝視著結。

「這東西就是菜菜的小孩？好像長大了一點啊。」

明日見同學的父親探過頭來，我立刻將結藏到身後。

「她不是『東西』。」

父親詫異地蹙起眉頭。

「無論結還是菜菜同學，都不是按照父母期望行動的『東西』。」

「局外人少不懂裝懂了，你知道我們家醫院背負的責任有多沉重嗎？」

「我不知道。不只是你，原則上只要是別人的事，我全都不了解。我知道的，只有無法遵照父母親期望的小孩過得有多痛苦而已。」

「我沒在跟你說這個。菜菜生來就是地方綜合醫院的繼承人，她有責任——」

「真是夠了！」

母親發出近乎尖叫的聲音說：

「不管什麼時候，你老是把為了醫院、為了家族掛在嘴邊，只要你還是這副德性，菜菜就不會回來。我也受夠了，假如未來你還是不願意改變，我也要離開這個家了。」

母親喉頭抽動，蹲坐在地上哭了起來。

「說什麼蠢話，妳想想我們家醫院照顧著多少病患——」

「我想過了，一直都為他們著想，為他們奉獻到現在，但我再也受不了了。無論是我還是菜菜，都無法只為了別人活到老死，我們也想過得幸福。」

父親看著趴伏在地大哭的妻子，啞口無言地呆立原地。從他微微動搖的表情，能感覺出這個人或許也為了自己背負的包袱受盡煎熬，優先照顧他人，犧牲了自己的需求。這確實是值得讚美的美德，可是——三個人三種思路，每個人都理解彼此不同的立場，卻無法讓步，誰也動彈不得。在沉重凝滯的氣氛中，唯有結的啼哭聲響徹室內，自由奔放，不揣度任何人的心思。

「……小結。」

明日見同學的母親站起身，以指尖輕輕觸碰結的臉頰。結停止哭泣，將目光轉向自己的祖母。明日見同學的母親朝結微微一笑，接著轉向我，深深低下頭。

「草介先生，小結就拜託你了。假如菜菜聯絡你，再麻煩你告訴她結還活著。如果她想離開家，就離開也沒關係；但要是遇到什麼困難，就回家來吧。請告訴她，這一次，我會把她和結的幸福放在第一位。」

「我知道了，一定會向她轉達的。」

我點頭說道，同時心裡卻預感她不會再回來。

在兩人離開之後，我深陷於後悔之中。是我誤判了情勢，我應該想盡辦法和她碰面，無論埋伏在校門還是什麼都好，應該第一時間告訴她結還活著才對。明日見同學現在怎麼樣了？有地方落腳嗎？有人能依靠嗎？身上有錢嗎？

彷彿反映我的不安似的，結又開始哭鬧起來。這孩子的身體是如此嬌小，她動用所有感官感受著世界，估算著自己和呱呱墜地的這個世界之間有多少距離。

「對不起，沒事的，妳什麼也不必擔心。」

我輕輕搖晃著結，對上那雙清澈純真的黑眼睛。

——我們接下來該怎麼辦？

「是啊，得好好思考才行。」

——我們該怎麼活下去？

「嗯，這也得好好決定。」

懷裡搖晃著結，我的思緒也跟著來回搖盪。

若是以聰明或愚昧來論斷，她的決定和我的決定，想必都愚不可及。但她就是想這麼做，而我也一樣。我們想活出自己的樣貌，不是其他任何人，而是這世上僅此唯一的自己。

在我持續思考、持續搖晃的臂彎裡，小小的生命開始發出安穩的鼻息。

週六下午，我在緣廊上讓結曬曬太陽，這時從玄關傳來打招呼的聲音。來不及出去應門，走廊上便響起腳步聲，山上太太探出臉來。

「老師，我小菜做太多啦，帶一點過來給你。」

「那太好了，真謝謝妳。」

正準備站起身，山上太太便伸手制止了我，走到和起居室相連的廚房，自行打開冰箱，將她帶來的熟食保鮮盒一個個塞進去，然後從餐具櫃裡取出玻璃杯，倒了杯麥茶，走到緣廊來。該說熟門熟路嗎，根本已經當自己家了。

「小結，妳在曬太陽呀？很舒服哦。」

她伸出在田裡操勞得粗糙脫皮的手指，戳了戳結蜜桃般的臉頰，結開心地朝山上太太伸出手。在我出外工作的期間，鄰居太太們會輪流替我照顧結，其中山上太太更是把結當作親生孫女般疼愛。

「北原老師，第一次在島上度過的夏天怎麼樣啊？」

「非常舒暢。」

我看向覆滿濃密綠意的庭院。瀨戶內海的陽光炫目而炙熱，但吹拂而過的海風相當涼爽。我第一次見到如此平穩明亮的海。

「城裡來的人都這樣說。哎呀，不過老師你本來就有我們島上的血緣嘛，也算是島上的人。」

「多虧了我祖母的關係，大家都對我這麼熱情，真是幫大忙了。」

在明日見同學銷聲匿跡之後，我決定搬到此前考量許久的瀨戶內海一帶。我母親的老家就在這裡，屋子自從祖父母死後一直都空著，這點成了最大的決定因素。為了結的將來著想，我想多存點錢，不必支付房租會是很大的優勢。

都市裡也常聽到父母親哀嘆搶不到托兒所名額，因而無法出外工作，在這種情況下帶著年幼的孩子搬到島上生活，一開始確實也讓我有所不安，不過傳統鄰里關係用來彌補社會福利的不足綽綽有餘。不僅省下了房租，鄰居還會幫忙照顧結。我們也經常收到蔬菜和魚，餐費也因此節省不少。話雖如此，鄰居會擅自踏入家中，毫不客氣地干涉隱私等等，這些情況剛開始確實也讓我不知所措，不過——

「對了，你知道橋本家吧，聽說他們家女兒萬里離了婚，從大阪回到島上來了。」

「這樣啊。」

「聽說她前夫是個沒有正經工作，還整天打柏青哥的人渣。而且他還對萬里拳打腳踢耶，後來甚至還想叫她下海賺錢。」

「那真是太慘了。」

不僅遇到這麼悲慘的事，而且還被說給素未謀面的我聽。

「可惜她明明是這麼溫柔體貼的女孩子。家裡的事情她都主動操持得妥妥貼貼，懂得給男人面子，總是順從又聽話，沒想到遇到那種爛人。」

就是因為她個性如此，才容易遇到爛人吧。

「雖然她離過一次婚了，但我們大家在討論說，不曉得北原老師你覺得怎麼樣。」

「什麼怎麼樣？」

我往旁一看，對上山上太太焦急的視線。

「我的意思是，感覺北原老師和萬里很相配呀。」

我完全摸不著頭緒。到底為什麼會扯到這個話題？

「我已經有小孩了。」

「即使不是自己的親生小孩，萬里肯定也願意成為一個好媽媽的，這我敢跟你保證。」

「要萬里小姐和我這樣不起眼的男人在一起，對她太失禮囉。」
聽我這麼說，山上太太轉而換上了興味盎然的表情。
「你跟太太分手之後，還是很喜歡她呀？」
「也不是這麼說。」
說到底，我根本沒有妻子——但我沒說這麼多。這種事只需要最低限度的回答便已足夠，假如添加多餘的資訊，明天就會傳遍整座島了。
「啊，不過說起來，我記得北原老師你沒有離過婚哦。」
「妳從哪裡聽說的？」
「公所的松田先生講的。」
我也覺得公所職員這樣洩漏別人的個資不太好，不過這裡就是這樣的地方。正因如此，鄰居才願意把我當成親朋好友一樣，幫著我一起照顧小孩。要是抱持著只想享受優點、不願接受缺點的心態，是沒辦法在鄉下地方生活下去的。
「老師，看來你還是很喜歡小結的媽媽呀。」
否認的話難免衍生出更多麻煩，我於是不置可否地回答「怎麼說呢」。
「她是什麼樣的人呀？」
我該含糊其詞，給出一個模稜兩可的答案，這個問題卻讓我頓了頓。
「問得好，是什麼樣的人呢？」
「咦？」

「我想，她一定也在拚命尋找這個問題的答案吧。」

山上太太困惑地偏了偏頭，而我遙想著消失無蹤的她。

山上太太回去之後，我在緣廊和睡著的結一起睡了個午覺。即便到了黃昏時分，夏季的陽光仍未減弱，不過氣溫稍微下降了些，舒適宜人的風伴著海潮香氣吹進屋內。

我在最後一刻趕上愛媛的教師甄試，從今年春天開始到島上的高中教書。應接不暇的日子一天天過去，我們在這座島上第一次迎來了夏季，但至今仍然不知道她的去向，只收到過一張沒有寄件人的明信片，上面寫著「對不起，我很好」。她是透過我從前教書的那所高中，問到了我的住址嗎？我將這件事告訴明日見同學的母親，她說明日見家也收到了同樣的明信片。

——我沒來由地明白，那孩子是不打算回來了。

她的語調平靜，帶著點放棄意味。

在那之後，電話轉給了明日見同學的父親。

——你們那邊的生活怎麼樣？

他的語氣沒有了先前那種威逼感，我回答「一切順利」。

——結還好嗎？

——她很好，瀨戶內海溫和的氣候很適合她。

——這樣啊。如果碰到什麼困難，隨時告訴我們。

我好驚訝。這颳的是什麼風？

——謝謝，下次我再把結的照片傳給你們。

我道過謝之後，通話空出一陣短暫的空白。

——對不起。

在我還不知該如何回答的時候，對方說「那就這樣了」，靜靜掛斷電話。最後那句話不是對我，而是對他女兒道的歉吧。但我仍然覺得，她並非在悲嘆中不知所蹤，而是展開翅膀，飛向了她無限憧憬的、允許她自由綻放的所在。

她現在過得如何？我望著夏季盈滿蟬聲的庭院，越過野性繁茂的綠意，凝望她飛上天空優美的殘影。

——她是什麼樣的人呀？

——問得好，是什麼樣的人呢？

——我想，她一定也在拚命尋找這個問題的答案吧。

「現在，我也在拚命尋找這個問題的答案哦。」

我是什麼樣的人？想要什麼，又想過什麼樣的生活？這些問題沒有標準答案，選項隨著年紀增長日漸增加，屬於我的大海持續擴展，在混亂的同時也歌頌豐饒。

我垂下目光，結沉睡的身影映入眼中。想守護這孩子的心情，以及被這孩子支持著的心情同時並存，這孩子歸這孩子、我歸我；兩個生命，兩種自由。

「結。」

我輕聲喊她。這是她的名字，同時也代表著將明日見同學和她連結在一起的那條細線。有一天，我能將這條絲線交到明日見同學手中嗎？又或者，這條線將會連向另一個截然不同的地方？誰也說不準。

夾帶海潮香氣的風吹拂而過，我遙想著還未可知的未來。

編織星辰

致：柊光社　青年潮流 YOUNG RUSH 總編輯　植木澀柿先生

辛苦了。櫂的小說已正式敲定在八月出版，詳情等今晚見面再說。九點約在池袋老地方怎麼樣？

薰風館　Salyu 總編輯　二階堂繪理

我傍晚有兩個會要開，不過約在九點的話應該沒問題吧。在我打字回覆「收到，沒問題」的期間，耳機裡藤堂先生憤怒的聲音也不斷指責著我。

『我也不想說這種重話，但再怎麼說，製作方都太缺乏誠意了。假如官方不願意好好解釋，向我道歉，那我也得做好覺悟了。』

話說到這裡，藤堂先生誇張造作地停頓了一拍，我已經料想到他接下來要說什麼。

『我準備把版權轉移到其他出版社。』

上個年代風格的「來啦——」字幕從我腦內席捲而過。

藤堂先生創作的當紅漫畫《工作飯》決定翻拍成連續劇，起初進展還頗為順利，但自從劇本進度開始拖延之後，事情就越來越複雜了。不准加入原作沒有的故事情節、不准亂改臺詞、主演演員的形象不對……藤堂先生開始意見連連。每當他提出不滿，我們都盡量溝通解釋，但這次他終究還是要求對方正式道歉，製作組也氣得怒火中燒。

「真的非常抱歉，我完全能夠理解藤堂先生您的心情。」
『總編都這樣向我低頭道歉了，我也不好意思為難你們啦。』
說歸說，他卻話鋒一轉：『可是，這再怎麼說也太過分了吧……』話題再一次兜回原點，我前前後後道了一整個小時的歉。編輯部裡的後輩一直朝我這裡偷瞄過來，臉上寫著「拆炸彈辛苦了」、「總編加油！」。
『說起來，山岸到底跑哪去了？這麼重要的節骨眼上，責任編輯跑去休長假也太誇張了吧。好不容易新的篇章剛開始連載，身為編輯卻一點幹勁也沒有。』
您說得對，生氣有理，但責任編輯之所以在這麼重要的節骨眼上請假，是因為他一邊扛著藤堂先生不斷膨脹的要求，一邊還得負責和電視臺方面溝通協商，壓力大到胃裡破了個洞，目前正在休養。
『難道對《YOUNG RUSH》而言，我就只是這點程度的作家嗎？』
「怎麼會呢，絕對沒那回事，藤堂先生是我們重要的作家。」
用盡我所剩不多的力氣和語言組織能力，總算是讓他滿意地掛斷電話，到這時我已經累得精疲力盡了。但他三天後還是會打來說「可是我後來又想了一下啊……」，繼續抱怨同一件事吧。當我癱在椅子上的時候，和我同期進公司、任職於宣傳部的中井跑來了。
「拆炸彈辛苦啦，藤堂先生怎麼說？」
「他還是要求製作方正式道歉，還威脅我說，對方拒絕道歉的話，他就要把版權轉移到其他出版社去。」

「啊？他也未免太囂張了吧。」

《工作飯》確實是暢銷大作，但我們出版社除此之外還有諸多作品，而這次事件有可能會破壞我們長久以來和電視臺經營的良好關係。事情演變到這個地步，萬一鬧出更大的紛爭，我們恐怕也不得不和這位作者斷絕往來，因此真要說起來，版權被轉移到別家出版社確實也無所謂，只是——

「我覺得藤堂先生自己會後悔。」

現在是因為《工作飯》掀起熱潮，來自其他出版社的邀約也源源不絕，但從統計上來看，藤堂先生其他作品的成績並不理想。受歡迎的只有《工作飯》一部作品，而這有一大部分也是責任編輯山岸的功勞。山岸打從藤堂先生還沒沒無聞的時候開始，就兩人三腳地照顧他到現在，而現在的藤堂先生卻自負到把山岸搞得胃穿孔，以他這種狀態——

「即使去了別家出版社，他多半也無法和編輯建立起信任關係。在這種情況下，萬一銷售數字不理想，他便會輕而易舉地被放棄。我見過太多這樣從業界消失的漫畫家了。」

「你人還真好啊，他明明給你添了這麼多麻煩。」

中井一臉目瞪口呆地說。但這麼做並不是因為我人有多好，我只是不想因為沒有盡到全力而讓自己後悔，那種後悔的心情，我絕對不想再——

「對了，我聽說薰風館要出版青埜櫂的小說？」
不愧是宣傳部，消息真靈通。
「責編是二階堂繪理吧？傳聞說她在那次事件之後突然接近青埜，一直到青埜過世前一刻都逼著他撰寫原稿哦。那女人真是太狠了。」
聽見他揶揄的語氣，我皺起眉頭。中井繼續說：
「風評都說她為了銷量不擇手段。漫畫原作者由於涉嫌猥褻未成年少年而遭到業界放逐，最後在死前寫下小說處女作——哎，雖然涉嫌猥褻的不是青埜櫂本人，而是他的搭檔，不過不管怎麼說，『人生最後絕筆之作』的話題性還是很不錯吧。」
「她是位優秀的編輯哦，所以才年紀輕輕就被提拔上去當總編。」
「那當然，畢竟她可是白尾廉《惡食》的責任編輯，那部小說可是在這種年代還衝破了百萬銷量嘛。但那本書也是和白尾先生搞不倫戀的分手費——」
「她是位優秀的編輯哦。她發自內心愛著小說。」
我再重複了一次，打斷他的話，中井便露出掃興的表情。
「好啦好啦。秉性善良是很好，但你要是哪天被人算計，我可不管哦。」
「擔心別人之前，你還是先幫我做好自己份內的工作吧。復刊的事就拜託你囉。」
「我知道啦，所以我這不是在努力跟上紋磋商了嗎？」
中井邊說邊看了看手錶，咕噥一句「完蛋，我還要開會」便匆匆離開了。
這傢伙真傷腦筋。我打開筆記型電腦，未讀的郵件堆積如山。說起漫畫編輯，外人往往以為我們只負責和漫畫家開會、檢查原稿，但事實上我們還負責管理連載作品的進度時程、打樣校對、安排取材與準備資料、協調其他部門等諸多事務，不快點一件件處理掉就永遠做不完。

我一邊製作必要文件，一邊確認上面的數字是否正確，在網路上查詢過後，將數據整理到資料上。做到一半，我忽然停下手。這資訊真的正確嗎？在這個點兩下滑鼠就能輕易取得情報的時代，鮮少有人特意花費時間心力，去打撈沉沒在網際網路浪潮間的真相。僅憑幾篇簡單的懶人包就以為自己看清了一切，真偽不明的情報逐漸堆積成「自己心目中的真相」。我是不是也落入了這個圈套？我養成了經常以此為戒的習慣。

青埜櫂——我在搜尋欄打上這個名字，第一個結果便是維基百科。在出生年月日之後，寫著他得年三十三歲。代表作只有和久住尚人搭檔的一部作品，後面附註著「未完」。

未完。這兩個字，對我而言與後悔同義。

我第一次見到青埜櫂和久住尚人的時候，他們才十幾歲。當時我也是剛被分派到《YOUNG RUSH》第二年的菜鳥編輯，他們是我第一次正式負責的作者。細膩又神經質的尚人負責作畫，同樣細膩卻佯裝隨意的櫂負責原作。兩人都擁有不容置疑的才華，運用它的方式卻還不成熟。

我們三個人反覆開會，七嘴八舌地一起出主意，我永遠忘不了成功搶下初次連載資格時那份喜悅。有段時間，作品的人氣遲遲沒有起色，面臨腰斬危機，那時我抱持著被他們憎恨也無所謂的覺悟，也說過一些嚴厲的話。後來，這部漫畫慢慢受到歡迎，在他們接下來才要一展長才的時候，週刊雜誌捕風捉影地捏造了一篇尚人猥褻未成年人的報導。

當時，尚人有位同性的戀人。兩人一向真摯忠誠地交往，但由於那個男孩子還是高中生，便被週刊寫成了不恰當的關係。那完全是篇不實報導，真相被群眾棄置不顧，譴責的聲浪在社群媒體上瘋狂延燒，連載終止，過去的集數全部絕版，電子書籍也停止販售，現在青楚櫂和久住尚人的作品，只能在二手書店買到——

智慧型手機通知我，開會的時間到了。我切換筆電畫面，發起線上會議，責任編輯和美術設計已經在等待加入了。

「辛苦了，兩位久等了。我是植木。」

隔著螢幕，我們向彼此開朗地打招呼。得在今天內敲定下個月發行的漫畫封面才行。這部漫畫雖然有正式的責編，但他還是新手，因此我這個總編輯也作為輔助角色在一旁幫忙。我把殘留在腦海一隅的惆悵蓋好，專注處理接下來該做的事。

開完會後，我還處理了一些突發案件，因此等我抵達相約的餐廳時，距離九點已經過了十五分鐘左右。店裡沒看見二階堂小姐的身影。

「對不起，我快到了！」

她傳來一則附有道歉貼圖的訊息。

「我先入座喝酒了，妳不用急。」

我悠哉地喝了一會兒酒，二階堂小姐便現身了。她手上抓著智慧型手機，可能直到踏進店門前一刻都還在商談事情。「對不起，我遲到了。」她道著歉坐下，同時朝著櫃檯朗聲說「請給我中杯生啤——」。

「植木先生，你點餐了嗎？」

「還沒，我想說等妳到了再點。」

「抱歉，讓你久等了。唉，肚子餓癟了，一整天忙得團團轉，我都沒吃午餐。」

「啊，我也是。」

一方面也是忙著處理藤堂先生那件事的關係，我聽了才想起自己也沒吃午餐。

「真希望至少有時間好好吃飯。」

「忙工作的時候也會忘記飢餓就是了。」

「所以你才這麼瘦啊，植木先生。」

「也沒有，最近我腰圍有點危險了。」

「我記得你四十歲了是吧？中年發福就回不去囉。」

二階堂小姐不留情面地朝我說完，說聲「不好意思——」叫住了店員。

「嗯……我們要味噌滷大腸，還要烤飯糰，鮭魚和味噌口味各一個。串燒要雞肝、雞心、雞頸肉、雞肉丸子、雞心邊肉、鵪鶉蛋、納豆捲，啊，還要雞皮和紫蘇梅雞柳，全部都各兩串。」

她的胃口還是這麼好，人明明這麼細瘦，也不曉得都吃進哪裡去了。

「啊，我還想點個……」

「中華風淺漬高麗菜，對吧。」

在我開口之前，二階堂小姐就替我點好了。

點完餐，我們終於好好坐下來，端起啤酒乾杯。今天明明是平日，餐廳裡卻坐滿了人。這間餐廳的牆面被烤雞肉串的油煙燻黑，不整潔也沒有時尚裝潢，餐點卻特別美味。我長年都是這裡的常客，直到去年才知道二階堂小姐也愛吃這家烤雞肉串。

事情發生在曉海捎來櫂的訃聞那一晚。

「剛才櫂的親屬和我聯絡，說他過世了。」

我傳了簡短的訊息給二階堂小姐。我和她是在尚人的喪禮上初次見面，後來兩個人一起照顧出院後又反覆入院的櫂。

「要不要去喝一杯？」

二階堂小姐傳來這樣的回覆，我回她，好啊。平時和她相約見面時，總是由我預約乾淨整潔的餐酒館或小居酒屋，但那一晚，二階堂小姐卻主動指定了店家，正是這間我長年光顧，彷彿大叔聚集地的串烤店。

——其實我比較喜歡這種店。

——我也是。

發現兩個人其實都在顧慮對方，我們不約而同笑了出來。那天，我們沒聊起關於櫂的回憶。無論是我還是二階堂小姐，都還沒整理好心緒。我們不著邊際地聊著最近業界的話題，喝日本酒喝到爛醉，身體的內核卻仍然重重沉在鬱悶之中，以一種半清醒著作噩夢的感覺，我們步伐踉蹌，並肩行走在深夜的鬧街。

——我一定要將它出版。

即將坐進回家的計程車前，二階堂小姐喃喃說道。我沒問她要出版什麼，我知道她一直在準備櫂的第一本，也是最後一本小說。

——一定、一定會把它出版。

計程車的車門關上。目送車尾燈越變越小，逐漸消失在夜色之中，我出聲喃喃自語，嗯，一定要將它出版。

在八月悶熱的夜晚，我沒有回家，而是邁步走向公司。感覺著後背襯衫布料逐漸被汗水濡溼的觸感，我在內心發誓，要將櫂和尚人尚未完結就從世上被抹消的漫畫復刊。然後，我開始規劃通往這個目的的路線。

「久等了，雞心邊肉、納豆捲、雞心。」

豪氣響亮的聲音將我拉回現實。二階堂小姐接過吧檯另一側遞來的盤子，合掌說「我開動了」。她舉止端莊，卻不會做出把肉一塊塊從竹籤上取下來這種小家子氣的事情，而是打橫拿著竹籤，往旁呈一字形俐落地將肉咬下。她優雅的儀態，以及切合場合的粗獷感讓人看得很舒服。

「我決定小說要在八月出版了。」

手上拿著烤串，二階堂小姐乾脆地說。

「不是公司決定，而是『我決定』，真是太可靠了。」

「我說要出版就會出版。植木先生，你那邊呢？」

「我都協調好了。配合你們的出書時程，我們預計將過去的漫畫復刊，同時在我們《YOUNG RUSH》雜誌上刊載和櫂他們同系譜的漫畫家所繪製的完結篇，目前都在安排中了。」

「不愧是柊光社手腕高明的植木總編大人啊。」

「哪裡哪裡，比起二階堂總編大人還是略遜一籌。」

我們向彼此鞠躬哈腰地說完，我換了個話題：

「對了，櫂那本小說，你們首刷打算印多少？」

「一萬本。」

我嚇了一跳。在這個小說銷量低迷的年代，沒得過新人獎的作家，處女作首刷單行本大約只能印個四千本，弄個不好只印三千本也不奇怪。直接印一萬本，等於是一種賭注了。

「沒問題嗎？」

「我正在為此規劃宣傳行銷的企劃案。」

「話雖如此，也無法花太多預算吧？」

「我會全力調動現有的人脈。動員和我們有交情的雜誌、網站、書評家、撰稿人、推薦人，請他們介紹櫂的小說。」

「那書店方面就交給我吧。」

「那真是幫大忙了，畢竟植木先生你和全國的書店店員交情都很好，連業務在這方面都比不過你。我不知道還有哪個編輯像你這麼密切地和書店店員交換情報。」

「畢竟無論小說還是漫畫，他們都是業界的最前線啊。」

小說業界一年比一年不景氣，但因為一間書店負責某個賣場的店員宣傳推薦，而創造出暢銷書的情況仍然所在多有。書店店員每天實際面對讀者，敏感地嗅聞出現今讀者的需求，做出專業判斷。他們和她們的意見、情報都相當寶貴，也是我的戰友。在尚人和權的連載遭到腰斬的時候，我也聽到許多書店店員惋惜的聲音。來自書店現場的回饋，是真的幫助了當時被無力感擊潰的我。

「除了獲得情報之外，我們也可以反過來主動拜託他們試讀嘛。植木先生，如果是你推薦的作品，他們應該都願意姑且一讀吧。」

「不，他們也是專業人士，對這方面可是很嚴格的哦，無趣的書會被他們嗤之以鼻。不過即使是他們個人不感興趣的書，只要判斷它能暢銷，他們還是願意投注心思為我們行銷。所以，當書店店員說他們個人也很喜歡這本書、願意推廣的時候，我聽了總是特別開心。」

「他們肯定也會喜歡權的小說。」

二階堂小姐說道，我點頭贊同。

我只是個不了解小說的門外漢，但我看了原稿仍然大受衝擊，因為自然放鬆的權就在字裡行間。或許是由於幼年生活艱困的關係，他總是下意識地逞強，以免被挫敗、被看輕，這有時也會淪為過分的虛張聲勢。

作家也存在各種不同類型，而權是切削自身的那一類作家。「青梵權」這個人無可避免地暴露在作品當中，拙劣的修改建議有可能被視為對他本人的否定。當年我在溝通修改時也相當謹慎地揀選措辭，但即便如此，我們仍無法彼此理解，我也曾想對他怒吼，叫他更真誠點聽別人說話。不，我確實對他怒吼過幾次。

可是，《宛如星辰的你》——

在這個故事當中，沒有任何負擔、一身輕盈的權，卻柔和溫煦地站在字裡行間。他彷彿放鬆了緊繃的肩膀，雙手插在長褲口袋，面帶笑容——

我簡直不甘心得要命。最先發掘青梵權才華的明明是我，為何我卻無法引導出這個不加矯飾的「青梵權」呢？我深深佩服二階堂繪理這位編輯，同時再一次意識到當時的自己有多不成熟。

我一直都身陷於後悔之中。那次事件爆發時，我是否還能為他們做到更多？如果我能更巧妙地說服害怕引起爭議的高層，至少可以阻止連載被腰斬吧？即使最後連載真的終止了，我是否也能積極周旋，設法讓他們兩人繼續畫漫畫？重複了無數次假設、如果，我最後抵達的，卻是覆水難收的那句話。

——抱歉，你說得沒錯。我確實不懂，不懂作家真正的痛苦。

在告知權和尚人他們的作品即將終止連載之後，我如此回應權自暴自棄的氣話。我說我接下來還有會議，就這麼將權獨自拋下。那時，我的心已經千瘡百孔。

他們兩人是我菜鳥時期發掘的作家。我打算從頭開始培養他們，自認為一路上與他們共享了所有的成功與挫敗，也為此自豪。然而，作家從零開始創造作品，而編輯只能等待——當作家本人將兩者之間難以越過的高牆明擺在我面前，我選擇保護對編輯工作引以為傲，一直認真打拚到今天的自己。

我只保護了自己一個人，選擇逃避。

我無數次夢見那一刻。夢中的我想要回頭，但最後還是重演那一天的情景。每次醒來我都對自己失望，然後亡羊補牢似的聯絡權和尚人，詢問他們的近況。然而直到最後，我仍沒能彌補那一天的失敗，權和尚人便離開了人世。

從那之後，我就變了。以前我只對於和作家一起兩人三腳地做好作品感興趣，現在卻開始有了往上爬的企圖心。我希望在發生不測時，我擁有守護作家與作品的力量，不想再嘗到權和尚人出事的時候那種後悔的滋味。

有時為了衝高銷售數字，我變得寧可捨棄品質。我曾經誘導作家往讀者偏好的方向創作，也曾經自行組織討好大眾的劇情大綱，再找有品味的新人畫成漫畫。我也曾因為算計過火而惹怒作家，當對方生氣地抗議「我可不是一臺作畫機器」，宣告要更換責編時，我也深自反省。

相反地，對於看好的作家，我就放手讓他們徹底追求品質。即使有段時期人氣下滑，總編輯要求我再想點辦法，我也回答「我會靠著銷售其他漫畫彌補這個缺口」，讓作家自由揮灑創意。過不久，那部作品成為空前的暢銷大作，隔年我便升任為總編輯。這麼一來，終於、終於能著手安排讓櫂和尚人在我們雜誌復出了，我才剛開始為此協商周旋——

「終於走到這一步了，植木先生。」

二階堂小姐喃喃說。

「嗯，終於。」

「能趕得上八月嗎？」

「無論如何，我都會讓它趕上。」

配合小說發行的時程，復刊櫂他們的漫畫，然後把未完待續的故事完結。就像二階堂小姐在最後一刻從櫂手中收到最後一稿一樣，我也從櫂手中收到了連載中斷之後的故事大綱。可是櫂負責的是原作，負責作畫的尚人已不在人世，我一直在思考這部完結篇究竟該如何呈現。

「你打算委託誰來作畫？」

會請來什麼樣的大人物？二階堂小姐的雙眼閃閃發亮。

「我向小野寺佐都留邀了稿。」

佐都留是與櫂他們同期的女漫畫家，新人時期常幫忙彼此做助手工作，私底下交情也很好。在櫂和尚人的漫畫遭到腰斬的時候，佐都留曾不甘心地哭著問，為什麼？那些報導全都是子虛烏有的謊話，不是嗎？

「抱歉，我沒聽過。能告訴我她的代表作嗎？」

二階堂小姐取出智慧型手機。

「是五年前封筆的一位女漫畫家，我最後一次見到她是在尚人的喪禮上了。」

「這麼說來，當時確實有個年輕女生，身材瘦瘦高高的……」

「就是她。現在她已經結婚了，先生出身長野，她也在那裡當家庭主婦。」

她初次連載的作品比櫂他們還更受歡迎，後來卻遲遲無法超越過去的自己。在碰上瓶頸的時候，她懷上了男友的孩子，於是以此為契機結婚，離開了漫畫業界。

當時，佐都留的處境非常辛苦。從出道時陪著她兩人三腳一起創作的編輯去休產假，前來接手的編輯又和她合不來。結果，連載就這麼終止了。

聽說佐都留引退的消息，我感到十分惋惜，另一方面卻也明白接手編輯的心情。當時佐都留的連載人氣不斷下滑，身為受人之託接手的編輯，為了設法避免這部作品被腰斬，自然會建議她優先繪製讀者偏好的劇情，卻沒想到這反而讓佐都留越發迷惘。聽說她要引退的時候，我也挽留過幾次。她是有才華的漫畫家，假如那時候接手的編輯是我，或許還能想點辦法改善情況。

「她已經離開崗位五年，還有辦法立刻畫出漫畫嗎？」

我明白二階堂小姐的疑慮。

「要找回手感或許需要一些時間，但這部分我會從旁協助。佐都留的創作路線和繪畫風格都很細膩，和櫂他們的讀者群也有所重疊。他們三人也經常辯論創作理念，所以我才想拜託佐都留來畫這次的完結篇。」
「如果有這層背景，原本的書迷也比較容易接受呢。」
二階堂小姐點點頭，斂起表情說：
「那麼，剩下的問題就是群眾觀感了。」
她說得沒錯。我們都知道內情，所以很清楚引發一連串騷動的那篇報導純屬捏造，但大多數人不會去調查事件真相以及後續發展。已經貼上的標籤，我們能撕除到什麼地步？但凡踏錯一步，恐怕再一次引發爭議。
「我會盡一切努力。既然決定要推出，我們只能衝刺到最後。」
聽我這麼說，二階堂小姐看向我。
「植木先生，你剛才有點帥哦。」
「我一直都很帥啊。」
對啦對啦，二階堂小姐敷衍道，隔著吧檯點了熱清酒。
「再給我一份煙燻蘿蔔——還要豬頭皮、肝連，再一份納豆捲。」
「妳還要吃啊？」
「你不吃了嗎？」
二階堂小姐以不敢置信的眼神看向我。
「我喜歡的是那種把飯糰沾上味噌，大口大口吃的男人耶。」
「妳先生不是在廣告公司上班嗎？」

「是啊，怎麼了？」

「沒有，只是覺得這真像是活在無懈可擊的空調保護之中，卻嚮往野性的都市人會有的愛好。」

二階堂小姐皺起臉來。

「對啦對啦，真抱歉哦。我先生確實是非常現代的男人，要捏飯糰給我吃之前也會好好戴上手套再捏。」

「妳先生會捏飯糰給妳吃啊？」

「我們是雙薪家庭，家事平分，但我先生的興趣是做料理，所以他經常煮各種東西給我吃哦。他會積極幫忙打掃浴室、洗衣服，覺得無論男女都應該自己照顧自己，是我那些女性主義朋友讚不絕口的類型。那你家呢？」

「我們家有小孩，太太是全職主婦。我平日回家只負責睡覺。」

「哎喲——這裡居然有個昭和年代的大男人，我還以為這種人已經絕跡了。」

被她說中痛處，有所自覺的我垂下頭。

「哎，不過植木先生，我也沒資格說你。我家是因為我先生也很忙，不會為了這種事情吵架，算是幫大忙了吧。」

我們的話題從公事跳到私事，離開餐廳時已經快十二點了。

「二階堂小姐，我記得妳住在目黑區？」

「對，不過我回家還得工作。」

那真是辛苦了。雖然嘴上這麼說，但我也好不到哪去。下週就要發稿，差不多該著手準備了，在開編輯會議前也必須把企劃書看過一遍。此外，動畫化的作品還必須檢查劇本、聯絡、調整、開會，待辦事項堆積如山。

「老實說，把工作帶回家也不太好，但上級總是催我們把特休用掉，在工作環境改革的風氣下不太好意思加班，可是工作量又沒有減少。」

「我也一樣，上司留在公司加班會害下屬不好意思回家。聽說現今這個時代，太努力工作的上司對下屬而言只是一種困擾。邀請下屬去喝酒會構成職權騷擾，若是異性下屬還要再加上性騷擾嫌疑，但只找男人去喝嘛，又會被指責歧視女性。」

上司真難當啊，我倆雙雙嘆氣。

「哎，不過植木先生，你確實太認真工作了。偶爾也得照顧一下家庭，否則太太會跟你離婚哦。」

「我本來想把這句話奉還給妳，可惜你們家是平等的現代婚姻。」

二階堂小姐笑著坐進計程車，我也走向車站。看了看智慧型手機，在短短幾小時之間，已經累積不少信件和訊息。我從優先度最高的開始一件件回應，回到一半看見「安藤圭」這個名字，我不禁停下腳步。

——小圭。

我腦海中浮現那男孩笑容靦腆的臉龐。

致：薫風館　Salyu 總編輯　二階堂繪理小姐

辛苦了。關於櫂的事，我已經附上願意籌辦主題書展的合作書店名單，改天我們找各家書店的賣場負責人員討論一下，順便開個聯歡會吧。

還有，我也跟敝社的網路媒體總編談過了，請數位部門和「Salyu」合作，同步推出青埜櫂和久住尚人的特輯。如果以「夭折的天才」這個概念來整合，妳覺得如何呢？考量到未來他們不會再推出新作，我正在考慮為他們成立一個品牌，希望讀者能長久閱讀下去。這方面也要再找妳商量看看了。

柊光社　青年潮流 YOUNG RUSH 總編輯　植木澀柿

我在休息區喝著咖啡時，收到了來自植木先生的郵件。打開附件裡的合作書店名單一看，我深感欽佩。東京都內的大型書店自不必說，橫濱、名古屋、大阪梅田等等，全國各地知名書店店員的所在店鋪都名列其中。

我也正在構思和柊光社合作的企劃，也同樣想過要以「夭折的天才」來行銷，但又擔心這是否太過老套，或者給人一種消費往生者的感覺，因此猶豫不決。植木先生卻輕而易舉地跨越了這些顧慮，總覺得他好像在編輯這條路上走在我前頭一樣，甚至使我湧現不甘心的情緒。

「你聽說了嗎？新人的出道處女作，首刷竟然要印一萬本，有沒有搞錯啊？」

我回過頭。在充作隔板的觀葉植物另一側，隔壁部門「小說薰風」編輯部的玉城先生和新田正在泡咖啡，他們說的應該是耀的那本小說吧。兩人沒注意到我，繼續說下去。

「我當然知道二階堂小姐手上握有總編權限，她說要出的書，當然就會出版啦。而且青埜權是在漫畫業界做出過成績的作家，也不完全算是新人。」

「我記得和青埜權搭檔作畫的那個漫畫家，是因為猥褻案被逮捕了？」

「他有被逮捕嗎？我記不太清楚，不過這種靠人氣吃飯的行業，一旦搞出性犯罪絕對完蛋。那兩個傢伙也從此一蹶不振，作畫在三年前自殺，青埜則是在去年病死了嘛。」

「然後在病死之後，還被二階堂繪理連骨髓都吃乾抹淨。」

「為了推出暢銷書，連死人她都敢任意使喚，真是個心狠手辣的女人。」

「那當然，畢竟她可是威脅白尾廉吐出原稿，當作不倫戀分手費的女人啊。聽到她說要把這段關係公諸於世，白尾老師肯定也只能拚上老命寫書吧。」

「結果那本書銷量衝破百萬，她本人還以史無前例的年紀破格升任總編，簡直是傳說了。」

「還不只這樣，聽說她還想再往上爬哦。」

新田壓低聲音說：

「我跟你說，好像又有新的男人出現了。」
「什麼意思？」
「聽說二階堂小姐，從不久前開始就跟柊光社的總編有點曖昧。」
咦！玉城先生驚聲說，而我也和他同樣驚訝。
「那個總編就是青埜櫂之前的責任編輯，聽說他們打算配合我們發行小說的時程，一起把絕版的漫畫復刊。我們家和柊光社合作，一起在書店辦場盛大書展的企劃，聽說就是因為有了他們總編全面協助，很多事情都在內部談妥了哦。」
「原來如此，怪不得她首刷就有那個膽量印到一萬本。」
「都是個有夫之婦了，還真虧她有辦法這樣一個接著一個把男人玩弄於股掌之間。」
「還真拚啊，明明她也不年輕了。」
聽得我都想走出去把咖啡狠狠潑到他們身上，但我才不想跟那種傢伙一般見識。我霍地站起身，邁開大步走向下一個會議地點。
從小，大家就說我個性好強，男生們因此討厭我。學生時期，他們說我不夠惹人憐愛，即使交到了男朋友，關係也持續不久。到了出社會之後，人們說我太囂張，男性上司都對我敬而遠之。每一次我都感到受傷，但我並不因此想變得乖巧溫順，只覺得再多努力點一定能獲得眾人認同，於是專注於在工作上做出成果。
然而，無論我取得再怎麼優秀的成就，來自部分男人的攻擊卻從未止息。到了我和白尾老師不倫戀的流言傳開時，就連我在那之前累積的成果，也落得被人嗤笑「果真如此」的下場。

——她果然使用了女人的武器。

——她靠的果然不是實力。

我在業界內頓時名聲掃地。這也沒辦法，我只能接受現實，畢竟無論身為編輯，還是身而為人，我都犯下了違法亂紀的錯事。另一方面，白尾老師儘管和我一樣遭到責難，眾人觀看他的目光卻帶有一點「你很行嘛」、刮目相看的意味。明明犯下同樣的罪行，為什麼女人卻更容易受到譴責？

在那之後過了好幾年，無論我交出再怎麼優異的成果，像玉城先生和新田這樣的男人永遠還是會拿過去當笑柄，對我冷嘲熱諷。他們是不貶低女人，就難以維護自己的自尊嗎？我自己已經豁出去了，反倒覺得那些酸言酸語體現了我的價值。

——只不過，植木先生和我？

我從來沒有過這方面的想法。這並不是說植木先生欠缺魅力，他工作手腕高明，又重視人情道義；而且，在公事與人情之間陷入兩難的時候，他懂得設想最終目標，捨棄該捨棄的事物，或者做好吃虧的覺悟承擔它。他在精於算計的同時保有寬大心胸，兩者之間的平衡恰到好處。無論能力再怎麼優秀，我都不喜歡工作冷血、不帶半點人情味的人。

回到編輯部，我的辦公桌上放著一張便條。「青埜女士打電話來，希望請您回電。」

說到青埜女士，多半就是權的母親了吧，我立刻撥打回去。

『二階堂小姐，對不起呀，還麻煩妳特地打電話來。』

櫂的母親說話嗓音與年齡不符，像個少女。

「我才不好意思，沒接到您的電話。請問有什麼事嗎？」

『前陣子，妳不是寄了那個草約之類的東西來嗎？』

關於出版合約的內容，我已經在櫂生前取得了他的同意，不過以防萬一，還是再請身為遺族的母親也確認一遍。她剛開始還半信半疑，但我一說她將是未來版稅的所有人，她便心花怒放地開始認真回應我。

『二階堂小姐，我看到妳和草約一起寄來的那封信上呀，寫說印量是一萬本。』

是的，這可是我竭力爭取來的哦，我在心裡得意洋洋地想道，不料……

『為什麼只有這麼少呀？』

「咦？」

『我聽櫂說，柊光社那時候都印一百萬本。我朋友也擔心是不是二階堂小姐妳搞錯了，所以我才想說必須好好跟妳確認一下。』

這麼一說，她產生這種擔憂或許也是理所當然。一般人不會知道出版業界的常識，這部分應該由我解釋清楚才對。首先是印量，漫畫和小說的最低印量差不多，但上限天差地遠。漫畫經常看見銷量突破百萬這種數字，但同樣的成績在小說業界等上好幾年也不見得會出現一次。假如把系列作和文庫版也計算在內的話還好說，但光以一本單行本計算的話，小說賣出十萬冊就算是大受歡迎了。

「除非得過知名的新人獎，或是擁有其他亮眼的光環，否則在我們出版社，新人出道的第一本單行本通常只有四到五千本的印量，低一點的甚至只有三千本。」

『三千？什麼意思，假設一本賣一千七百圓的話，嗯……賣完拿到的版稅大概五十萬圓？』

她說話腔調軟綿綿的，算錢卻算得很快。

『花上好幾年寫一本書，卻只拿得到五十萬？』

「沒錯。」

在這個小說銷量低迷的時代，能光靠寫作維生的人少之又少，許多作家都還有其他副業或本業，或者家裡另有主要的經濟來源。即便奪得知名新人獎，如願衝上暢銷榜的情況仍然屈指可數，版稅還是當作賺外快比較妥當。

「坦白說，首刷一萬本這個數字在我們公司內部也遭到反對，許多人都覺得這賭注太大了，但我想要一決勝負。我相信，肯定有許多讀者渴望閱讀青梺先生的故事。」

『……是這樣嗎？』

「是的，我相信青梺先生的才華。」

一陣沉默之後，櫂的母親吸了吸鼻涕，說：

『謝謝妳。有二階堂小姐這樣的人關照，櫂真是太幸福了呢。』

「請別這麼說，我才——」

『不過保險起見，印量的事情我還是再問問看植木先生好了。』

「啊？」

『估價要貨比三家，這是常識吧？』

那就再見了，多謝妳——她掛斷電話，我呆愣在原地。

——那傢伙只有在需要錢的時候才會來跟我聯絡。

我回想起糶曾經如此評價母親。不過每一次這麼說完，他總會苦笑著補充：

——但她仍然是我的母親，我還是必須照顧她。

那笑容很不可思議，看起來好像真的愛她，好像已徹底厭煩，又好像感到哀傷。無論如何，糶都是非常溫柔的男生。那種溫柔與散漫放蕩往往有其共通之處，卻也曾經幫助過我。

傍晚，植木先生傳了郵件來。「糶的母親來找我詢問小說首刷印量的問題，所以我告訴她，一萬本是非常破例的數字！」不遮遮掩掩、引人懷疑，反而乾脆地和我站上同一陣線，和植木先生合作真的很愉快。

——聽說她跟柊光社的總編有點曖昧。

白天的小人言論掠過腦海，我再一次心想，不可能。和植木先生上床確實容易，但思及和他睡過之後將要損失的一切，我就不想乘坐上那麼危險的天秤。未來，我還想和植木先生堂堂正正地共事。

陪著愛喝酒的作家續了第二攤、第三攤，我回家的時候已接近黎明。途中還有另一群作家來和我們會合，算是最近相當吃重的一場應酬。

「啊，繪理，妳回來了。」

我在廚房喝水的時候，丈夫裕一走了過來。他剛沖完澡，正拿浴巾擦著濡溼的頭髮。現在才五點，他起得真早。

「我今天要去跟客戶那邊的部長打高爾夫球。妳呢，剛應酬回來？」

「嗯，中途還和諸住先生他們會合了。」

「他還在喝啊？之前才聽說他肝臟的數字很不妙哦。」

裕一在廣告公司擔任企劃，也認識許多藝人和作家。我和裕一從同一所大學畢業，因工作重逢之後，才重新開始作為朋友互相往來。當我和白尾老師分手之後，裕一便說希望以結婚為前提和我交往，當時我大吃一驚。我們之間先前從來沒有那方面的氣氛，我於是問他為什麼，他回答，因為我們在一起很理想。

「我們對彼此的工作都有所了解，因此忙碌的時候能互相體諒。我們能組成收入高於平均的雙薪家庭，一旦發生什麼狀況可以互相照應，做未來規劃時能夠保有經濟上的餘裕，也能富裕地度過退休生活。在這種時代，雙方人生規劃一致是很重要的。」

與其說是求婚，這感覺更像是聽他做了場簡報，但我沒有任何理由拒絕。裕一的相貌打扮都乾淨整潔，頭腦聰明，個性理性又溫柔，最重要的是，他理解女人掌權工作的艱辛。而我因為白尾老師的事疲憊不堪，在私領域已經不想再繼續奮鬥了。

「繪理，妳要不要吃早餐？」

在我回答「要」之前，裕一已經走進廚房，等我卸完妝回來，他就替我準備好了茶泡飯。白飯、茶壺，小碟子裡盛裝著佐料及佃煮。

「剛喝完酒回家的早晨，能吃到這種清淡菜色真是太感激了。」

「早上過得好，一整天的生活品質都會提升嘛。」

裕一已經整裝完畢，正拿著智慧型手機檢查工作上的郵件，一邊喝著咖啡。他自己明明不吃早餐，卻特地為了我做飯。

他是看見妻子忙到早上才回家，會說「妳辛苦了」，並端出早餐的丈夫。真是太體貼了，太懂得尊重另一半了，我的朋友們都對裕一讚不絕口，同時她們也不忘反手刺上一刀：「喔，雖然這種事女人早就不曉得做了多少年了。」

裕一溫柔體貼，這是真的。但他的溫柔和櫂並不相同，而是與迴避麻煩的理性息息相關。假如對早晨回家的妻子冷言冷語，那雙方肯定免不了一番爭吵，看行程重疊程度，還可能劍拔弩張地度過好幾天。關於這點，裕一在婚前曾經向我說過：

「吵架只會浪費時間和心力，讓人心情煩悶而已，什麼也得不到。我們雙方的工作都這麼忙碌，在外面已經累積夠多疲勞了，還是把家裡營造成能夠放鬆的地方吧。」

當然，就這麼辦吧，我點頭。

但裕一這方面的堅持，比我想像中還要徹底。

那是我們剛結婚不久的事。有段時間，我在工作上遇到莫名其妙的案件，在家也曾經表現出焦慮暴躁的態度。看我遲遲無法恢復狀態，裕一只留下一句「我先到飯店暫住一陣子」便離開了家，直到我告訴他「我已經沒事了，你回來吧」，我們分居了十天之久。

我那陣子確實很煩躁，但夫妻不就是該在這種時候互相扶持嗎？這讓我感到疑惑。從那次之後，我在家時也開始和工作中一樣，有意識地運用憤怒管理技巧。這真的能說是「放鬆」嗎？

活在無懈可擊的空調保護之中，卻嚮往野性的都市人——植木先生這句話說得很妙。我和裕一的婚姻生活，就像維持著完美室溫的辦公大樓。我偶爾會想，假如設備壞掉了會怎麼樣。

「啊，好好吃。」

我吃了一口便驚訝地說。牛肉切成薄片快速氽燙過，還留有一點紅色，再搭配上鹽漬山椒、芝麻、海苔和青蔥。裕一準備的不只是茶，而是以焙茶為底的柴魚高湯，滋味清淡卻甘醇，嚐得到辛香料的刺激。

「我最近跟爸媽去餐廳吃飯，最後一道菜上的就是這個，非常好吃，我才想做做看。」

聽他這麼說，我猛然驚覺。

「真對不起。媽媽上禮拜生日對吧？」

由於碰上發印，再加上權那本新書相關的各項事務，我把這件事忘得一乾二淨。

「繪理，妳不用介意，我爸媽也都知道妳很忙。」

「但還是很對不起，我會在這週內挑好禮物的。」

「真的沒關係啦。假如是意義重大的年分另當別論，否則青壯世代正值最忙碌的時候，真的沒有必要勉強自己，去幫年過六十、生活得優閒自在的爸媽過生日。有這份心意，我覺得就很足夠囉。」

裕一集穩重與冷漠於一身，有時我對此感到不協調，有時又像現在這樣感激他的理性。依照這件事情對自己有或沒有好處而定，觀感也會隨之改變，人總是自私任性的。我向他說了聲謝謝，裕一於是點點頭。

「爸媽他們都還好嗎？」我問。

「他們夫妻倆最近結伴到東京各地逛展覽，我記得那天參觀的是露西・里的陶藝展吧。」

「真好，我好喜歡露西作品裡的粉紅色。」

「他們還問我什麼時候要生小孩哦。」

我停下筷子。越是敏感的話題，裕一就提起得越是輕巧。

「他們說，凡是幫得上忙的地方他們都願意協助，要我們隨時開口。」

「這樣啊，那太感謝了。」

我也輕巧地回應。什麼時候生小孩，是我們家的一大問題。這頭兇暴的獸總是蹲踞在家中一角緊盯著我，隨時能輕易地、不費吹灰之力地咬碎我們憑藉雙方努力維持的舒適生活。

「繪理，妳怎麼想？」

「我未來也想要小孩，不過還是希望再等一下，等我工作告一段落吧。」

我和裕一面帶微笑交談，以不顯沉重的方式提問，不顯沉重的方式回答，以免擾亂受到完美控制的空調。厭惡爭吵和徒勞的裕一沉穩地點點頭，但問題依然橫亙於我們兩人之間。

裕一想要小孩，我也並非不想要孩子。我知道懷孕生產有年齡限制，因此總是決定做完這份工作就生、結束這個企劃就生，然而越過一座山頭之後，總有另一座充滿魅力的高山出現。

我熱愛我的工作。它與我生命的意義和才華息息相關，占據了一大部分的人生，而我對此總是懷抱著難以擺脫的罪惡感。為什麼呢？為什麼只有我，必須為了工作感到抱歉？

「對不起。」

「為什麼要道歉？妳完全不需要道歉哦。」

裕一偏了偏頭。

「我確實想要小孩，但是生產會對女性的身體造成負擔，也會影響到繪理妳的職涯。所以，我覺得應該最優先尊重妳的感受。」

「可是裕一，這件事也和你的人生密切相關呀。」

關於這點，我也希望自己不要逃避，公正地加以看待。

「謝謝妳，繪理，妳真是正直的人。妳不只是值得尊敬的妻子，更是個值得敬重的人。正因如此，我才想站在相反的立場思考——假如伴侶對我提出同樣的要求，我肯定感到很困擾吧。強迫伴侶完成自己做不到的事，是一種暴力。」

超越滿分的回答。我女性主義的朋友對裕一讚不絕口，說我是令和時代的灰姑娘。身為一國一城之主的王子，和同樣身為一國一城之主的仙杜瑞拉，所譜出的現代戀愛故事。仙杜瑞拉和王子兩個人站上同一陣線，贏取自己的權利，擴大自己的領土。

「——的哦。」

我沒聽清他說什麼，「咦」地抬起臉。

「繪理，妳在工作的時候是最美的哦。」

在欣喜的同時，我也忽然對自己卸妝後的素顏感到丟臉。客廳的電燈，想必正毫不留情地照出我臉上與年紀相應的斑點和鬆弛吧。

「化妝的時候是漂亮，素顏的時候是可愛。」

他彷彿讀透了女人心似的補充道。他在這方面圓滑周到，像極了典型廣告公司的男人。裕一粲然一笑，站起身來，我跟到玄關送他出門。

「我從明天開始出差，下次我們見到面可能是週一了。」

「我知道了，加油哦。」

「妳也是。」

親吻臉頰之後，裕一說聲「我出門了」，便背過身去。

玄關門關上，我踩著光裸的腳底板啪噠啪噠回到客廳，在座面寬大的椅子上立起一邊膝蓋，以墮落的姿勢小口吃著茶泡飯。胃舒服多了，我呼出一口氣，仰頭望向天花板，心情像個表演完自己戲分後回到側臺的演員。

這一次也成功克服了每幾個月浮現一次的生小孩問題，安心和解放感一擁而上。我總有一天必須給出答案，但總而言之，那不是現在。

致：柊光社　青年潮流 YOUNG RUSH 總編輯　植木澀柿先生

原來你約到安藤圭的訪談了！

畢竟他是造成櫂和尚人的漫畫終止連載的關鍵人物，我想這對安藤來說，想必也是相當沉重的決定。也請替我轉達感謝之意。

另外，我知道這個請求有點厚臉皮，但如果方便的話，小說上市時能不能也請他寫兩句推薦語呢？不勉強，即使只是考慮一下也好。

總覺得事情進展得不錯呢，終於開始步上軌道了。餓著肚子打不了仗，今晚開會就吃韓式烤五花肉如何？

薰風館　Salyu 總編輯　二階堂繪理

唐突的韓式烤五花肉讓我笑了出來，閱讀二階堂小姐的郵件，總令我湧現「自己也要努力」的幹勁。在約好的時間踏進店內，二階堂小姐已經先到了。

「我們要兩份特上韓式烤五花肉配蔬菜套餐，再一份烤內臟，還要韓式海鮮煎餅和涼拌小菜拼盤。冷麵……最後再點就可以了吧？植木先生，你還需要什麼嗎？」

「再一份涼拌番茄。」

二階堂小姐以憐憫弱者的眼光看了看我，向服務生說「就這樣，麻煩你了」，然後闔上菜單。啤酒馬上便送了上來，我們舉起啤酒杯相碰，對彼此說「辛苦了」。

「還真虧安藤願意接受訪談呢。」

「我一開始拜託他的時候，他本來拒絕了。從前發生過那種事，我也不打算死纏爛打地拜託他，畢竟小圭和尚人很像，是非常細膩的孩子。」

當週刊登出不實報導，導致他的性向被公開揭露，小圭無法承受，於是從大學休學，到國外生活。現在他住在英國，正在努力成為花藝設計師。

「所以我向他道了歉，說他好不容易重新找回平靜的生活，我卻事到如今提起舊事。但過了一小段時間，小圭主動聯絡我，我們就在線上聊了一下。」

肉送上桌，二階堂小姐以嫻熟的動作開始燒烤。

「他給人的感覺還是一樣細膩，卻比以前成熟了許多。我告訴他在那之後尚人出了什麼事，說到一半他便哭了，然後就有一隻手從旁邊伸過來。」

「手？」

「他說，他現在正和人同居中。」

小圭說，是現在的戀人勸他把事情好好說清楚。他說他不介意後續談話內容直接作為訪談使用，於是我徵求同意錄音之後，便和小圭展開談話。直到這場談話結束之前，戀人的手一直都搭在小圭手上。

「我原本還打算委託撰稿人統整，最後還是決定自己來了。畢竟我也有我的後悔，一直覺得我當初或許還能為他們做得更多。而且，小圭是信任我才願意跟我說這些，我也想回應他的這份信賴。」

嗯，二階堂小姐深深點頭。

「真是太好了。小圭的心情輕鬆了一些當然是好事，而且這麼一來，也預防了再次鬧出爭議的可能。畢竟當事人都親口證實那是戀愛了。」我說。

「這樣終於能恢復尚人的名譽了，也彌補了櫂的悔恨。」

就因為一篇充滿臆測的不實報導，兩人被迫嘗到了生不如死的痛苦。即使小圭證明了他們的清白，這也不足以了卻他們倆的遺憾。當初要是沒發生那種事，如今他們兩人應該還在畫漫畫吧。

「植木先生，儘管如此，這次你還是做得很不錯。」

二階堂小姐這句話沁入心脾。「謝謝。」我垂下眼道謝，再抬起頭時，看見二階堂小姐手上拿著一把大剪刀，喀嚓喀嚓剪著表皮烤成金黃色的豬五花肉。

「完成了這麼多工作，也要多吃飯才行。來，趁熱吃。」

真是太豪氣了，我很喜歡二階堂小姐這種豪爽的個性。感傷的氛圍煙消雲散，我依言將豬肉鋪在萵苣葉上，放入口中。肉香和油脂在嘴裡散開，與鹹中帶甜的醬汁簡直絕配。由於搭配了蔬菜和其他辛香料，吃起來也不覺得膩。

「關於小說推薦語的事，小圭也說，如果你們不嫌棄的話，他非常樂意幫忙。」

「你已經幫我問過了呀？」

「因為訪談的事情，我剛好也有些事要問他。」

「太感謝了，我想櫂也會很高興的。」

真的很謝謝你——二階堂小姐再一次低頭致謝，我笑說「妳太誇張了啦」。

「一點也不誇張。實際上，要不是有植木先生你協助，首刷一萬本的提案在我們內部也不可能通過。」

「要說這個，我們這邊也一樣啊。身為為同一位作家傾倒的編輯，讓我們多多互助合作吧。」

聽我這麼說，二階堂小姐不知為何露出不太高興的表情看向我。

「植木先生，感覺大家一定都很喜歡你。」

「怎麼突然說這個？」

「只是覺得你不像我，無論在公司內外都一堆敵人。」

說完，她深深吸了一口氣。那口氣本該化為一聲嘆息被呼出肺部，二階堂小姐卻改變主意似的把它憋住了。她倏地垂下嘴角，把嘴癟成「ㄟ」字形。

「畢竟妳從不暴露自己的弱點嘛。」

我沒有選擇笨拙地安慰她。她和白尾廉有過那種過去，因此催生出一部暢銷大作，又過於迅速地升任總編輯，我明白有些人確實看她不順眼。

「我不喜歡那樣。」

「嗯？」

「暴露出自己的弱點，大家就會覺得我是個可愛的女人，願意幫助我？」

二階堂小姐執起剪刀，開始剪切新的一片肉。

「男人口中的可愛是什麼？簡單來說，不就是比自己還笨的意思嗎？只幫助地位不如自己的女人，這根本不是女人的問題，而是男人度量的問題。」

「說得真不留情啊。妳也可以表面上裝一下，把他們玩弄在股掌之間就好啦。」

二階堂小姐露出由衷感到厭煩的表情。

「懂得像這樣操縱男人，才是真正聰明的女人……說到底，這種論調到底是誰開始的啊？就連份內理所當然該完成的事情，也讓女人恭維他、奉承他，柔弱地說『拜託幫幫我』，為此洋洋得意，男人還真好命啊。」

喀嚓，她剪下的一塊肉掉到鐵板上。

「這主詞包含的範圍太龐大了，我們不要這樣討論啦。至少，就算女性不來巴結奉承我，我也會做好自己該做的事呀。相反地，假如我把身段放低，能夠讓事情進展得更順利、往更好的方向發展，那無論要我對誰低頭幾次都可以。」

「植木先生，我也覺得你是這樣的人。所以我跟你合作起來十分愉快，也非常感謝你。可是在內心一角，我也對你『保有這種餘裕』這件事本身感到羨慕。」

「什麼意思？」

「男人低頭，會被視為一種胸襟寬闊的表現。但女人不同，一旦低頭就會被瞧不起，從此以後男人都用鼻子看妳。你以為年資比我更長的女人們，都是嘗過多少辛酸才一步一步爬上來的？所以，我不會輕易低頭。」

「妳說得太誇張了啦，還是放輕鬆一點比較好吧？」

「會覺得誇張，就是你身為男人，從小就下意識受到這個社會尊重的證據。」

啊，還是不要繼續爭論比較好。再說下去，就不是我和二階堂小姐之間的討論，而是變成更大群體之間的代理人戰爭了。坦白說，這屬於我不太擅長應付的那一類話題——

「抱歉，是我的表達方式不太好。」

「不要道歉啦，植木先生，你又不是那種人。啊，不過，你說得對，對不起。剛剛是我不好，我不該那樣責備你，好像把你當成全體男性的代表一樣。」

對不起，她再一次低頭致歉。

「妳不是不輕易低頭嗎？」

「我不會毫無意義地低頭，但剛才是我不好，所以我會低頭道歉。還有，即使我低了一次頭，你也不是那種會在事後酸言酸語、炫耀你比我優越的人，所以沒關係。」

「假如我會呢？」

「那我不會道歉，無論發生什麼事都會堅稱是你的錯。」
我果然很喜歡這個人。
「二階堂小姐，妳可能不愛聽這種話，但是……」
「嗯？」
「妳真的很可──」
話剛出口，我急忙踩下煞車，但已經來不及了。
「植木先生，你剛才是想說『很可愛』嗎？」
「沒有。」
「就算你不承認，我也聽出來了。」
二階堂小姐冷冷看著我，這一次換我低頭說「對不起……」。
說工作上合作的女性「可愛」是一種性騷擾。反正這是讚美，有什麼關係──這種藉口已經不管用了。身為男人確實感到有些拘束，但這更提醒了我，身為編輯必須時時保持危機感才行。與年輕下屬和漫畫家交談的時候，我能感覺出自己和從小在那種價值觀下自然成長的世代之間，對言詞的觀感已逐漸開始出現落差。出於工作需要，這方面的觀念也必須與時俱進。
「唉──好討厭哦。」
二階堂小姐一手撐著臉頰，喝了口啤酒。
「抱歉，剛才真的是我神經太大條了。」

「啊，我不是那個意思，只是想起了以前不堪回首的事情。」
「什麼事？」
「我喜歡上白尾老師那時的事。」
「呃……這我可以聽嗎？」
「也不是什麼重要的事，如果是說給你聽的話，沒關係啦。」
二階堂小姐輕鬆地說下去。
「在某位作家主辦的酒會上，我不小心表現得太積極了。因為一位我一直想合作的作家也來了，我很努力自我表現，但意圖展現得太明顯，可能不太體面吧，就有其他編輯小聲酸我『真能幹哦』。」
「說出那種話的人才不體面吧？」
「我也這麼覺得。」
二階堂小姐不以為意地答道，看來並未因此感到受傷。
「會說這種話的人哪，就是自己也想這麼做，卻把自己包在『不體面』的外殼裡做不到，所以才嫉妒別人。我也不想被當成不體面的人呀，但我想跟那位作家合作的心情更勝一籌，這也沒辦法。」
「是啊，總比事後再後悔莫及好多了。」
我深感認同地點頭。
「然後準備回家的時候，我在路邊等計程車，這時白尾老師走了過來，對我說『妳真的好可愛哦』。我呆在原地心想，這個大叔在說什麼啊。」

二階堂小姐說，她當然聽說過白尾老師這位暢銷作家，但他的風格本身不太符合她的偏好，兩人在工作上也不曾有過交集。後來，白尾老師主動聯絡她，兩人一起出去吃了幾次飯——二階堂小姐的故事說到這裡便結束了。

「嗯？就這樣？」

二階堂小姐明確地點了一下頭。

「一開始就只是因為他說妳『好可愛』？」

她又點了一次頭。明明都不是涉世未深的小女生了——

「很蠢吧，又不是涉世未深的小女生。」

看來她有所自覺，那我就放心了。

「妳不是不喜歡人家說妳可愛嗎？」

「不喜歡呀。不喜歡被說句可愛就心花怒放的女人，也不喜歡隨口說出那種話的男人。」

「那為什麼……？」

「不知道耶，為什麼呢？平常根本不可能發生那種事，真要說的話，只能說是在特定的某個瞬間、某個地點、某些條件精準重合的時候，發生的神秘現象吧。說到底，『喜歡』本來就是種無法解釋的感情，而且即便是好男人，也並非人人都愛。」

比方說呀，二階堂小姐說著，探出身體：

「有女生跑來問我那種男人到底有哪裡好，但那個女生自己的男友或丈夫，往往也算不上什麼好男人。大家說這些的時候，其實都不會考慮自己有沒有資格評論。哎，不過姑且不論這個，我這麼排斥被說可愛，或許就是因為這是我的弱點吧，所以平常才特別提防、特別小心防衛。」

而白尾老師就是精準戳中了二階堂小姐的這個弱點吧。

「我平常明明這麼堅持己見，卻因為一句『可愛』而淪陷。我為頭腦如此簡單的自己感到丟臉、感到可恥，消化不了自己內在的矛盾，而且那居然還是一場不道德的戀愛。我在此之前累積的信用全部毀於一旦，現在有辦法成功逆轉局勢，簡直堪稱奇蹟了。」

「這樣也很好啊。人生還這麼長，只要結果圓滿就一切都好。」

「才不好。就是因為我有過前科，現在才被人懷疑我和植木先生你有一腿。」

「咦，跟我？」

我不禁大吃一驚，二階堂小姐垂下肩膀。

「真對不起，這真的是我素行不良的錯。」

「呃，不會啦，那個……我們還是別介意這種事吧。俗話說，流言蜚語也傳不過七十五天嘛。」

「但人也可能在這短短七十五天內受到致命傷。」

這話猝不及防地直擊我內心。在這社群媒體興盛的年代，只消動動指尖，任何人都能輕易射出名為正義的箭矢。在尚未釐清真偽的情況下，那些箭矢便刺穿了權和尚人的身軀。

「我們不要輸給八卦和謠言這種東西。」我說。

「……嗯。我們得撐住才行。」

說給自己聽似的，二階堂小姐點了幾次頭，然後像穿越斑馬線的小朋友一樣高高舉起手，扯開嗓門說：「請給我馬格利酒——要用酒壺裝——」

「妳還要喝啊？」

「要喝，而且也還要吃。不好意思——我還要追加豬腳和冷麵。」

在那之後，她又續了一壺馬格利酒，到了走出店門的時候已經有了幾分醉意。

「二階堂小姐，我幫妳攔計程車哦？」

「不用啦，電車還有班次。」

「不行，妳剛剛在門口絆到腳了吧？搭計程車回去。」

「你講話好像爸爸哦。」

「我確實就是兩個小孩的爸爸啊。」

我目送載著二階堂小姐的計程車駛遠，自己也走向地下鐵站。腳步有些微不穩，我認知到自己喝太多了。平常我不會和工作對象喝成這樣，但這是個快樂的夜晚，和二階堂小姐說話能給予我力量。

——好想再跟她多聊一會兒啊。

我穿過驗票口，在月臺上等候電車，一面這麼想道。

我醒來時已過了中午。昨晚發稿日剛過，我和大家一塊去喝酒，直到接近黎明才回到家。我走出一樓臥房，上到二樓的客廳兼餐廳，妻子正在洗碗。我向她道聲「早安」，打開冰箱，拿出柳橙汁來喝。

「你要吃午餐嗎？」

「有我的份嗎？」

「想吃的話我幫你煮，我和孩子們都吃過了。」

聽她這麼說，我說沒關係，那我自己隨便吃一吃就好。由於擔任編輯這種不規律的工作，我平日幾乎不會在家吃飯。婚後我們為了吃不吃晚飯的問題吵過好幾次架，最後達成的共識是原則上不用煮我的份。

「晚餐我會在家吃哦。」

「知道了。我想去採買，待會你能到補習班接夏樹下課嗎？」

「好。夏樹還好嗎？」

夏樹以前有過蹺掉補習班，跑去朋友家打電動的前科。

「他最近都很認真按時上課哦。不過我在想，志願目標或許可以再放低一點也沒關係。要是把他逼得太緊，感覺那孩子也很可憐。」

弟弟夏樹念國小六年級，明年預計和姊姊瑞季一樣參加國中升學考。但與認真穩重的姊姊相比，夏樹個性比較悠哉，讀書總有點提不起勁。

「月底的親師生三方會談，你有辦法一起出席吧？」

「我會調整看看。」

「這牽涉到孩子的將來，你一定要來喔。」

妻子大致擦拭過流理臺，便下樓準備出門去了。我躺在客廳照進明亮陽光的沙發上，聽見樓下傳來一句「我出門了——」。我回她「路上小心——」，接著是玄關門關上的聲音。寂靜取而代之，在屋內蔓延開來。

我和妻子是在大學時代認識的。妻子畢業後曾當過一陣子上班族，不過她在結婚、懷孕之後便離開職場，此後一直都擔任全職主婦。我無論從前還是現在都忙於工作，再加上上班時間也不規律，因此在育兒方面沒能幫上什麼忙。

你也稍微為家人著想一下吧，年輕時妻子也曾這麼責備我。雖然感到抱歉，但另一方面，在知名出版社工作的我不曾讓她為錢煩惱過，也有著靠工作守護家人的自負。太晚回家、要不要準備晚餐、工作聯絡在假日也從不間斷等等，各種大小事累積起來，也曾經導致過婚姻危機，但每一次我們都好好討論、磨合，現在幾乎不吵架了。孩子平安長大，沒出過什麼大問題，多虧妻子好好守護著家庭，我才能毫無後顧之憂地出外工作。我對私生活沒有任何不滿。

——植木先生，下輩子，我想當你家的小孩。

櫂曾經開玩笑這麼說過。櫂的母親不對自己的孩子伸出援手，卻渴望來自孩子的幫助，櫂從十幾歲的時候起，便在精神上、經濟上支持著她。那時，櫂是才華耀眼、嶄露頭角的新人，和戀人曉海也穩定交往，因此我笑著回答他：

——等你生了小孩，自己成為他們的好爸爸就行了。

聽我這麼說，櫂皺起臉，凝望著半空。

——我不知道什麼樣的父母才是好父母。

即使沒見過好父母的榜樣，我也能成為好爸爸嗎？他問道。我說，如果是櫂和曉海你們兩人的話，一定可以的。

——說得也對。先不論我，曉海一定會是個好媽媽。

當時尚人也在場，他懷著夢想說，我也想和小圭收養個養子，一起把小孩帶大。他們的夢想不僅稱不上好高騖遠，甚至只是個平凡微小的願望。

——別想了。

我坐起身，連帶著撈起即將消沉的心。我泡了杯咖啡，烤了麵包來吃，把碗洗乾淨之後下樓到工作用的書房，開始檢查堆積的分鏡稿。

自從升任總編輯之後，我負責的作家已全數交接給後進，但身為雜誌的負責人，我必須看過所有上交的原稿，因此必須閱讀的稿子反而增加了。盡可能不扼殺作家的個性，也不破壞後進編輯的想法，但又沒有時間慢慢思考，只能用紅筆一張張迅速畫記。好想放慢步調，更仔細地工作啊，偶爾我會這麼想。

每天都全力奔走，一回過神，不知不覺就過了四十歲。我不再能像年輕時那樣熬夜，取而代之的是視野變得更加寬廣，某種程度上也能看見自己未來的職業生涯。退休前再往上升個一、兩階——不，兩階好像不太可能。我開始思考，在那之後自己想做些什麼。

孩子們都離家之後，夫妻倆終於能優閒過日子……這是一般正統的退休生活，但丈夫幾乎不在家的期間，妻子也找到了只屬於自己的興趣和快樂。到了退休後，夫妻間是否能立刻恢復溝通，讓我有些懷疑。妻子與丈夫相處不睦而罹患的「夫源病」，丈夫罹患的「身心俱疲症候群」……為了避免這些病症，也為了維持我自身活下去的動力，還是繼續工作比較好。但在那之前，我還有非做不可的事。

我要將權和尚人的漫畫復刊並完結。

螢幕一角跳出新郵件的通知。從剛才開始就陸續有新郵件跳出來，我只看了一下主旨，便擱置了那些不緊急的信件。但看見這一封的寄件人欄上寫著「小野寺佐都留」，我便拋下原稿，打開郵件。

我拜託佐都留替權和尚人的漫畫繪製完結篇。從她互動過程中的態度看來似乎頗有希望，但簡而言之，她的答覆是「我沒有信心把它做好，所以恕我拒絕」。信中言詞真摯，寫著她現在已經退出漫畫業界，住在夫家，也沒有向公婆坦白自己曾經當過漫畫家的事；以及孩子年紀還小，考量各方面條件，在這個環境下實在很難專注創作。

「植木先生，謝謝你邀請我執筆。無論身為權和尚人的朋友，還是身為一名只能滿懷悔恨地旁觀那場謝幕的漫畫家，你願意將這個復仇的機會託付給我，都令我深感開心與榮幸。可是，我已經無法再回到那個地方去了。我知道一旦回去，我便會深深陷入其中。現在的我以家人為第一優先，再也無法屏住氣息，孤身潛入那片深海。」

最後一個句子深深撼動我。於是我確信，這部完結篇果然非找佐都留不可。正因為她和櫂、和尚人活過同一個時代，正因為她將繪製故事的行為比喻為「屏住氣息潛入深海」，我才想將這份工作交託給她。

我打開抽屜，翻看櫂留下來的大綱筆記。他投注所剩不多的心神和體力為我寫下這些筆記，字跡不時可見歪扭顫抖，我卻不覺得它單薄無依。櫂的靈魂充滿力量，從字裡行間冉冉而上。

——謝謝你啊，願意讓我寫下這些。

在他人生最後，與曉海一同生活的那間高圓寺老公寓裡，櫂斜躺在窗邊那張電動照護床上，將這本筆記交給了我。

——我一定會讓它問世的。

——沒關係，你想怎麼處理它都好。

原以為他會說「拜託你了」，我瞬間有些期待落空的感覺。

——要是立下約定，會成為你的負擔吧。

我啞口無言。這孩子究竟有多溫柔，又是多麼寂寞的一個人。之所以知道負擔有多麼沉重，是因為他一直身負著太多行李前行。

——好舒服啊。

櫂說道。涼風從窗口吹進來，我還記得它如何拂動櫂略微長長的瀏海。

結果直到最後，我們都沒有立下約定。正因如此，它成了一顆伸手而不可及的星星，在我內心閃耀，而我彷彿以那顆星辰為指南針，一路不顧一切地衝刺到了今天。然後，花費十年的光陰，一切終於準備萬全。

我闔上電腦，取出便箋和筆。佐都留，無論考量心態或是畫功，都只有妳能把櫂和尚人的靈魂帶到當代讀者眼前了。我會傾盡全力協助妳，希望妳能直接和我談過一次再決定。拜託妳了——

我一直以來都為自己寫字不好看而自卑，但無論如何都想傳達心意的時候，我還是習慣寫親筆信。智慧型手機震動一下，跳出訊息通知，我無暇搭理，一字一句繼續寫下去。從無到有，從零到一，從空無一物之處催生出某些東西——儘管明白這件事有多麼勞心費神，編輯還是唯有拜託創作者一途。

致：薰風館　Salyu 總編輯　二階堂繪理小姐

辛苦了。關於漫畫完結篇，我到長野去拜託佐都留，她總算是答應執筆了。這麼一來，漫畫就能配合小說出版的時期刊登了。二階堂小姐，這段期間也讓妳操了不少心，雖然說不上彌補，不過我有個好消息要告訴妳。

敝社網路媒體和 Salyu 的合作特輯，邀請到伊藤勇星寫評論了。如妳所知，伊藤先生是人氣和實力都相當出色的年輕演員，同時也是知名的愛書人。今年冬天，敝社漫畫改編而成的電影即將公開，飾演主角的就是伊藤先生。在訪談他的時候，我順便拿了校樣給他看，他說他馬上就讀完了（好耶～）

佟光社　青年潮流 YOUNG RUSH 總編輯　植木澀柿

「好耶～」這個太過鬆散的收尾看得我笑了出來，這時後輩弓田看向我。

「二階堂總編，難得妳心情這麼好耶。」

「『難得』是什麼意思呀，難道我平常老是在生氣嗎？」

「是沒在生氣，但妳看起來總是很累，尤其是眼睛下方。」

聽見這犀利的指摘，我不禁伸手摸了摸眼睛下方。我的黑眼圈確實很重，眼下也顯得浮腫，這都是工作太忙碌的關係。除了月刊雜誌的工作之外，櫂的小說也即將出版。

書封裝幀可說是單行本的門面，得和設計師討論該如何設計；要製作試閱本，準備發送給參加我們和佟光社聯合書展的書店；一一聯絡有交情的撰稿人、雜誌編輯、書評家、各大社群媒體的推薦人等等，拜託他們介紹這本小說。根本不可能有時間放假，前不久的三天連假也忙得焦頭爛額。裕一沒抱怨半句，自己和玩伴們一起參加高爾夫旅遊去了。

「妳先生真的是模範丈夫耶。」

「是呀。畢竟他在廣告公司上班，應該說他很能理解工作忙碌起來是什麼樣子吧。」

「真好，我男友這方面完全不行。」

「他很大男人嗎？」

「其實不會。他很喜歡我，一直都在跟我求婚。」

「妳假裝抱怨，其實在曬恩愛吧？」

我試著開了個玩笑，但弓田並沒有笑。

「他說結婚之後，他想盡早生小孩，說我們生的小孩一定很可愛，卻從來沒聽他提過他要請育嬰假。他會鼓勵我，說我絕對能成為一個好媽媽，但我們的認知完全不在同一個頻道上，我根本不知道該從哪裡開始跟他談。」

原來是那方面的問題，我交叉雙臂，看向天花板。弓田是位能力優秀的編輯，負責許多人氣蒸蒸日上的熱門作家，生產和育兒卻意味著她必須中斷職涯。表面上大家都說生小孩對女性的職涯不會產生不利影響，但現實是影響確實存在。在編輯休產假、育嬰假的期間，旗下作家的新作被其他出版社搶走的事情時有所聞。

我有位朋友說，她前陣子去凍卵，將自己的卵子冷凍保存。那天參加聚會的都是三十幾歲、正在職場上工作的女性，這個話題聊得相當熱絡。從古至今對女性的要求，以及社會上對現代女性的要求各不相同，究竟該如何填補兩者之間的落差？我們討論到這件事太過於依賴個人自主判斷，還聊到實際去凍卵之後，會發現這其實也不是件輕鬆簡單的事。

「婚姻到底是什麼呢？」

弓田垂下目光，看向手中的校樣。

「身為戀人的我愛著他，想跟他結婚。但在職場上工作的我卻總會喊停，會問自己這樣真的好嗎，要我再仔細想想。」

無論是自問自答的她本人，抑或是周遭的任何人，都無法輕易告訴她「一定沒問題」。唯有編輯部裡喧擾的人聲包圍我們，在這陣沉默中，弓田呼出一口氣，說：

「二階堂總編，妳偶爾也好好珍惜一下妳先生吧。」

「這是什麼結論呀。」

「難得碰到一個理想的丈夫，不要讓他跑掉了。」

「我會好好考慮的。」我笑著說完，我們便各自回去工作了。

到了下午，我接到聯絡，對方說希望取消今晚的聚餐。待辦事項多得是，不過我還是問了裕一今晚的安排，他回說「那我也早點結束工作吧」，於是我繞到超市，心一橫買了昂貴的牛肉。到家後便開始燉煮牛肉，等到剛過八點的時候，裕一回來了。一踏進起居室，他便喜出望外地抽著鼻子嗅聞說「好香的味道」。來到廚房，他打開鍋蓋，開心地歡呼。

「怎麼了？居然做飯給我吃。」

「因為最近太忙了，一直沒有陪你。要吃嗎？」

「要吃、要吃。我先去沖個澡哦。」

「那我先來準備。」

我將麵包和沙拉盛盤，將裕一的睡衣和內褲在更衣間放好。雖然有點服務過頭了，但只是偶爾為之，我也做得很愉快。假如每天都得這麼做，那我會爆發吧。我們夫妻倆在這方面平衡得很好。

裕一換好睡衣，回到了起居室。我們在餐桌邊面對面坐下，合掌說「我開動了」。才吃下第一口，裕一便點頭說「好好吃」。

「繪理，妳煮的燉牛肉真的很美味。」

「我很擅長這種放著不管就能煮好的料理。」

我們同聲歡笑，聊起朋友們和最近的新聞時事，沒特別提起工作上的話題。沒有必要繃緊神經，時光平穩地流逝。偶爾放下工作，把家庭擺在第一位也是很重要的。正當我沉浸在幸福氛圍之中時，裕一喚了聲「繪理」，放下湯匙，說：

「我可以跟妳談談嗎？」

他問話的語氣奇妙地正式，我也「嗯」地放下湯匙。又是生小孩的話題嗎？我正享受著久違的優閒時光，心裡覺得麻煩，但這確實是必須時時討論的問題。雖然我只能老實告訴他目前工作的狀況，拜託他再稍等一會了——

「我想請妳跟我離婚。」

我一瞬間無法理解他話中的意思。

「咦，你說什麼？」

「我想請妳跟我離婚。」

他間不容髮地重複了同一句話，我呆若木雞。彷彿水漬從腳下逐漸浸染似的，語句的意義一點一滴滲進內在。他不會是認真的吧？我像傻瓜一樣張著嘴，裕一站起身來。

「謝謝款待，真的好好吃哦。碗就由我來洗吧。」

他朝著僵在原地的我微微一笑，一如尋常地收拾空碗盤，捲起睡衣袖子開始洗碗。

我呆愣地回問：

「離婚？」

「嗯，也差不多是時候了吧。」

「是時候……什麼意思？」

我不記得我們夫妻之間談過這回事。

「抱歉，但你能不能再解釋得清楚一點？」

這個嘛……裕一往海綿上補了些洗碗精，說：

「從滿久之前，我就開始問妳什麼時候想生小孩了吧。每一次，繪理妳的答案都是工作太有樂趣了，希望我再等一下。」

裕一說著，以手背抹去噴濺到下巴上的水滴，動作流暢俐落，毫不遲疑。

「繪理，對妳來說，每一次的『等一下、再等一下』或許只是細碎時間的反覆，但對我而言，這卻是一整段連續不斷的等待時間。而在這段期間，我的人生一直都停滯在原地。」

我終於慢慢開始理解事態發展。「等一下。」我站起身說：

「對不起，都是我不好。讓我們好好談談吧。」

裕一露出驚訝的神情。

「妳不用道歉，繪理。妳沒有做錯任何事情呀。」

「可是，你不是說你想要離婚嗎？」

「這並不代表我們任何一方有錯呀。妳不想因為生小孩而中斷職涯的心情不應該被忽視，而且說到底，我本來就是喜歡繪理妳工作時的模樣，才決定和妳結婚的。事到如今再要求妳辭職的話，未免太不可理喻了吧？」

為什麼我是被勸說的一方呢？但裕一的論調是如此正確，同時也是我平時一貫的主張，我只能點頭。

「我反覆說過很多次了，不過生小孩這件事，必須在身體和精神上承受負擔的都是女性那一方。所以生或不生小孩的選擇權不應該在我，而是在繪理妳的手中才對。但與此同時，我也想要自己的小孩。這兩件事乍看相同，其實不然，這是我們兩人各自的自由與權利的問題。我不希望自己的自由和權利遭人侵犯，也想要尊重他人的自由與權利。我這麼做有錯嗎？」

我搖頭。這番論調找不出任何提出異議的破綻。

「在這個問題上，我想我已經等待得足夠久了。但繪理，妳的答案一直都沒有改變。在這期間，我的年齡也不斷增長。男人在這方面或許不存在像女人那樣緊迫的生理限制，但我們同樣也會考慮生小孩的年限。可以的話，最好趁著還在職場上活躍的時候，在屆齡退休之前讓小孩成年，才能安穩平靜地迎接退休生活，諸如此類。」

他說得沒錯，完全沒錯，也合乎情理，可是——

「等一下，哎，拜託你，也讓我稍微說句話吧。」

「啊，抱歉，只顧著自己說話。」

妳請說吧。裕一沖洗完碗盤，擺出聆聽的姿態。他冷靜得不像是個突然向妻子提出離婚的丈夫，看得我莫名起雞皮疙瘩。

「對不起。啊，不是的，等一下，我確實不該為這種事道歉。但我說的是感情上的部分，我想為沒有考慮到裕一你的心情道歉。」

「謝謝。繪理，妳真溫柔。」

裕一臉上的神情輕輕崩解，我總算找到談話的切入點。

「不，是我想得不夠周全。我沒有想到你是這麼認真地想要小孩，甚至會因此考慮離婚……但從此以後，我會認真考慮的。」

裕一露出小狗被拋棄般的眼神，總覺得有幾分造作。

「這樣啊，繪理。原來我花費這麼多年表達的需求，妳一直都敷衍看待嗎？原來我對妳來說只是這點程度的人，這反而更令我傷心啊。」

連悲傷都是如此有理有據，我再一次啞口無言。

「繪理，即使認真考慮，妳也不會改變的。不，妳不能改變。若是為了我而犧牲自己想做的事、扭曲自己原有的道路，妳未來會後悔的。」

裕一溫柔地露出微笑。那是個完美得感覺不到溫度的笑容，教人不寒而慄。

「我認為，為了自己的需要而改變別人的人生是一種暴力。我不想對任何人施加這種暴力，也不希望任何人對我這麼做。繪理，妳要求我再給予更多時間，就屬於這種暴力哦？」

我輸得一敗塗地。將看不見的刀刃刺進我胸口之後，裕一伸手探進睡衣口袋，取出一張紙，在廚房吧檯上將它攤開。

「印章我已經蓋好了。」

那是離婚協議書。裕一邊吃著飯，說著「好好吃哦」，和我一起歡笑，同時卻在口袋裡藏著這東西。不，他一向都是如此。和我睡在同一張床鋪上、一起接吻、一起做愛，同時靜靜倒數著這段關係的終點。恐懼使我的指尖越發冰冷，不是因為裕一，而是因為「我們其實無從得知他人內心在想什麼」這麼單純的事實。我完全沒了半點力氣，重新跌坐回椅子上。

「你接下來怎麼打算？」

我無力地問道。

「我會再婚。畢竟考慮到年齡，我也想盡早生小孩。」

一直刺在我胸口上的那把利刃彷彿在內臟中狠狠剜了一圈，鮮血噴湧而出。我本來想問的是我們夫妻離婚之前的程序，但裕一注視的卻是更遙遠的未來。我不得不意識到，我在裕一的人生當中已經不復存在，或者只是前妻，一部「早已過氣的作品」。
「總之，對方希望能在明年夏天前舉行婚禮。」
「婚禮？」
「我打算再婚的對象明年八月就要滿三十歲了，她說想在那之前結婚。」
裕一在說什麼？我慢吞吞地將腦袋偏向一邊。
「繪理，在重新審視我們這段婚姻生活的同時，我也一直在尋找再婚對象。當然，我沒有出軌哦。我將目前的情況告訴對方，說希望能在我離婚之後和她結婚。她答應了，條件是我在今年內恢復單身。」
——搞什麼鬼？
——你們腦袋有問題吧？
我就連這樣咒罵的力氣也被奪取一空。裕一說他沒有出軌，我相信這多半是事實。成為有責配偶將更難以訴請離婚，而裕一最厭惡爭執與徒勞，不可能做出這種平白損失時間和金錢的蠢事。裕一在法律上沒有任何過失，光論事實的話，他甚至是個針對生育問題耐心討論多年，願意尊重另一半的公平丈夫。
假如排除感情，僅以理性判斷，那麼我就是沉溺於「與具有經濟能力、體貼明理的理想丈夫經營的現代婚姻」這種只對女人有利的幻想，奪走了裕一的人生。這和「與家事全能、賢淑忠貞又從不頂嘴的理想妻子經營的保守婚姻」這種只對男人有利的幻想，又有哪裡不同？

婚姻到底是什麼呢？——我回想起弓田說這句話時的眼神，彷彿正望著遙不可及的遠方。我們總是不停被自己的理想搧巴掌。

「繪理，謝謝妳的諒解。」

我強忍著內心各種洶湧的情緒，而裕一將手輕輕放上我的肩膀，說了句晚安，便離開了起居室。當我在寂靜無聲的屋裡茫然發著呆，彌漫在室內的燉牛肉氣味冷不防竄進鼻腔。牛肉和紅酒飽滿豐盈的香味。

我站起身，脫下一直穿在身上的圍裙，往沙發上一扔。我想逃離這愚蠢的香味。我累了，想躺下休息，但我不想走進臥室，不想跟裕一睡在同一張床上。

我走進衣帽間，披上外套，走出家門。該去哪裡好呢？一看智慧型手機，在短短幾小時之間，各方聯絡已經堆積如山。走進公司我就有許多事能做，打通電話就有人願意陪我喝一杯。

沒關係、沒關係。沒事、沒事。

我邁開大步走著，在紅燈前停下腳步。無所事事地站在夜色之中，恐懼便一點一滴滲入骨髓，好像不繼續挪動腳步，就隨時都會掉進腳下被掏空的地洞。我攔下過路的計程車，前往新宿。與我素有交情的作家傳來訊息，說大家在那裡喝酒，邀請我一起加入。爬上狹窄的階梯，推開店門，店裡只有吧檯座位和三個卡式座位，坐滿了認識的熟面孔。

「二階堂小姐，妳來啦。」

谷村老師神情愉快地朝我揮手。他是個愛喝酒的暢銷推理作家，今晚的酒席間也坐滿了各出版社的責任編輯。我說聲「打擾了」，在邊緣位置坐下，點了杯威士忌加冰，谷村老師便開心地拍著手說：「這麼有幹勁啊！」

「二階堂小姐無論什麼時候都充滿了幹勁吧。」

一位坐在斜前方，和我只有幾面之緣的編輯說道。我記得他來自三葉出版。

「由她操刀的那本青梺櫂處女作，早在上市之前就蔚為話題了。」

「咦，什麼，我沒聽過。是得了哪個獎的新人？」

谷村老師興味盎然地問，在場的其他編輯大致向他解釋過來龍去脈。

「啊，原來是已經過世的作家嗎？週刊雜誌確實過分，不過現在的社群媒體更讓我害怕啊，一般人毫無自覺的惡意真的非常差勁。這遠遠不是能用『成名稅』一語帶過的程度了。」

谷村老師說著，垂下肩膀。儘管作品風格冷硬，但他其實是個心地柔軟的人。

「您說得沒錯，不過二階堂小姐就連這種悲劇都懂得反手利用，還真不簡單。她準備跟柊光社合作，把小說和漫畫一起行銷出去，算得可還真精啊。」

他的語氣明顯帶刺。

「算得很精這種說法，我想可能不太符合事實吧。」我說。

「柊光社那邊的責編是植木先生吧？那個人也很有本事啊。」

你在聽我說話嗎——這句話湧上喉頭，差點脫口而出。

「漫畫界我是不太熟啦，但植木先生不是有些知名事蹟嗎？大家都說他時常跑去拉攏其他雜誌的作家，一找到機會就把人家挖角過去。有坂誠老師的《阿卡佩拉》也是啊，原本預計在有坂誠出道的那家出版社發行，聽說植木先生跑去跟人家死纏爛打，費盡了口舌說服他改到《YOUNG RUSH》上連載。結果《阿卡佩拉》爆紅，植木先生本人也升上了總編。別看他笑臉迎人，其實是個滿腹黑水的傢伙啊。」

「挖角這種事很常見吧？我也分別在好幾家出版社創作呀。」

或許察覺到氣氛不對，谷村老師緩頰似的這麼說道。

「在文藝圈確實是理所當然，不過在漫畫業界，漫畫家原則上都是綁定在同一家出版社的。跑去挖角其他雜誌的作家這種行為，該說是缺乏職業道德嗎？尤其他挖走的又是有坂老師這樣的當紅漫畫家——」

「有坂老師現在確實是當紅漫畫家了，但他當時正遭到原出版社冷落，精神上幾近崩潰。植木先生就是在這時候和他聯絡的。」

眾人紛紛看向我。

「在原先那間出版社，有坂老師初次連載的漫畫被腰斬之後，他繪製《阿卡佩拉》的點子持續遭到編輯退稿。在這段期間，一直都是植木先生陪著他討論，不斷鼓勵他，告訴他『我相信你的實力，你是總有一天會重見天日的創作者』。」

才華洋溢卻創作不出成名之作的創作者多如繁星。即便如此，他們仍然孜孜不倦地創作，在遇見相信這份才華的編輯之後，一切努力方能開花結果。由於圈子裡都是職業作家，這是個人人視才華為理所當然的世界，要想成功還需要努力及運氣。

「由植木先生帶進門的作家經常在《YOUNG RUSH》上嶄露頭角、打響名號，是因為他擁有看見作家才華的眼光，以及在開花結果之前耐心等待的毅力。要怨恨的話，你該恨自己有眼無珠，才會把蘊藏潛力的璞玉置之不理吧？」

「哎、哎呀，言重了，我也不認識植木先生嘛，只是聽說過這樣的傳聞……」

「哦，原來是小道消息啊。講話毫無根據，又不負責任。」

三葉出版的編輯啞口無言。

「順帶告訴你，我受到青埜櫂的才華吸引、與他商談合作，已經是大約九年前的事了。花費九年的時間反覆改稿，我終於能讓他最初、也是最後的一部小說問世。至於植木先生，大概是二十年前左右吧。青埜他們是他從出道前就開始悉心栽培的作家，而他花費十年，終於能將他們尚未完結就成為遺作的故事復刊。你說這叫『算得很精』？」

全場一片鴉雀無聲，眾人尷尬地低著頭。糟糕，我搞砸了。我喝光剩餘的威士忌，站起身來。

「谷村老師，不好意思，今晚我就先失陪了。」

「啊、嗯，沒關係、沒關係。改天隨時再來哦。」

我低頭行了一禮，走向門口。糟透了，我毀了人家的酒席。那個惹人厭的編輯就算了，但我對谷村老師真的很抱歉，明天寫封信向他致歉吧。正要走出店門的時候，一直站在門邊的一個男人跟在我身後，一起走了出來。我蹙起眉頭。

「白尾老師？」

「喲，好久不見。」

在他的招牌黑色棒球帽帽簷底下，一雙眼睛笑得瞇起。這男人是我曾經負責過的作家，同時也是我從前不倫戀的對象。我皺起臉來，白尾老師嘻皮笑臉地看著我。

「白尾老師，你怎麼在這裡？」

「谷村找我來喝酒，沒想到一來正好看見妳在發表高見。」

「我才沒有。」

「非常帥氣哦。」

白尾老師跟在我身後，走下階梯。我問他不回店裡嗎？他說不了，感覺沒什麼意思。我們倆有多久不曾在夜晚的新宿漫步了？當年經常相約見面的酒吧招牌映入眼簾。

「妳碰上什麼事了嗎？」

「什麼意思？」

「那點程度的挑釁，現在的妳應該能嗤之以鼻，理都不屑理吧。」

現在的妳——我不禁笑了出來。

「那都要多虧白尾老師你的訓練。」

「不敢當、不敢當，最後看來反而是我受妳訓練了。」

回想起那段關係的終幕，我們雙方都沉默了一會兒。當年我聽信了他口中「等到小孩成年就離婚」這種男人的陳腔濫調，好一陣子大哭大鬧，讓他看見了不成體統的醜態。我嘴上曾說做好了玉石俱焚的覺悟，但坦白說，我自己也沒有捨棄職涯的勇氣。雙方都是大人了，最後事情就以白尾老師將最新作品交給我落幕。

「我真的對妳感到很抱歉。」

「這樣啊？」

「和我之間那一段往事，後來是妳被惡言批評得比較嚴重吧。」

「畢竟我想要得到的是一個已有家庭的人，這些我都做好心理準備了。」

話雖如此，假如我身為女人、身為編輯都淪落到悲慘境地，多半不至於被抨擊到那種地步吧，人們或許會在揶揄我的同時寄予同情。然而，我和白尾老師合作的故事卻狂銷大賣。男人只要在事業上取得成功，女性關係方面的問題往往能獲得寬恕，在某些業界還會被評為追求更高藝術表現所需的經驗累積；而女人一旦成功，卻反倒會遭受更嚴厲的責罰。這確實無理至極，但我同時也覺得，與其受人同情，還不如遭人嫉妒更好上一百倍。

「無論誰說了什麼，我都無所謂。比起那種事……」

當時的我還有更加渴望的東西——我仰望夜空。

「那時的妳還真可怕啊，像魔鬼一樣。這裡應該抽換成另一個橋段更加鮮明，這段敘述重寫，到最後還說人物性格前後不一致……簡直毫無顧忌了。」

確實如此。那是我和白尾老師第一次、也是最後一次合作的稿子，我抱持著將故事一刀兩斷的覺悟，將稿子批改得滿江紅，甚至因此惹得白尾老師大發雷霆，對我怒吼，妳這傢伙以為自己算什麼東西——

「老師，你也很可怕呀。那還是第一次有人罵我『妳這傢伙』。」
「那是我不好，忘掉它吧。」
「我不會忘記的，一直都記在心上。」
白尾老師尷尬地縮了縮肩膀。
「啊，我說『不會忘記』不是那個意思，請別誤會。」
我知道，他邊走邊這麼說道，撞了撞我的肩膀。
「在我心目中，也已經沒把妳當作女人看待了。」
「嗯，我們是作家和編輯。」
「妳還順便成了我的恩人。」
聽見出乎意料的詞語，我看向白尾老師。
「畢竟被妳狠狠打了這一巴掌，我這個作家才再一次活了過來。」
我好驚訝。沒想到白尾老師自己對此有所自覺——
「當時，身為作家的我處在岌岌可危的位置。大家都注意到了，所有人卻都盡可能不讓我察覺這件事——除了妳以外。」
我默不作聲，權當是肯定的答覆。當一個作家越受歡迎，編輯就越少潤飾原稿，除了重視作家本身的世界觀之外，也是為了避免冒犯到作家。
當時的白尾老師是個夠格的暢銷作家，銷量卻已經在一點一滴下滑。這也無可奈何，畢竟當紅作家無論出版什麼書都能賣出一定成績，連自己都不甚滿意的作品也能獲得大眾肯定。若不是特別嚴以律己的人，過不久便會選擇更輕鬆的做法，放任自己跟隨慣性寫作。就連一向倚重的編輯都不再指出這點，作家更是無從察覺。

「不再被批改紅字，對資深作家來說是最可怕的事。」

在出版業深不見底的低迷景氣當中，作家再也不是從前那種榮獲知名文學獎之後，便一輩子平步青雲的工作。一旦有所鬆懈，銷量便會節節下滑；即便時時繃緊神經，萬一作品不夠有趣，同樣也免不了銷量下滑的命運。新人一波接著一波出道，每一部作品都是攸關存亡的決勝之作。

從數字上看來，當時的白尾老師仍然是足夠暢銷的作家，要在他的原稿上畫記那麼多紅字，對編輯來說也是件需要覺悟的事。白尾老師暴跳如雷，但我卻堅決不肯讓步一分一毫。那是我和白尾老師一起合作的第一部、多半也是最後一部故事，我無論如何都想將它打造成白尾老師最棒的傑作。這是我身為編輯了斷這件事情的方式。

「一個對不倫對象死纏爛打的小三，一個逼迫對方交出新作當分手費，因而斬獲成功的、唯利是圖的女人——事實與人們背地裡這些抨擊恰好相反，其實妳才是先以女人的身分看透我、放棄我的那一方。不僅如此，妳還以編輯的身分復活了我這個作家。那是妳向我致歉的方式。」

「你美化過頭了。」

還真不坦率啊，白尾老師說。

「哎，不過我說錯就說錯，也無所謂。」

我往旁邊瞥了一眼，看見白尾老師低垂著眼瞼，露出難為情的笑容。

——以前好喜歡他這種表情呀。

白尾老師從年輕時期就是受群眾追捧的暢銷作家，個性強勢又惡劣，卻會在某些片刻展現出青澀的笑容。「在社會上斬獲成功的男人無意間流露出少年特質」——這確實是司空見慣的套路，我卻也毫不例外地淪陷了。

「妳先生還好嗎？」

他唐突地這麼問。

「他很好。」

「你們處得都好嗎？」

「很好啊。」

我撒了個漫天大謊。

「搞什麼，真沒趣。我在電影相關的工作場合見過妳先生一面，但絕對不會想跟那傢伙一起喝酒。他的工作能力不錯，態度也很和善，但感覺眼睛裡不帶笑意，是個捉摸不透的人。」

到了現在，我好像能明白他的意思。

「裕一是觀念現代，又願意平等對待女性的人哦。」

「表面上是這樣。」

「他在家裡也是這樣，我朋友們也對他讚不絕口，說他是理想的丈夫。」

什麼理想啊，白尾老師冷笑道：

「觀念現代的男人，就是對現代女人來說恰好方便的男人吧。這是以社會性為前提，我們在檯面上『該有』的表象，身為構成社會的一分子，我們必須要這樣表現。但哪可能有人回到家還是那副樣子啊？假如真的有，那他要不是在刻意忍耐，就是個神經病。啊，妳剛才看我的眼神，是覺得我講得太極端了吧？」

「沒有，我只是覺得很有意思。」

「不過，極端也是理所當然的，畢竟男人和女人處在相對的兩極才是自然。兩個性質相同的人生不出小孩，這是為了傳宗接代，基於自然規律形成的對立結構。兩性儘管有可能尊重對方的立場、彼此認同，但本能上卻不可能和對方同化。」

他說得沒錯。大家心裡都明白這件事，同時努力當個「公正」的人。而裕一以這種「公正」為盾牌，向我提出了尊重女性的、現代的離婚。

「總而言之，過度追求理想可不行哦。」

「是這樣嗎？」

「是啊。說到底，完美本身就是種錯誤。」

原來如此。不知怎地，我一聽便認同了這個說法。

「『世上不存在美麗工整、與理想一致的愛。歪曲才是愛的本質。』」

我輕喃道，白尾老師看向我。

「咦，真驚人啊。妳居然記得？」

「你以為我讀了多少次校樣？」

這是我們聯手打造的白尾廉最棒傑作，《惡食》的其中一段。

「還真教人高興。等到安頓下來，不如來寫個續篇吧。」

「真的嗎？那你什麼時候安頓下來？」

身為編輯，我馬上緊咬住這句話不放。

「不曉得，我心血來潮的時候就是安頓下來的時候。」

什麼意思啊，我們一起笑著走在街上。在走出街口、踏上大馬路之前，白尾老師說他還要再去喝兩杯，便走向他從前就經常光顧的酒吧。

「妳要不要一起來？」

「我還有工作要忙，要回公司了。」

「妳好歹也說去公司吧，這時間不回家而是回公司，多寂寞。」

白尾老師揮揮手，走下大樓通往地下的階梯。我走上大馬路，原想攔輛計程車，卻忽然對一切都提不起勁，於是斜靠在面朝大街的商店櫥窗上，一隻腳稍稍離地，好紓緩女用包鞋造成的疼痛，一面茫然望著街上來往的人潮。我累了。就只是單純地，深深地，累了。

——妳好歹也說去公司吧，這時間不回家而是回公司，多寂寞。

我寂寞嗎？客觀來看，夜晚像這樣一個人在街頭徘徊，哪裡也回不了的女人，看上去多半很寂寞吧。那是個三十五歲上下的女人，在工作一整天之後回到家做飯，卻被丈夫宣告離婚，妝容也斑駁脫落——我嘗試想像她的面孔，簡直慘不忍睹。一旦低下頭感覺就要掉下眼淚，我使勁抬起下顎。

「二階堂小姐？」

有人喊我的名字，我慢吞吞地朝那個方向看去。

穿著襯衫配卡其褲，背著後背包，一身輕裝的植木先生站在那裡。

「怎麼了？怎麼在這種地方發呆。」

我花了幾秒鐘的時間，才開口回答：

「我剛參加完酒會。植木先生，你呢？」

「剛才去開會，順便聚餐，正要回家。妳要喝嗎？」

他將寶特瓶裝的礦泉水遞給我。我扭開尚未開封的瓶蓋，喝了一口，便意識到自己很渴。水安靜地、緩慢地逐步浸染身心，我安心閉上眼睛。

「二階堂小姐，妳無論喝什麼都喝得津津有味啊。」

植木先生說著，也跟著斜倚在櫥窗上。他輕輕呼出一口氣，望著街上路過的行人。平時總是健談的植木先生，今晚卻沉默寡言。不曉得他怎麼了？想到這裡，我意識到自己產生了擔心別人的餘力。多虧了那區區一口水，多虧了給我這一口水的植木先生。

「好累哦。」

我們異口同聲地這麼呢喃，相視而笑。

「我今天遇到好多煩心事。植木先生，你也是嗎？」

「嗯，遇到了好多煩心事。」

至於是什麼樣的煩心事，我們不問也不說，兩人並肩望著夜晚的街景。

「讓人好疲倦哦。」

「真的，好疲倦。」

「有時候覺得好厭世哦。」

「真的，好厭世。」

「但還是得繼續努力才行呢。」

「真的，得繼續努力才行。」

這些話一點也不具體。人人的喜怒哀樂各不相通，但身邊有個同樣疲憊、卻仍不屈膝認輸的人，是多麼令人心安。

「『世上不存在美麗工整、與理想一致的愛。』」

「怎麼啦、怎麼啦？突然說這種話。」

「只是有感而發。那多半、一定，只是無法實現的夢想吧。」

植木先生斂起笑容，一陣短暫的沉默。

「即便如此……」

植木先生喃喃說：

「假如放棄追尋，那夢想就真的結束了。」

我「咦」地看向身旁，植木先生正仰望著夜空。

「所以，咱未來還是會繼續追尋的。」

——植木先生說「咱」的時候，就是他認真的時候。

我想起櫂經常這麼說。

這個人今天想必也遇到了什麼事吧。

想必也是嚥下了千頭萬緒的感受，此時此刻才站在這裡。

「植木先生，你真強大啊。」

「恰好相反。正因為我太弱小，所以才必須使勁站穩腳步。」

啊，或許是這樣沒錯。真正強大的人更加柔韌，能彎下腰隨風擺盪，在屈身的同時建構出新的自我。而我一旦彎下腰，感覺就要折斷了，所以只能死命挺直腰桿、站穩腳步，告訴自己不能輸、不能輸。

和白尾老師分手的時候也一樣。像厲鬼一樣在稿子上批改紅字，被白尾老師怒罵的時候，我儘管害怕，卻還是鞭策自己絕不能退縮、絕不能輸。當我作為一個編輯，看見了身為女人沒能看見的、白尾老師認真的一面，我在真正的意義上開始「相信這份工作」。無論內心淌著多少血，我仍然保有我的聖域，而它從今以後將會支撐我一輩子。

「嗯，說得也是，現在還不能投降。」

我深深吸入一口氣，與植木先生並肩仰望夜空。被大樓切分成小塊、點著繁華人工霓虹的天空裡看不見星星，但它們確實都在那裡。

「要找個地方喝一杯嗎？」

「不了，我要回公司工作。」

工作環境改革。工時過長的上司會造成下屬困擾，特休最好全部請掉，這些我都明白。儘管明白，但唯有今天這一晚，我還是想為自己工作。我朝著街道踏出一步，腳下稍微踉蹌了一下，植木先生情急之下扶了我一把。我說了聲謝謝，抬起臉，在極近距離對上他的雙眼。臉離得太近，我一時慌了神。

「抱歉。」

我們在同一時間道歉，同一時間拉開距離，我攔了輛計程車，坐進車內。直到車子開動之前，植木先生一直帶著略顯緊張的神情目送我離開。

——總覺得，剛才，好像有一點點危險。

望著車窗外流逝的風景好一會兒，我深深靠上椅背，心想，不可能。我尊敬植木先生，也欣賞他的為人，但凡有個契機，或許我會在轉眼間愛上他也不一定。但現在的我不會選擇這麼做，我相信植木先生也一樣。我們一起工作，比一起談戀愛更快樂、更自由多了，也能飛往更高更遠的地方。我很清楚，這樣的對象比戀人更加難得。

智慧型手機發出震動，通知我收到了新訊息。

「繪理，聽說妳在谷村老師的酒會上大鬧了一場？」

「三葉的編輯就是那個姓紺野的吧？那傢伙真的有夠討厭。」

「二階堂，妳好帥喔——」

是編輯朋友們傳來的訊息。這業界的八卦傳得可真快，我笑了出來。無論是我、植木先生，還是其他編輯，大家都在各自的崗位上努力，而我也還能繼續奮戰。

「發生了什麼好事嗎？」

計程車司機問我，那是道年輕女性的聲音。

「我看起來像嗎？」

「是呀，妳看起來非常開心。」

聽她這麼說，我才察覺自己忘記了和裕一之間的事。這種亢奮是短暫的，我知道明天鮮血肯定還會自傷口噴湧而出，也知道我肯定還會痛得滿地打滾。即便如此，我依然想感謝這些人給了我力量，讓我撐過最難熬的今晚。

「今天，我離婚了。」

雖然精確來說，只是預計離婚而已。

「原來是這樣，恭喜妳。」

年輕的女司機開朗地這麼說道，她握著方向盤的手上戴著純白手套，像新買的一樣潔白。那雙清潔的手，帶領我前往下一個目的地。

致：柊光社　青年潮流 YOUNG RUSH 總編輯　植木澀柿先生

辛苦了。我收到印刷廠的校樣了。這是我第一次在作者缺席的情況下檢查校樣，修改時必須非常小心謹慎，但我一定會將它做好，敬請期待。

漫畫完結篇進展得如何了？你先前拿給我看的分鏡稿雖然很不錯，但該說是過度沿襲權和尚人的作品了嗎？還是感覺不太到佐都留本人的創作風格呢……？考量到這一次完結篇的宗旨，這是正確的路線嗎？這想必是個令人苦惱的問題，但植木先生，我相信你一定能過關斬將的。加油！

薰風館　Salyu 總編輯　二階堂繪理

我從智慧型手機上確認過二階堂小姐令人心安的郵件，將注意力轉回到正前方電腦螢幕裡的佐都留身上。我們正巧在線上討論分鏡稿的修改事宜，大約已經談了一小時左右，卻遲遲找不到出口。

『我認為如果是權和尚人的話，他們一定會這樣畫的。』

我明白佐都留想表達什麼，而且我也認同。現在這個版本的分鏡，也已經達到及格分數了。假如將這篇漫畫視為繼承早逝創作者未完之作的「容器」，我也覺得剛好及格的安全路線才是正解。反過來說，在「不得超越原作」的意義上，這篇作品也不該以超越滿分為目標——

「嗯，我也覺得。可是，該怎麼說呢……」

但我卻支支吾吾地含糊其辭，像剛入行第一年的新手編輯一樣想著，「我就是覺得哪裡不太對啊」。正如二階堂小姐所擔憂的，這部完結篇除了是權與尚人的漫畫之外，同時也是佐都留的作品。要是佐都留在這方面有所顧慮，那她繪製這篇漫畫的意義又在哪裡呢？

『書迷等了這麼多年，他們想看到的是權和尚人的漫畫。我不能太出鋒頭，必須畫出書迷想看的東西。這一次，我認為這才是專業漫畫家該有的工作表現，所以才接下這個案子。假如你對此感到不滿，我就不應該答應了。』

「佐都留，我邀稿的時候可沒有給妳這麼多限制哦。」

『可是，植木先生……』

隔著螢幕，佐都留控訴似的盯著我瞧。

『我真的很不想見到權和尚人的漫畫以那種形式告終，那時我不覺得悲傷，只覺得憤怒。那些人只因為區區一篇週刊報導，就否定了他們兩人花費多年苦心創作的故事。你們這些傢伙到底哪裡讀過他們的漫畫了，根本什麼也不懂，開什麼玩笑——我對那些人氣得跳腳。老實說，對於沒能保護他們兩人的植木先生你，還有編輯部，我也感到很生氣。』

說到這裡，遭到指控的我神色平靜，反倒是說出這句話的佐都留露出深深受傷的表情。對不起，佐都留說完垂下頭去。

『明明我也一樣是無能為力的人。』

「不，以我的立場，受到責備也是理所當然的。」

『落井下石地責備一個已經有所自覺，還感到抱歉的人……我是對這樣的自己感到生氣。』

佐都留並未掩飾她的煩躁，毫不保留地皺起眉頭，我忽然回想起她還在業界的時候。當討論陷入最沒有共識的僵局時，漫畫家向編輯展露的、最真實的不悅——還在第一線大展身手的時候，她也和櫂他們一樣，是公認難以討好的作家。明明在這種時候，我卻因為再一次見到她這副表情而高興。

『所以，該怎麼說……剛開始，我只考慮到自己當時的悔恨和憤怒，把這當作為他們兩人而打的復仇之戰。可是一旦開始作畫，屬於「我的漫畫」的自我意識還是會冒出頭來。我明知道身為職業漫畫家該怎麼做才對，卻不知該如何處理這種自我意識而煩躁不已——啊，不對，不太一樣。我肯定是覺得害怕吧。』

佐都留加快語速這麼說著，粗暴地撥亂了她那頭長髮。

『畢竟我都已經引退了，是一度放棄自己，認定自己沒有才華的人。要是我還在這篇漫畫表現出自己的堅持，做出這麼半吊子的事情，那不是很沒面子嗎？明明畫完這篇漫畫我就要回去當家庭主婦了，我卻——』

佐都留噤口不語，她想說卻說不出口的話，隔著螢幕排山倒海般朝我湧來。她渴望再一次潛下水面，再一次潛入那片名為創作的、深不見底的海，儘管那裡痛苦得令人窒息，心彷彿也要被水壓擠得破碎。

「那就回來吧。」

佐都留停下亂撥頭髮的動作，緩緩抬起臉來看向我。那雙眼睛裡蘊藏恐懼，害怕著一些經歷過瀕死般的折磨才會明白的東西。

『請不要說得這麼簡單。』

佐都留單薄的嘴唇在顫抖。

『我是家庭主婦，有丈夫、有孩子，必須支撐我的家人才行。』

「誰說主婦就必須是負責支撐家人的那一方？就像妳一直以來支持著家人那樣，這一次讓家人來支持妳不就好了嗎？即使結了婚、生了小孩，妳還是可以追求夢想，可以為了自己奮鬥呀。」

『我們家住在鄉下，那種典型的理想論根本不適用。女人可以去工作沒關係，但家事也要做好，不能給丈夫添麻煩——這裡是把這種事視為「正常」的鄉下，和東京不一樣。我現在說的話很無聊吧，但這才是我的現實。』

佐都留狠狠瞪著我說：

『編輯根本不了解執筆人的恐懼。』

那一瞬間，我歷歷在目地回想起那一天。

權也曾經用同樣的眼神瞪視我，說我什麼也不懂。

因為週刊雜誌那篇報導的關係，當時我剛把過去集數全部絕版、電子書也將依序停止公開的消息告訴權。從那個時候開始，我便一直身陷於後悔之中。我不想再經歷那種事，不想再一次錯失向我求救的手。

「是啊，我說的都只是理想。」

越過螢幕，我直直對上佐都留的視線。

「但無論我說了什麼，其實都無關緊要，只有妳自己才能殺死妳的理想。當妳停止追尋的時候，那才是小野寺佐都留這名漫畫家真正的終點。不過，只要妳心裡還存有不想死的念頭，我就會全力支持妳，絕不會棄妳於不顧。」

佐都留倒抽了一口氣，而我持續凝視著她。

『媽媽——我回來了——』

另一頭忽然傳來可愛的聲音。『妳在做什麼？』一個小男孩說著，從畫面旁邊探出臉來。不可以，媽媽在工作，佐都留慌忙將男孩趕出鏡頭外。

『不好意思，我家小朋友回來了。』

「不會，抱歉拖了這麼久。總而言之，我會再把這份分鏡稿重看一次。所以佐都留，妳也別再顧慮什麼及格線了，把它當作自己的故事重新構思一次吧。」

『……好。』

關掉會議畫面之後，我喝了一口冷掉的咖啡。內心的波濤一直翻湧不定，為了讓自己冷靜，我深深靠進椅背，閉上眼睛。

當你放棄追尋，那才是夢想真正的終點——剛才對佐都留說的，是我反覆對自己說過無數遍的話，每一次面臨棘手的局面，我都這麼告訴自己。面對那些重要的人絕不要再次放開手，必須穩穩抓住那隻手，拉他們上岸。我靠著扶持他們鞏固我的自我。

「植木總編。」

我睜開眼睛，看見後進編輯阿司站在那裡。他一臉苦惱，嘴巴開開合合，顯然碰上了什麼麻煩。我問他，怎麼了？

「筧老師跑來聯絡我，我也是剛剛才知道這件事……」

「什麼事？」

「筧老師在社群媒體上被抨擊了。」

他說，起因只是單純的一篇讀者貼文。該名讀者指出，筧老師正在連載的漫畫當中有部分表達方式有歧視女性之嫌，這篇貼文逐漸擴散出去，有好幾人於是私訊筧老師的官方帳號要求解釋。筧老師自認沒做過這種事，便封鎖了對方。

「啊……這麼做確實不太妙。」

性別歧視問題在社群媒體特別容易惹出爭議，再加上知名人士封鎖一般民眾，原則上都不會是明智之舉。不出所料，遭到封鎖的讀者認為筧老師這種應對方式毫無誠意，一怒之下連發了好幾篇抱怨文，倒楣的是這些貼文又被追蹤人數較多的意見領袖看見了。

「這件事一口氣在網路上傳開，說這個漫畫家果然就是蔑視女性……」

我也自行確認了一下整件事的來龍去脈。剛開始本來是讀者之間正經的討論，但對於性別議題特別敏感的族群加入之後，整場騷動便開始失控。根本沒讀過筧老師任何漫畫的群眾，只看了經過扭曲的網路懶人包就選邊站，開始向筧老師傳送「沙文主義的豬」、「恬不知恥」等涉及人身攻擊和誹謗中傷的訊息，情況一發不可收拾。

「筧老師現在怎麼樣了？」

「剛開始還很生氣，但現在……老師他非常沮喪，原稿的進度也停滯不前。」

「我想也是，畢竟同時受到這麼多人攻擊。」

射出箭矢的那一方多半沒有自覺，但即使是再怎麼細小的箭矢，身上被射了一千支肯定也會傷得血肉模糊，弄個不好整個人生都會因此扭曲。然而到了那時候，始作俑者甚至連自己曾經射箭的事都忘得一乾二淨，又或者對於自己主持了正義深信不疑。

——只看得見事物的一面，算什麼正義？

尚人甚至因此賠上了性命。當時的憤怒鮮明地甦醒，但我動用意志力將它壓抑下去。不要被情緒支配，我沒有任何理由和那種人一般見識。但即便如此，對於當時束手無策的自己，以及社群媒體上不負責任的誹謗中傷的憤怒，未來仍會存在於我心中，絕不會隨時間風化。

「那個，我打算先請筧老師寫篇公開道歉文……」

阿司說道，我緩緩轉向他，態度嚴肅地與他正面相對。

「沒有那個必要，你請筧老師先解除封鎖就好。」

阿司睜大眼睛。

「那個、可是，不是該趁著事情鬧得更大之前，先道歉滅火比較好嗎？」

「一開始引起爭議的部分，筧老師在作畫時本來就抱持著歧視的意圖嗎？」

「沒有，老師他不會把漫畫當作歧視或貶低別人的手段。」

阿司斬釘截鐵地答道，我聽得出他和筧老師之間建立起了穩固的信任關係。

「那就沒有必要道歉。一旦公開道歉反而容易被有心人士擴大解釋，認為筧老師確實存在歧視的意圖。比起這些，你還是立刻趕到筧老師那裡去吧。我記得老師他一個人住吧？」

「咦？」

「他現在正遭到大批群眾圍剿，人在這種時候總是感到特別孤獨，所以請你陪在他身邊，保護好他的心理健康。還有，請你告訴他，公司會全力守護作者的。」

「這樣好嗎？我們還不確定騷動會延燒到什麼地步，卻直接這樣告訴他……」

「不用擔心，咱會負起全責。」

這是當年的我想聽見，卻沒人對我說的話。

在那之前，我一直以為編輯的使命只有創造出優秀的作品而已。那次事件將我的天真毫不留情地明擺在我眼前，我從此意識到保護作家與作品也需要力量。在那之後，我也開始為了出人頭地而努力。也曾經有人大皺眉頭，說我做得太過火；但即便如此，我仍然傾盡全力爬到現在的位置，一切都是為了在緊要關頭守護重要的事物。

「謝謝總編。那個、可是，我接下來還有一場會議……」

「跟誰？」

「仲村十紀生先生，下個月單篇漫畫的作者。」

「我知道了，那邊我代替你過去。」

身為總編輯，雜誌相關的每一部作品我都瞭若指掌。我著手準備出發，阿司卻仍然一臉不安地看著我。啊，差點忘了——我這才注意到，重要的不僅是作品和作家而已。我轉過身，和過去的我四目相對。

「阿司，沒事的，你不用擔心。這邊交給我，你現在先專心照顧筧老師就好。把作家和他們的作品保護好，就是編輯的工作，對吧？」

阿司使勁皺起眉頭，「是」地低頭鞠了一躬，回到自己的座位上。我目送阿司提著公事包小跑步離開編輯部之後，才察覺坐在我斜前方的內藤先生目不轉睛地看著我。

「嗯——」內藤先生偏著頭說：

「植木先生，你平常都自稱『我』，但意志高昂的時候就會變成『咱』呢。」

「咦，有嗎？」

我沒有意識到這件事。內藤先生咧嘴一笑，便回去忙自己的工作了。沒想到旁人觀察得這麼仔細，我越想越有點難為情。做好開會的準備，走出編輯部、等候電梯的期間，一種感覺自腹腔底部上湧，我任憑它安靜、緩慢地滋長。

的確，編輯無法理解作家真正的痛苦。無論再怎麼悉心陪伴、針對作品一同集思廣益，說到最後，我們仍然只能等待作家產出的成果。我們在原處等待，不斷、不斷地等待，但等到收到作品之後，就是輪到我們發揮的回合。我們會拚上全力，將作家交出的故事送到讀者手中，然後全力以赴地守護作家和他們的作品。

我取出智慧型手機，點開佐都留的郵件信箱。

——佐都留，我果然還是喜歡妳的故事。

——請再相信我們這些編輯一次吧。

無須說得太多，我打上短短幾句訊息，按下傳送鍵。電梯門在同一時間打開，我邁開腳步，前往我的下一個目的地。

代替阿司赴約之後，我再次回到公司開會。在期間找空檔向上級報告筧老師的事情，高層也認可了「沒有必要公開道歉」的方針。我和阿司說了這件事，阿司也向我報告了筧老師的現況。社群媒體上的誹謗中傷仍在持續，但有最了解作品的責任編輯陪在他身邊，我相信會沒事的。

晚上，我與預計下一季播出的動畫製作團隊討論一些事項，順便聚餐，等到解散的時候已接近深夜。我身心俱疲地走向新宿車站，卻在這時看見了二階堂小姐。她斜倚在面朝大街的展示櫥窗上，罕見地發著呆。

「二階堂小姐？」

我稍微遲疑了一下，還是向她搭了話。二階堂小姐緩緩看向我，倦色牢牢服貼在她臉上，總是無懈可擊、宛如武裝的妝容已經斑駁，嘴唇乾裂。

「怎麼了？怎麼在這種地方發呆。」

「我剛參加完酒會。植木先生，你呢？」

「剛才去開會，順便聚餐，正要回家。妳要喝嗎？」

我從背包取出寶特瓶裝的礦泉水遞給她。二階堂小姐露出稍嫌困擾的神情，不過仍然接了過去。原以為是我太多事了，不過二階堂小姐嚐了一口便表現出略顯驚訝的樣子，然後安靜卻有力地喝下了水。纖細脖頸的線條隨著水的流動上下起伏，她心滿意足地閉上眼睛。

「二階堂小姐，妳無論喝什麼都喝得津津有味啊。」

看來她並不嫌我多管閒事，我放下心來，也跟著倚靠在櫥窗上，兩人一起發著呆，看著來往的人潮與車潮。平時我們總是聊得關不上話匣子，現在卻覺得不必特別找話說也沒關係。即使保持沉默，我也知道二階堂小姐累了，而她也能察覺我的疲憊。過了一會兒……

「好累哦。」

我們同時開口，相視而笑，這種默契十足的友人相當難得。好疲倦、好厭世哦，但還是得繼續努力才行——我們一搭一唱地對彼此說道。

「『世上不存在美麗工整、與理想一致的愛。』」

二階堂小姐唐突地如此呢喃。

「怎麼啦、怎麼啦？突然說這種話。」

「只是有感而發。那多半、一定，只是無法實現的夢想吧。」

我感覺到此刻她眼中看著的不是我，也不是眼前走過的人們，而是看向更遠、抑或者說更近處，看向自己的內在。我隱約理解這種感覺，人在越辛苦的時候越容易自省，容易自問自答，這樣真的好嗎？我是不是漏掉了什麼關鍵？儘管痛苦，儘管已經想停下腳步，但即便如此——

「假如放棄追尋，那夢想就真的結束了。」

倚靠在櫥窗上，我仰望夜空。在都會的霓虹燈稀釋下，淡薄的夜色裡看不見星光。但我們只能相信星星確實存在於那裡，以它為目標前進。

「嗯，說得也是，現在還不能投降。」

二階堂小姐深深吸了一口氣，也跟著仰望夜空。我的辛苦和她的辛苦並不相同，卻能像這樣肩並著肩，一同仰望看不見的星辰。光只是這樣就為我帶來了鼓舞，我們確實都是隻身一人，卻並不孤獨。

「要找個地方喝一杯嗎？」

「不了，我要回公司工作。」

她斷然說道，臉上神情彷彿掃去了陰霾。二階堂小姐朝著街道踏出一步，準備攔計程車，卻在這時踉蹌了一下，我趕緊攙住她的手臂。二階堂小姐抬起臉，我在始料未及的極近距離下和她四目相對，頓時不知所措。

「抱歉。」

幾秒鐘的空白之後，我們在同一時間拉開距離。辛苦了，二階堂小姐說著，匆匆忙忙坐進計程車，而我則搭乘地下鐵返家。

——剛才，好像有點不應該啊。

居然不自覺地心跳加速，我對這樣的自己感到羞愧。二階堂小姐是值得敬重的工作夥伴，用那種眼光看待她太失禮了，更別說我還是已婚人士。可是，二階堂小姐確實是位出色的女性——在思緒兜著圈子打轉的時候，我返抵了家中。

我回來了……我在心中默念道，靜靜打開玄關門鎖。編輯的早晨過得相對優閒，但夜裡總是晚歸，等到回家的時候所有家人都就寢了——通常是如此才對，不過今晚，二樓客廳兼餐廳的燈卻還亮著。

「你回來啦。」

妻子走下樓來，我心裡莫名有些動搖。明明和二階堂小姐之間什麼也沒發生，我卻沒來由地感覺到做錯事般的愧疚感。

「真難得，這麼晚了妳還醒著呀。」

「我在考慮夏樹的事情，還有一些雜七雜八的事。」

妻子說著走上階梯。平常我會在這時直接回臥室去，今晚卻不知怎地跟著她上了樓，妻子在途中詫異地回過頭問：

「有事嗎？」

「咦，妳不是在煩惱一些事情嗎？我想說陪妳聊聊。」

「沒關係啦，你一定很累了，還不如快點去睡覺。」

這樣啊，那我先睡了——現在不像是能說這種話的氛圍。妻子在客廳兼餐廳的沙發上坐下，我從冰箱取出罐裝啤酒和兩個玻璃杯，回到沙發旁邊。我才剛結束應酬，其實不太想喝酒，但我們夫妻平常鮮少對話，我需要一點酒精催化。我往兩只玻璃杯中分別倒入啤酒，做好準備與她相對而坐，但她卻沒有開口。

「嗯……所以發生什麼事了？」

我試著起了個話頭。這個嘛……妻子喃喃說著，一副正在思考該從何講起的表情。我已經和非得全速處理才可能做完的工作搏鬥了一整天，筋疲力盡的身體實在受不了這麼緩慢的步調。啊，不對，不能這麼說，這裡不是公司，是家裡。

「夏樹模擬考的成績還不錯。」

妻子終於開了口。是好消息，我鬆了一口氣。

「老師說照這樣看來，他還有機會考上比原本志願更高一個程度的學校。」

「這不是很好嗎？有什麼好臉色凝重的？」

聽我這麼說，妻子看向我的臉，嘆了口氣。這到底是什麼意思？我完全不明白她有什麼不滿。當我強忍著疲憊和睡意時，智慧型手機的震動聲響起，原以為是我的手機，結果是妻子的。抱歉，我看一下，她說著，滑開螢幕確認訊息。

「是另一位媽媽，她聽我訴說了很多煩惱。」

在這種大半夜裡？——我把這句話憋回去，但沒逃過妻子的眼睛。

「她是雙薪家庭的在職媽媽，家裡有兩個小孩。下班之後還要做家事，忙到這麼晚好不容易有了自己的時間，才聯絡我的。」

「噢，原來是這樣，那真的很辛苦啊。」

「對，很辛苦。坦白說，我本來想找你商量的，但說了你也不清楚細節，從頭解釋起來不僅我覺得麻煩，聽的那一方也嫌煩吧。」

察覺她話中帶刺，我默不吭聲。我們是一家人，我當然願意陪她商量，卻也擔心自己像不熟悉第一線情況的上司那樣亂給建議。但說歸說，我又撥不出時間經常聽她訴苦，掌握家裡所有大小事的詳情，這就像妻子無法鉅細靡遺掌握我工作上的所有細節一樣。不對，這種說法並不公平，「陪她商量」這種態度打從一開始就不對了。我是這個家的父親，應該當作自己的事情親身參與才對。

——那種典型的理想論根本不適用。

我回想起佐都留的話。

——當你放棄追尋，那才是夢想真正的終點。

嘴上那樣回應她，實際回到家，我卻是這副德性。工作上辦得到的事情，為什麼回到家庭就做不到呢？不得不承認，身為家庭一員的我仍然不成熟。

「我本來想，我差不多該去工作了。」

我抬起低垂的視線，看向妻子的臉龐。話題怎麼突然跳到這裡？

「之前就在考慮了，想說等夏樹上了國中就好。」

妻子結婚前當過一陣子上班族，後來以懷孕為契機進入家庭，就這麼成為了全職主婦。一方面也是我們早婚的關係，她出社會工作的資歷實質上只有四年左右。

「畢竟你忙著工作，幾乎都不在家。現在我還有小孩要照顧，生活過得很充實，但孩子不久之後也會各自獨立。考慮到未來，我想還是出去工作比較好。」

「原來是這樣，說得有道理。我覺得很不錯呀。」

我仍然不清楚話題走向，總而言之先嘗試同理妻子的想法，可是……

「你不要說得那麼簡單啦。」

她卻再一次嘆了口氣。到底是什麼意思啦。

「假如夏樹真的進了程度更好的國中，他要跟上課業肯定很辛苦，到時又要跟成績大眼瞪小眼，夏樹本人的狀態也可能變得不太穩定。之前那孩子蹺掉補習班，也是因為類似的問題。好不容易最近定下了志願目標，他也表現得很穩定，所以我才覺得升學考試順利結束、狀況也告一段落之後，我就能出去工作了……」

啊，原來如此，我終於看出話題的走向。

「課業跟不跟得上總得等他入學後才會知道，考慮到夏樹的將來，還是該讓他念好一點的學校吧。」

「我知道。夏樹的將來比我回歸職場重要多了，這不用你說。」

啊，這發展不太妙，我感受到好好澄清的必要。

「我覺得兩邊都一樣重要哦，只是在這個時期想優先考慮夏樹的將來而已。還有，雖然妳用了『回歸職場』這個詞，但全職主婦也是個偉大的工作，只是帳面上看不出報酬而已。我和孩子們每天都很感謝妳。」

謝謝妳，我說，妻子卻嫌棄地看向我。

「咦，怎麼了？我說了什麼惹妳不開心的話嗎？」

面對我的困惑，妻子說沒有，臉上的表情卻越來越難看。

「倒不如說，你說得很好，這都是符合當今時代潮流，不輕視女性和家庭主婦的『好話』。但我希望你不要假裝出一副新好男人的樣子。」

「不是假裝，我是真心這麼想。」

「那你想代替我當當看家庭主婦嗎？既然這是個偉大的工作？」

這言論太過粗暴，連我也不禁皺起眉頭。

「冷靜一下吧，這樣根本談不上話。」

「那是當然的呀。我打從一開始就不打算談這件事，所以才說你也累了，建議你早點睡。還不是你叫我談的。」

確實是這樣沒錯。我平常總是把家庭事務全都丟給妻子處理，心裡為此感到內疚，再加上和二階堂小姐之間的事，才想著偶爾也該關心一下，結果卻適得其反。

「你別誤會，我沒有生氣哦。」

妻子淡然說道：

「平時你雖然老是三句不離工作，爸爸在我們家幾乎缺席，但你為了我們拚盡全力工作，拿回家的薪資優渥到我根本不需要出去賺錢。這在現今這個時代非常難得，我很感謝你，甚至連我的朋友都表示羨慕。」

我全都明白哦。妻子說完這句話，便不再開口。

現在已經來到雙薪家庭成為常態的時代，家事由夫妻雙方共同負擔，男性也會請育嬰假。我也贊成像二階堂小姐那樣的現代婚姻，但那是身為社會一分子的贊成，身為家庭一員的我又不一樣了。

坦白說，我的工作量十分繁重，無論頭腦或身體都必須隨時保持全速運轉，否則根本趕不上進度。身邊的同事都說我能力優秀，我對此也有所自負，但有妻子替我守護著家庭，仍然是背後不可或缺的重要因素。我能夠將絕大部分的能力都傾注於工作，一路衝刺到今天，是因為妻子替我支撐著除此之外的部分。

——哎喲——這裡居然有個昭和年代的大男人，我還以為這種人已經絕跡了。

二階堂小姐的抱怨如在耳邊。是的，沒錯，現代男性所需的「正確」論調是一回事，但身為個人的我其實是有點傳統的男人。而且，雖然不太好當著她的面說，不過妻子當年結婚的時候，其實是個比起打拚事業更想當全職主婦的女人。我們這對夫妻一點都不符合現代潮流，但從個人角度來說，卻是供給與需求互相契合的關係。

然而，人與人之間的關係不可能恆久不變。在此之前我們互補得不錯，不過隨著孩子逐漸成長，我們夫妻的生活型態也將隨之改變。妻子多年來一直支持著我，既然她現在說想出去工作，我身為丈夫就應該積極思考如何實現她的願望才對。

「妳想怎麼做就怎麼做吧，我會協助妳的。」

幾秒鐘的時間，我們彼此相望。

「謝謝你，不過沒關係。」
妻子這麼說道，喝了一口啤酒。想說的話明明堆積如山，她卻選擇把所有話倒吞回去，我試想此時的她是什麼心情。這不同於和二階堂小姐四目相對的幾秒鐘，我感覺不到心跳加速，取而代之的是我們夫妻多年來累積至今的時間重量。
「下次休假，我們兩個人去泡個溫泉吧？」我說。
「怎麼了？突然說這個。」
「偶爾休息一下也不錯吧，小孩可以先送回老家。」
「你工作沒問題嗎？」
妻子一臉狐疑。
「我會讓它沒問題的。妳想去哪裡？」
笑容逐漸在妻子臉上擴散開來，我好久沒見過她露出這種表情了。要去哪裡好呢？正當我打算和她討論目的地的時候，智慧型手機震動了一下，這次是我的手機，來自阿司的訊息。
「啊，抱歉，只有這件事我必須確認一下。」
妻子臉上的笑容瞬間消退，當我心想不妙的時候已經太遲了。
「好啦好啦，隨便你。」
妻子喝光剩下的啤酒，拿起空玻璃杯迅速站起身來。
「等我一下，馬上就好。」

「夠了，我要睡了。」

「我絕對會休到假的，妳考慮一下想去哪裡泡溫泉。」

「真的能成行再說吧。」

妻子語帶諷意地說著，從冰箱取出一碟小菜，是涼拌菠菜。

「不要光顧著喝酒，也要好好攝取蔬菜哦。」

「我有啦，外食的時候都會盡量多吃蔬菜。」

「我看你頂多只在吃串燒的空檔配一點涼拌番茄而已吧。」

我心跳漏了一拍，她怎麼知道？妻子哼了一聲。

「出去旅遊這種事我早就放棄了，你至少給我保持健康、長命百歲啊。」

她仍然臭著一張臉，但我感受得到她想傳遞的訊息。

我答了聲「嗯」，妻子便打了個呵欠，說：

「那我先去睡了，晚安。」

我目送妻子走出客廳，低頭確認那則時機過於不湊巧的訊息。

「植木總編，辛苦了。筧老師恢復得還算不錯，打起精神繼續畫原稿去了。我告訴他出版社絕對會保護作家的時候，老師他哭了出來。我現在也要回家了。」

我回覆認真守禮的阿司「你也辛苦了」，終於安頓下來，吃起涼拌菠菜。今天又忙了一整天，明天肯定也十分忙碌吧，但為了妻子，我一定要拚死守住下一次休假。

致：薰風館　Salyu 總編輯　二階堂繪理小姐

恭喜《宛如星辰的你》上市後立即再刷！

我們這邊復刊的愛藏版也賣得不錯，確定要再刷了！

有件事要找妳商量。愛媛的電視臺和廣播電臺想邀請我們兩人上節目，說是因為故事背景發生在瀨戶內海的關係，他們想做個特集。妳覺得如何？

柊光社　青年潮流 YOUNG RUSH 總編輯　植木澀柿

當我抵達我們相約見面的串烤店，植木先生已經先就座喝起啤酒了。

「抱歉，我遲到了。請幫我點餐——」

我朝著店員舉起手，被植木先生吐槽也太快了吧。

「今天太忙了，我從早上開始就沒吃東西。」

「我也是，一忙起來總是不小心忘記吃飯。」

植木先生嘴上這麼說，卻好像沒什麼飢餓感，我實在等不下去，迅速開始點菜。

「我要味噌滷大腸和烤飯糰，鮭魚和味噌口味各一個，串燒要雞肝、雞心、雞頸肉、雞肉丸子、雞心邊肉、鵪鶉蛋、納豆捲，啊，還要雞皮，全部都各兩串。」

「二階堂小姐，我還要——」

「中華風淺漬高麗菜，對吧？」

「還有涼拌番茄和味噌小黃瓜，也麻煩妳了。」

「怎麼回事？你該不會沒食慾吧？」

我問道。植木先生含糊其辭地說「沒有啦……」。

「哎，算了。然後呢，植木先生，到愛媛上節目的事沒問題，如果可以安排在月中發稿結束以後，我會很感激的。雖然一旦上了電視，感覺又有人要說閒話了。」

「什麼精於算計、愛出鋒頭的，那些人講話還真口無遮攔啊。哎，愛說就讓他們去說吧，只要能多讓一位讀者看見這些故事，我什麼事都願意做。」

「我也是，我們很合得來呢。」

一位現已屆齡退休的前輩曾對我說過，該發光發亮的是作家，編輯應當扮演襯托他們星光的幕後黑衣人。原則上該是這樣沒錯，但只要能把作家切削靈魂寫成的故事再往聚光燈下推那麼一點，我們也願意抱持著切削自身、赴湯蹈火的覺悟。

「那位前輩要是看見現在的我，不知道會怎麼想。」

「怎麼想都無所謂吧，畢竟每個人都有自己做事的方法。」

植木先生乾脆地斷言道。這個人總是笑臉迎人，身段柔軟，我卻覺得他內在明確地、不，而是更加強烈，以近似於祈禱或願望的形式，保有著某些無法退讓的東西。我對植木先生的這一部分心懷敬意。

「希望自己能被所有人理解，這種想法從一開始就錯了呢。」

「無論再怎麼厲害的傑作都有人看不順眼啊。」

「也有人會因為暢銷書賣得好，就瞧不起暢銷書。」

「每個人真的都有自己的想法。」

啤酒送上來了，我們乾杯慶祝彼此上市後立即再刷，喜悅和酒精逐漸滲入空蕩蕩的胃袋。但果然，總不是每一件事都能快樂圓滿。

「《YOUNG RUSH》在社群媒體上有點小爭議呢。」

聽我這麼說，植木先生面露苦笑。安藤圭出面澄清那是場認真的戀愛之後，「終止連載和漫畫絕版是《YOUNG RUSH》編輯部的誤判」、「出版社應該保護作家」諸如此類的言論開始在網路甚囂塵上。

「群眾的立場本來就經常在一夕之間翻轉呀。哎，不過這股批判風潮也對愛藏版的銷量有所貢獻，只要能讓作品重新受到肯定，他們愛怎麼說我都無所謂。」

不過……植木先生說到這裡，望向遠方：

「出版社應該保護作家……真希望當年的群眾能對我這麼說啊。」

他想說的話肯定還有更多、更多，多得能在心裡堆積成山。但這個人沒把它們胡亂散播，反而默不作聲地完成該做的事，在多年之後成功達成了目標。我舉起啤酒杯，碰了碰植木先生的杯子。

「植木先生，你確實保護了作家呀。」
「嗯？」
「不久前《YOUNG RUSH》漫畫家遭到批判的時候，我聽說是你拿出魄力，出面主張不需要公開道歉，還承諾出版社會保護作家。他們都說你很帥氣哦。」
「咦，誰告訴妳的？」
「不知道耶，你說呢？我們這個業界很小嘛。」
喲，精明能幹的總編，我這麼鼓譟道。別再說啦——植木先生雙手掩著臉求饒。

致：柊光社　青年潮流 YOUNG RUSH 總編輯　植木澀柿先生

對不起！我這邊接連碰上麻煩，拖到出發時間了。
我會在下午三點抵達松山機場，然後直接前往廣播電臺。

薰風館　Salyu 總編輯　二階堂繪理

收到二階堂小姐的郵件時，我人也還在東京。機會難得，我本來還打算提早過去，

——到當地書店去打聲招呼的，結果行程不斷推遲，我在發稿後壓線飛往愛媛，和同樣在最後一刻趕到現場的二階堂小姐一起參加現場直播的廣播節目。節目結束後，我們筋疲力竭地前往飯店。

「幸好今天上的是廣播節目，看不到臉。」

我們在飯店後方的沙灘上坐下，素顏的二階堂小姐深有所感地喃喃說道。

「比起散步，是不是該讓妳回房間小睡一下比較好？」

「沒關係，我也想看看這片風景。」

夏季傍晚，天色遲遲不暗，黃昏的薔薇色與夜晚即將來臨的藍色交相混雜，在西邊的天空中，有一顆發著微光的星辰獨自閃耀。晚星、一番星、黃昏星、金星。儘管這裡並不是櫂和曉海度過人生最後一刻的那座島嶼，我們仍然想從同一片瀨戶內海看看晚星。我們倆並肩坐著，望向緩慢變換色彩的天空。

四下靜得萬籟俱寂，太安靜了，總覺得不可思議。原以為無論身在哪一處的海都能聽見不間斷的浪濤聲，而且實際上我也只見過這樣的海。但這片海怎麼會如此平穩呢，就連底下隱約能感覺到的、洶湧到令人恐懼的暗潮都安靜無聲——

一輩子存在於櫂心底的，就是這片海。在千頭萬緒的想法來去之間，響起智慧型手機煞風景的震動聲，是二階堂小姐的手機。

「抱歉，別管它。」

在我回答「嗯」之前，這次換我的手機震動了。兩支手機接二連三地震動起來，我們面面相覷，嘆了口氣，姑且先回覆了幾則緊急聯絡。

「真希望大家讓我們稍微沉浸一下啊。」我說。

「等到退休以後，我好想搬到鄉下，養一隻狗，在家庭菜園種菜，優優閒閒地過生活哦。」

「好棒哦，是都會高薪夫妻檔嚮往的那種概念上的鄉村生活。」

「對啦對啦，我只是在說夢話而已。還有，我離婚了。」

我「咦」地看向身旁，二階堂小姐站起身來。

「我接下來會更加努力。昨天和今天都非常認真工作，明天和後天也打算繼續認真工作下去。和作家一起打造好書，送到讀者手中，一直到屆齡退休以後，也留在東京繼續工作。做一本好書、將它推出去，再做一本好書、再將它推出去……感覺一直到死都不會休息呢。」

二階堂小姐雙臂抱胸，偏了偏頭，我不禁笑了出來。

「我也差不多啊。」

等這件事告一段落就休息、等忙完這個企劃就休息……每天我總是抱持著這種想法四處奔忙，但一件事還沒結束，下一件事又接踵而來，永遠不會告一段落。

「我接下來要當佐都留下一部作品的責編了。」

「你都當上總編了，還要直接負責作家嗎？」

「我確實有點猶豫，但她畫出來的作品實在很出色。」

「完結篇的那部單篇漫畫，真的非常好看。」
「對吧？」
佐都留向丈夫坦白了她想認真回歸漫畫界的想法，而家人也願意支持她的決定。一旦展開連載，肯定難免碰上新的問題，但包含這些在內，我承諾會拿出全力在她身邊陪跑。
「植木先生，你真是永遠閒不下來啊。」
二階堂小姐用受不了的眼神看向我。
「不過，其實我也有想要負責的作家。」
「妳都當上總編了，還要直接負責作家嗎？」
我回敬她這句話，二階堂小姐將錯就錯地回我，對啊，怎麼樣？
「那位作家的氣質，不知怎地和櫂初次見面時有點相像，態度冷冷淡淡，卻非常溫柔。他出過三本書，但都賣得不好，因此被他出道時合作的出版社拋棄了。不過我想，終有一天，他的故事肯定能撼動無以數計的讀者吧。」
「那真是太期待了，雖然這也代表我們都會越來越忙。」
「其他就算了，我們彼此都要注意身體健康啊。」
「這倒是真的。」
現在也一樣，我在剛發稿完疲憊不堪的狀態下飛到愛媛來，努力宣傳作品，明天一錄完電視節目便準備立刻回東京出席會議，二階堂小姐也差不多吧。原以為年過四十之後，各方面都會安頓下來，但現實不像故事那樣切分為數個章節，總像拍湧上岸的海浪一樣連綿不斷地延續下去，沒有段落之分。

「櫂看見我們這副模樣，說不定正在笑我們呢。」

二階堂小姐說著，將雙手撐在身後，穿著涼鞋的腳隨意往沙灘上一伸。

「可能哦。」

——你們兩個，差不多也該休息了吧。

櫂笑著這麼說的模樣如在眼前。

——可是，櫂，我和二階堂小姐都不怕辛苦，也不厭倦哦。

只為了唯一一位戀人，留下唯一一個宛如星辰般的故事，所有的煩惱便就此解脫——我對這樣的櫂有那麼點羨慕。櫂和尚人已經不在了，但我們隨時都能與他們遺留於世的作品見面，青埜櫂和久住尚人的靈魂就寄宿於其中。

無論陪伴在多麼觸手可及的距離、一同創作故事，我們終究無法成為星辰。但我們深愛著光輝燦亮的星，能夠編織它們，將故事送到需要它的人群手中。我們以我們的工作為榮。

一直寂靜無聲的大海，發出了細小的波浪聲。

聽上去有如來自遙遠某處的回應。

無論今天、還是明天，為了編織各自心中如星辰般閃耀的故事，我們在大地上前行。我們在喜悅、憤怒、哀傷、快樂之中編織出每一天的生活軌跡，而浮現在黃昏天空中的晚星靜靜俯視著我們。

橫渡海波

北原曉海　三十八歲　夏

每個月有一天，北原老師會去跟菜菜見面。
他在上車前看了看信箱說「有信哦」，把郵件交給我。
夏季偏遲的午後，我暫且停下澆花的手接過那疊郵件，混在帳單、廣告之中，有個書籍尺寸的厚實信封，寄件人是東京的二階堂小姐。
「又再刷了嗎？」
北原老師問道，我回答，如果是這樣就太好了。
「需要我買什麼東西回來嗎？」
聽見這一如尋常的問句，我偏了偏頭思考。
「生魚片醬油快用光了。」
「就買平常那個牌子可以嗎？」
我點點頭，這時小結從玄關急匆匆地跑了出來。她平時總穿T恤配牛仔褲這類休閒服裝居多，今天卻穿著一襲金絲雀黃的洋裝。
「曉海姊，我穿這樣會不會很怪？」
「非常漂亮，很適合妳。」
小結修長的手臂從無袖洋裝袖口伸出來，瀏海剪齊到眼睛上方的鮑伯短髮也襯得她纖細的脖頸格外好看。不是我偏袒自家人，今天的她真的很可愛。

「這樣好像我很努力打扮一樣，有點不好意思。」

小結以指尖捏起裙襬看了看，說「哎，不過偶爾一次沒關係吧」，便坐進北原老師的車子。北原老師打開駕駛座車窗，告訴我他們明天就回來。

我說聲「路上小心」，送他們倆離開，然後繼續澆花。手指按住水管前端，調整角度，朝著上方噴灑水膜。看著水珠在午後悶熱的空氣中閃閃發亮，我等待著幾小時後即將升上西方天空的金星。

——是晚星。

我閉上眼睛，傾聽仍殘留在鼓膜的那個聲音。

我身處目送櫂離開之後的第五個夏季。

到了太陽即將下山的時候，氣溫仍然居高不下。我泡了杯冰的檸檬綠茶，坐在緣廊邊拆開郵件信封，裡頭除了文庫本以外，還附上了一張便箋。

致北原曉海女士：

久疏問候，尚祈見諒。青埜櫂先生的著作《宛如星辰的你》已經再刷，這是文庫版第五刷，與單行本合計已印出八萬本。本書於今年夏季書展也獲得讀者好評，可見這個故事歷久不衰，我也為此感到十分欣慰。

時值盛夏，天氣炎熱，還請您多保重身體。

薰風館　Salyu總編輯　二階堂繪理

喝光檸檬綠茶，我拿著郵件走向工作室。

收納絲線、布料和珠子的小格層架占據了一整面牆，對面那面牆則是放置資料的書架。櫂的著作擺放在書架一角，三本單行本、四本文庫本，標題全都是《宛如星辰的你》。我將新的一本加入其中。

每一次櫂的小說再刷，二階堂小姐總是周到地來信告知我，同時送上一本最新刷次的書籍。植木先生也一樣，因此小說旁邊就擺放著許多本櫂和尚人的漫畫。我拿起一本，翻開紙頁。從各個人物的對白當中，如今仍然能感覺到櫂的存在，那有時是我所熟知的櫂，也有時是我全然陌生的櫂。

故事是種不可思議的東西。內容本身明明完全相同，但隨著自己當下的心境和處境不同，留在心中的場面和臺詞也會隨之改變。翻看時偶爾會莫名喜歡上從前不太喜歡的角色，或者仍然不喜歡那個角色，卻能夠理解其心情。故事像一面鏡子，映照出「現在的自己」，我拉動名為字句的、細不可察的絲線，感覺現在彷彿也和櫂手牽著手。

在這一整排從初刷到最新刷次的書本之中，我拿起的永遠都是初刷。這本書被我反覆翻閱過無數次，封面的邊角破損，內頁也充滿閱讀痕跡。我曾經邊吃東西邊讀，曾經把它帶進浴室泡澡，也曾經把它當成護身符，帶著它一起出差。它被翻得破破爛爛，但總覺得這樣更像是我的書。世界上僅此一本，只屬於我的——

空氣振動的氣息讓我回過頭去。我看了看放在沙發上的智慧型手機，是瞳子小姐傳來了訊息，說芹菜不夠，希望我帶一些過去。我今天和瞳子小姐約好了要見面。我回覆一張「知道了」的貼圖，準備出門。

我在玄關高聲說「瞳子小姐，我來了——」，屋子裡便傳來「進來吧——」的回應。一打開客廳兼餐廳的門，我便差點被番茄充盈了整個空間的青澀香氣嗆到。瞳子小姐身穿圍裙，正在廚房裡切著大量的番茄。

「數量好驚人哦，幸好我多帶了點芹菜來。」

「他們說今年番茄大豐收，送了我一大堆。啊，請妳幫我準備一下大湯鍋。」

好——我從食品貯藏間拿出最大尺寸的鍋子。

「瞳子小姐，要加大蒜嗎？」

「要，請幫我切成碎末。啊，芹菜也一樣。」

好喲好喲，我再一次前往食品貯藏間，將大蒜整籃拿過來，並肩站在切著番茄的瞳子小姐身旁，開始將大蒜和芹菜一一放進食物切碎機。這裡的廚房是中島型，能容納兩個大人並肩忙碌。

「爸爸說他什麼時候回來呀？」

「下週三。」

「不曉得他現在是不是正在被嚴格操練。」

我想像那幅情景，不禁笑了出來。爸爸在我們家總是蹺著腳什麼也不做，與瞳子小姐一起生活之後卻對料理燃起了興趣，後來甚至能在他們經營的咖啡廳裡一手包辦所有料理。從上週開始，他到東京參加烹飪與咖啡廳經營的研習活動去了。

「主廚不在，咖啡廳那邊沒問題嗎？」

「店裡有高峯在，總算是還能開店。他念大學時在義式餐廳打過工，料理也做得很不錯哦。白天我也會進後廚幫忙。」

瞳子小姐視力減退、不得不停止刺繡工作的時候我很難過，但瞳子小姐自己似乎對於和我父親一起經營咖啡廳是真的樂在其中。當然，我想她內心肯定有過許多糾葛，不過她是一旦下定決心，就不會再說喪氣話或發牢騷的人。

「但一直到現在，我還是有點難想像爸爸當上了廚師。」

將橄欖油和大蒜倒入大湯鍋，然後打開瓦斯爐，轉到小火慢慢煸出香味，小心不讓它燒焦。好香哦，我們兩人同時抽了抽鼻子。

「在我看來，我反而無法想像那個人不進廚房的樣子呢。」

「好難相信我們說的是同一個人，簡直像雙重人格一樣。」

「俗話說，近朱者赤，近墨者黑嘛。」

「這句話好像不太會用在好的地方耶。」

「那不是正好適合我和那個人嗎？」

她並未使用特別負面的措辭，那種彷彿輕輕把人推開的語氣令我發笑。

和名為瞳子小姐的朱砂攪和在一起，父親也染上了赤色。他無法自抑地愛上瞳子小姐，寧願犧牲除此以外的一切，甚至改變了自身的顏色。這無關善惡、無關是非，無論承受多少非難也控制不了自己，除了這麼做之外別無選擇——世上確實存在這樣的事，如今長大成人的我能夠明白。

將洋蔥和芹菜炒香，番茄丁放入鍋中，便響起油花與汁水激烈噴濺的聲響。接下來只要調味熬煮就好，步驟並不繁瑣。

「咦，鹽巴是不是放太多了？」

我看著瞳子小姐手邊的動作，注意到鹽巴分量不太一樣。

「我會調整，夏天容易流汗，所以鹽放得多一點。」

「那冬天呢？」

「冬天會多加點蜂蜜，讓大家嚐了覺得溫暖療癒。」

我都沒發現。不過經她這麼一說，滋味好像確實不太一樣。

「凡事都一樣，做到不被人看出端倪的程度剛剛好喲。」

垂著眼微笑的瞳子小姐，看上去就像童話故事裡善良的魔女。

「果然好不可思議哦。」

「嗯？」

「對我爸爸來說，瞳子小姐肯定是充滿魅力的人，這我能明白。但反過來呢？先不論現在，當年的爸爸怎麼想都沒什麼吸引力吧。」

「這個嘛……」瞳子小姐回憶起往事，自顧自地笑了笑，抬頭望向空無一物的半空。

「那麼曉海，妳是看上了櫂的哪一點呢？」

以問題回答問題太狡猾了。我拿木鏟攪拌著番茄醬，陷入沉思。櫂對我來說是最愛的男人，但在旁人看來又如何呢？作為漫畫家大獲成功的時期還好說，他的晚年在一般世人眼中算是落魄潦倒了。但比起他聲名顯赫的時期，我反而更喜歡剝下所有鎧甲之後的櫂。這時的櫂看起來輕鬆自在多了，看著他那副模樣使我幸福，並且對於櫂終於成為「只屬於我的男人」感到安心。在戀愛之中，慈愛總是與獨占慾並存。

「三言兩語很難說得清楚呢。」

「我也是喲。」

原來如此，我意會過來。愛上一個人，並不一定是因為對方是個好男人或好女人。瞳子小姐喜歡的人有著只吸引她的部分，而我喜歡的人也有著只吸引我的部分，我們的戀人對我們來說各有魅力。說到底，我自己也不是偶像那樣在一般大眾眼中都充滿魅力的女性。愛始終是非常個人的一件事，或許「瑕疵」和「不完整」，反倒才是直到最後都刺在心口上無法拔除的甜蜜棘刺。

我們將完成的番茄醬淋上義大利麵，和鯛魚沙拉一起端到緣廊，舉起瞳子小姐用島上檸檬釀成的酒互相乾杯。瞳子小姐特製的檸檬酒好喝得不得了，酒精度數也高，我用蘇打水兌著喝，但瞳子小姐總是純飲。

「瞳子小姐，無論過了多少年，妳酒量還是這麼好。」

「年過六十之後越來越不能喝囉，不過我很喜歡在這個時段喝醉的感覺。」

「我懂。」

夏季即將日暮的傍晚時分，在緣廊上吹著風，我們閉上眼睛。酒精緩緩紓解一整天的疲勞，我們用倦懶的身體感受夜晚即將來臨的氣息。

「妳要不要帶一點義大利麵醬回去？可以給北原老師當晚餐。」

「沒關係，他今天到今治那個人那裡去了。」

「北原老師好像已經和她交往第六年了？」

「差不多哦，他們一直都是每個月見一次面。」

「連外遇都這麼恪守規律啊。」

瞳子小姐笑著說道，我也跟著笑了。

「哎，不過我也覺得差不多得離婚了。」我說。

「他說想跟妳離婚嗎？」

「沒有。只是小結也已經訂下了婚約，我想這是個好時機。」

我邊說邊往玻璃杯裡添檸檬酒和蘇打水，順便多加了點檸檬。這酒和嚐得到蒜味與鹹香的番茄醬非常搭配，我忍不住喝得一口接一口。

北原老師初次介紹我和菜菜認識，是在我們目送櫂離世的那一天。在那之後，北原老師每個月都會到菜菜家和她見一次面。這頻率算是偏低了，我曾經告訴他不必顧慮我，但兩人幽會的步調依然沒有改變。

他偶爾也會帶上小結一道同行，想到他們親子三人親密無間地一起度過那段時光總教我寂寞，但曾經拋下北原老師和小結離家出走的我沒有資格說這些。自由地活著，意味著要連同因此產生的負面效應也一併承受。

「我已經做好打算，只要他提出離婚，我隨時都能答應。」

但北原老師從來沒提起這件事，唯有時間不斷流逝。

「今天北原老師和小結一起去了今治，是為了告知菜菜，小結準備要結婚了。」

小結的對象是她前年外出旅遊時認識的一位壽司職人，他是日裔澳洲人，兩人計畫在日本舉辦婚禮之後一起搬到澳洲生活。小結打算以妻子兼壽司職人的身分，進入對方經營的壽司店工作，從基層實習開始做起——

「等一下、等一下，太多資訊了，讓我消化一下。」

瞳子小姐喊了暫停。

「妳說……小結不是想當壽司店的老闆娘，而是以成為壽司職人為目標？」

從眾多資訊當中，瞳子小姐著眼於這一點。

「她原本在公所當公務員，突然就要轉行去捏壽司？」

「聽說她的未婚夫好像也嚇了一跳，那孩子真的是很有趣的人。」

「不過，這樣也很好呀。以後我們就可以吃壽司吃到飽了。」

「但他們主要賣的好像是鮪魚、鮭魚、酪梨、照燒的那種壽司哦。」

不是我期待的類型，瞳子小姐垂下肩膀說。

「總之就是這麼回事，我想我們剛好也能趁這個機會在近期離婚。」

我拉回原本的話題。小結結婚是件值得高興的喜事，但再這樣下去，婚禮上坐在母親席位的便是我了。親生母親不在的情況另當別論，但現在有菜菜在，這樣太不合理了。

「不過曉海，妳不需要在意那麼多吧？」

「是沒錯，但我還是覺得不太恰當。」

北原老師表面上雖然是那副心不在焉的模樣，但他其實是個很有責任感的人，也可能因此開不了口向我提出離婚。如果是這樣，那我想主動替他開口。

「妳很珍惜北原老師呢。」

「那當然，他可是在我最痛苦的時候向我伸出援手的人。」

——對世人來說，我過去做的是該被丟石頭譴責的壞事。但我不後悔，那時候無論要我拋棄什麼，我都想實現她的願望。妳接受了這樣的我，說願意跟我一起生活。

所以——北原老師接下來所說的話，直到現在依然鮮明地刻在我腦海。

——當時我就決定，當妳真正想要追求什麼的時候，我一定要助妳一臂之力。

「那時北原老師對我說過的那句話，我想原原本本地還給他。」

瞳子小姐瞇細雙眼看向我。
「這理由很有曉海妳的風格。」
「妳是想說我不知變通吧？」
我側眼看向她，瞳子小姐回說，但這樣不是也很好嗎？
「這一輩子能活出多少自己的本色——人生最後剩下的僅此而已。」
瞳子小姐以指尖沾起義大利麵的番茄醬，舔了一口，緊接著將未經稀釋的檸檬酒含入口中。嗯，真美味，她喃喃說。
步入三十後半，現在我已能和瞳子小姐像朋友一樣交談，但每到這種時候，我總覺得自己還差得很遠。究竟什麼才是我的本色呢？要到什麼時候，我才能找到堅定不移的自我？
西邊的天空裡，彷彿與月亮相依偎似的，晚星在暮色中閃耀。

北原草介　五十二歲　夏

一打開公寓房門，一股燒焦味便衝上鼻腔。
「對不起，我原本是有意好好款待你們的。」

但不小心工作得太忘我，把紅酒燉牛肉燒焦了……明日見同學垂頭喪氣地說道。她說，為了祝賀結訂下婚約，她早在昨晚就開始努力備料了。

「沒關係啦，我到超市去買點東西回來就好。」

聽見結這麼說，明日見同學睜大了眼睛：

「那怎麼行。既然這樣，還是我去買吧。」

「沒關係、沒關係，反正我也要去接諾亞啊。」

結從我手中一把搶走車鑰匙，拋下一句「那我馬上回來——」便出門去了。

她的未婚夫諾亞從澳洲來到了日本。我說不妨住在我們家就好，結卻說他們遠距離戀愛，久久才見一次面，要我放他們倆獨處。

——講話太直白就是妳的缺點。

——可是爸爸，我不講得直白一點，你根本聽不懂吧？

她滿不在乎地回嘴，連一旁的曉海都忍不住噴笑，實在讓我有點受傷。話雖如此，我在這方面比較遲鈍也是事實，於是回答「我知道了」，接受了結的提議。最後諾亞在國際飯店下榻，結今晚也預計在那裡過夜。

「那孩子還是一樣充滿行動力呢，也不曉得像到了誰。」

「除了妳以外沒有其他可能了吧？」

我看向她，明日見同學氣質高雅地偏著頭說，是這樣嗎？從念高中時離家出走以來，她想必吃過不少苦頭，從她身上卻無從窺見這方面的影子。或許是成長環境的關係，她早在年輕時就是個能憑藉意志力嚴格自律的孩子。這在從前令人於心不忍，如今卻賦予她一股柔和卻凜然的氣質。

明日見同學說，她剛離開家的時候先謊報年齡，去應徵海濱或雪山提供住宿的打工度假職缺，藉此生活了一段時間。二十歲那年，她在沖繩一間民宿工作，因緣際會下認識了一位來自東京的自由撰稿人，當時那位撰稿人正為了採訪沖繩青少女懷孕率居高不下的問題到當地取材。

明日見同學剛開始是以民宿員工的身分與她對話，卻在不知不覺間自己也成為了採訪對象。在那位自由撰稿人的後續著作《我背上太過沉重的包袱》當中，明日見同學以假名「Rapunzel」和背影相片登場。

「即便我再怎麼隱瞞年齡，旁人也會隱約察覺我尚未成年。薪水也是一天三千圓，雇主打開錢包直接拿錢給我。我很想請他們發給我正規的打工薪資，但我當下無論如何都需要住宿的地方，所以只能忍耐。那時候好想快點長大。」

「原來靠自己的力量活下去這麼辛苦，原來沒有父母親庇護的生活這麼困難。我也曾有過好想回家的念頭，但最後還是沒有回去。可能是不願服輸吧。」

「你聽說過格林童話裡的長髮公主（Rapunzel）嗎？公主拉芬采兒因為懷上身孕，而被趕出高塔的故事。但我是自願走下了高塔。放棄了保護我的雙親、放棄我的王子，但縱使如此，我仍然失去了我想守護的小孩。認清自己有多愚蠢，是整件事唯一的收穫。」

取材結束之後，那位自由撰稿人聘雇明日見同學到工作室當助理，也讓她在那裡學習寫作。後來，明日見同學在將屆三十歲前自立門戶，如今在擔任專業撰稿人的同時，也在她透過採訪接觸到的非營利組織工作，為懷孕、生子的年輕女性提供援助。看見她在著作中提到我的時候，我內心百感交集。

「改變我人生的恩人：高中時代的K老師、自由撰稿人周由香女士、非營利組織『向日協會』代表人柄本立夏先生。是這三位恩人促使我成為現在的我。我也深深感謝生下我的雙親，但我想，只是被生下、被給予，並不足以使人成為人。」

「今天怎麼沒看到柄本先生？」

「他去香川了，陪同前來諮詢的女性一起到她的老家拜訪。」

柄本先生是非營利組織「向日協會」的代表人，同時也是明日見同學的戀人。兩人透過採訪相識，他也是明日見同學決定從東京搬到愛媛的契機。

「他本來也很想見見諾亞的。」

「以後還多得是機會，妳和結是母女呀。」

「我沒有為那孩子做過任何母親該做的事。」
明日見同學說著，垂下視線。
「妳這份罪惡感有一半是我的錯。」
那時候，要是我能不顧一切地優先告知她結還活著，她或許就不會離家出走了；即便真的離家出走，或許也能帶上結一起離開。無論如何，她至少不必誤以為自己的孩子已經死亡，一直帶著這份傷痛活下去。
「不是的。假如沒有老師在，說不定我根本沒辦法生下結。若不是老師謊稱自己是結的父親，我父母說不定就把結送出去給人當養女了。要是我離開家之前，至少先找老師你商量一下，要是那時候我能再——」
說到這裡，她閉上嘴。如果當初這麼做就好了、那麼做就好了——事後再說這些非常容易。但事實上，反覆嘗試失敗明明是我們往前邁進唯一的途徑。
「從現在開始也不遲呀。」
「真的嗎？」
「實際上，結正要以女兒的身分，將她未來的丈夫介紹給妳認識呀。」
明日見同學緊緊咬住下唇，接著硬是揚起嘴角說，嗯。
五年前，在今治那間超市與她重逢的時候，我們兩人都扶著手推車，呆站在生鮮蔬菜賣場，花了好一段時間才認清這不是幻覺。總而言之，我一開口先告訴她結還活著，她聽了啞口無言。席捲她的巨大懊悔以毫釐不差的分量向我襲來，要思考接下來的事，我們還需要一些時間。

早在與她重逢的前一年，我便在自己生日那天將我和明日見同學之間的事情告訴了結，於是便介紹她們倆見面。明日見同學緊張又不安，結也難得想了許多，或許都沒有睡好，兩人紅著眼見到第一面。我們約在今治一間家庭餐廳，這場親子間的對話尷尬地開了頭，然後因為結一句「我可以像平常那樣說話嗎？」，拘謹的氣氛頓時煙消雲散。

我也聯絡了明日見同學的父母。一直以來，她只定期寄明信片回家告知自己仍然平安，對自己身在何處隻字未提。他們親子三人也是睽違二十年再次聚首，面對泣不成聲的父母親，明日見同學雙手撐地，低下頭為了自己多年來杳無音信致歉，接著淡然說起她是如何生活到今天。

看著她那副模樣，我再一次體認到明日見菜菜是個什麼樣的人，她果然不是開在溫室的花朵。她的雙親現在也不再干涉任何決定，平靜地守望著她以自己的方式生活。

「我們回來了——」

一道聲音從玄關傳來。客廳的門扇打開，一位高個子男生從結身後走了進來，是結的未婚夫，諾亞。他擁有一半日本、一半澳洲血統，不過外貌上遺傳自日裔母親的特徵較為明顯。打擾了，諾亞以流暢的日語跟我們打招呼。

這一晚，諾亞捏了壽司給我們吃，好代替明日見同學燒焦的主菜。不愧是專業壽司師傅，他的手勢俐落熟練，我們在讚嘆之餘，看著鮭魚、酪梨、鮮蝦、炙燒牛肉壽司一字排開的畫面，再一次意識到這確實是場跨國婚姻。

「你們放心，我會拜諾亞為師，以後正統派的壽司就由我負責。」

結說著，捏了鮪魚和花枝壽司，但目前看起來完全只是迷你飯糰。

諾亞是個親切友善又不怕生的男孩，稱呼明日見同學為「菜菜媽咪」。結依然稱呼她為「菜菜姊」，而我像從前那樣叫她「明日見同學」。明日見同學對稱呼似乎沒什麼意見，一場碰面餐會就這麼和睦地結束了。

「那我就和諾亞一起回去囉，明天不用煮我的晚餐。」

連餐桌和廚房都一併收拾乾淨之後，兩人說了聲「晚安——」便一道離開。明日見同學呼了一口氣，拿出日本酒。

「老師，要不要喝一杯？這是山形的純米酒哦。」

「好啊，真不錯。」

「以前我在『向日協會』照顧過的女生，每年都會送米酒來請我們喝。」

它流過喉嚨的感覺就像水一樣順口，她說著，往紋樣精美的切子玻璃小酒盅裡斟酒，斟到一半忽然露出深思的神情。

「說酒像水一樣，是不是不算讚美？」

「也不見得。日本酒雖然使用『釀造』這個動詞，但感覺其中也蘊含了花費時間使各種不同素材熟成、融合為一、彼此調和的想像。所以我認為不刺激、不辛辣也是對日本酒的一種讚美，不過這方面的解釋還是見仁見智吧。」

明日見同學輕聲笑了。

「老師，你真的都沒變。」
「沒那種事，我改變了很多哦。」
「改變了哪裡呀？」
「我不再當好人了。」
明日見同學露出意想不到的表情。
「我覺得老師和從前一樣，一直都是很好的人。能把結栽培成那麼優秀的女性，這都是多虧了老師你的功勞，況且一個壞人不可能做到這種事。」
「育兒其實是互相的，我自己同時也受到結的栽培。」
獨自一肩扛起工作和育兒比想像中還要辛苦，我在生活中各方面開始得過且過。有些事做不到也是理所當然，我逐漸對此習以為常，而這也轉化成了體諒他人的胸懷。在那之前的我透過堅持不懈地完成「辛苦的事」支撐著自己，但這其實已成為束縛自身、限制自由的無形鎖鏈。
門鈴在這時忽然響起。我原以為是結他們忘了拿東西，結果是明日見同學的伴侶，柄本先生。他說，他的工作比預期結束得更早。
「北原先生，你好呀。我買了土產回來給小結和諾亞。」
柄本先生說著，從包包裡取出一瓶日本酒。這對情侶都是愛酒人。
「他們剛才還在呢，你剛好錯過了。柄本先生，你餓不餓？小結和諾亞捏了壽司給我們吃哦，紅味噌湯也還有剩。」明日見同學說。

「好啊，聽起來真不錯。」

明日見同學將那鍋紅味噌湯端上爐子，開火加熱。

「那我就先失陪了。」

「北原先生，你難得過來一趟，讓我們招待一杯再走吧。」

「我剛才喝得夠多了，再喝恐怕會進不了浴池。」

我素來沒什麼興趣嗜好，就是期待著每個月到飯店享受一次大浴場和三溫暖。我拿起背包起身，明日見同學便跟到玄關來送我離開。

「不好意思，我剛才喝了酒，要借你們家的車位停到明天了。」

在我穿鞋子的時候，她喊了聲「老師」，我於是回過頭。

「我知道我沒有立場說這些……但既然結也要結婚了，接下來老師應該可以回歸自己的人生，為自己做點打算了吧？」

「言下之意是？」

「老師，你要讓曉海誤以為我是你的戀人到什麼時候？」

明白她問話的意圖，我重新面向她。

「讓妳和結幫著一起撒謊，我也感到非常抱歉。」

「不用在意我。之所以提起這件事，是因為我想對曉海而言，現在這種狀態一定不太愉快。她必須目送自己的丈夫去到其他女人身邊……」

「這方面妳不用擔心。就像我先前解釋過的，我們之間的婚姻是以互助為目的，其中沒有戀愛要素。她愛的人是櫂。」
聽我這麼說，明日見同學露出為難的表情。
「人的感情都是會改變的，更別說你們每天互相扶持，又在同一個屋簷下共同生活，產生出先前不存在的感情也很正常。」
「目前她沒說她對我產生了感情，我想沒問題吧。」
「即使真的產生了感情，也沒幾個人敢在這種情況下毫不遲疑地說出口吧。」
「是這樣嗎？」
她露出更加為難的表情。明日見同學的眼神像個耐心引導吊車尾學生的教師，而我此刻的心情就像個設法回應老師期待的學生。
「自從曉海的戀人過世，已經過去五年了。即便曉海在這段期間開始將老師你視作丈夫、喜歡上你，也不是什麼奇怪的事。我的意思是，她有可能因為誤會我是老師的戀人，而不敢把自己的心意說出口。」
原來如此，我接受了這個意見。這真是我自己從來沒想過的角度。
「老師，曉海是活生生的人哦。」
「啊？」
「曉海和櫂確實談了一場轟轟烈烈的戀愛吧。如果這是個故事，它會在曉海失去櫂的時間點結束，然後成為永恆。但曉海的人生在那之後仍然要繼續下去，從此以後仍然必須在沒有他的世界裡活過今天、活過明天、活過往後每一個日子。無論再怎麼希望時間停止、再怎麼不甘願，也必須被推著往前走。而人只要活著，就會不斷改變。」

彷彿哪裡發疼似的，明日見同學蹙起眉頭。她一直以為自己失去了結的父親、也失去了結，就這麼抱憾走過大半輩子。即便如此，她也並未成日悲嘆度日，反而找到了安身立命的工作，憑藉自己的雙腳站穩腳步，牽起了所愛之人的手。

──爸爸，你一定有你自己的考量吧。

──可是，就這樣一直讓曉海姊誤會下去真的好嗎？

我想起結從前也曾經這麼說過。

然而我卻也覺得，曉海和我之間的關係只有我們自己明白。

打從曉海還是我學生的時候開始，我就知道她一直被自己無力解開的鎖鏈綑綁。我彷彿在她身上看見年輕的自己、看見年輕的明日見同學，實在無法將她置之不理。我希望她自由地、隨心所欲地生活。

另一方面，她也拯救了我。我沒結婚就當上了單親爸爸，將沒有血緣關係的結撫養長大。我對此毫不後悔，那是段幸福的時光；但即便如此，我還是不夠豁達，無法斷言自己能一個人過完這輩子。

我和曉海成為互助會的夥伴，彼此都珍惜著對方。

每天的生活平和安穩，我沒有任何不滿。可是……

──產生出先前不存在的感情也很正常。

是這麼回事嗎？但又何謂「正常」呢？假如按照「正常」的方式活著，我的人生想必會與現在截然不同，曉海的人生也一樣。這樣的我們，事到如今還能容納進「正常夫妻」的模板嗎？我不希望她感到拘束。最重要的是，櫂至今仍然活在她心中，還是讓她以為我也有自己的戀人，她也會比較自在吧。出發點其實就這麼簡單，但是——

「在為時已晚之前，我認為還是想點辦法比較好。」

什麼事為時已晚？我正想這麼問，柄本先生的聲音便從屋內傳來：「菜菜——鍋子裡的紅酒燉牛肉也可以吃嗎？」我得快點告退了。

「我認為這種可能性十分微小，但我這幾天會處理的。」

我暫且先這麼回答。

「請這麼辦吧。」

明日見同學微微一笑，似乎放下心來。

晚安——我謹守禮儀地打過招呼，辭別了教師辦公室、不，是明日見家。

夏季夜晚，我在帶有海潮香氣的潮溼空氣中前行。一方面因為酒精帶來的熱意使然，皮膚逐漸滲出汗水。今晚泡澡一定很舒服吧。

走進大約步行十分鐘路程的商務旅館，櫃檯人員對說要辦理入住的我露出親切笑容。我每個月都到這間旅館住宿一次，前前後後已住了五年，對櫃檯來說自然也是熟面孔了。我朝對方點頭致意，接過房卡。

一進房間，我立刻準備泡澡用品，直奔設有大浴場的樓層。泡完澡還做了三溫暖，我神清氣爽地回到房間，鑽進被窩，打開帶來的文庫本，讀書讀到睡著——這是每個月一次，我度過這一晚的方式。然而今夜，睡意卻遲遲不來。

——老師，曉海是活生生的人哦。

她說得沒錯。要將一顆心獻給唯一一人，披著喪服度過餘生，曉海還太過年輕了。無論是多麼強烈的悲歡離合、喜怒哀樂，時間都不會將它留置原地。它像一種將人溫柔療癒，或者殘忍殺死的藥，將我們帶往下一個目的地。

自從櫂過世之後，我和曉海的生活有如時間停止般平靜無波。然而，在乍看平穩、甚至聽不見潮聲的大海深處，是否已悄悄捲起了漩渦，將水流引導至意想不到的方向？正如同她出生成長的這片瀨戶內海一樣。

我闔上書，起身拉開窗簾。窗戶外側是一整片遼闊的漆黑，夜晚的海面比天空更加幽暗。見慣的寧靜海面上，今晚也映照著美麗的月影。

「我想應該差不多了吧。」

隔天，時間偏遲的午後，曉海探頭看著鍋子說道。晚餐好像要吃生菜包豬肉片，我以為她說的是燙豬肉的烹調狀況。

「是啊，接下來關火用餘熱悶熟，感覺肉質會比較軟嫩。」

曉海回過頭來，不知怎地一臉為難。

「我說的不是豬肉，是我們之間的事。」

「我們？」

「是的。我們差不多可以離婚了吧？」

我一時間反應不過來。

「什麼時候離呢？我隨時都沒問題，不過小結的婚禮辦在秋天，還是想在那之前把這件事處理妥當。我也必須找新房子搬家才行。」

「我是不是做了什麼讓妳不愉快的事？」

我的頭腦終於開始運作。

「沒有，老師什麼也沒做。」

「還是妳對目前的生活有什麼不滿嗎？」

「完全沒有。」

「還是妳因為工作關係，必須要搬到東京生活？」

「不是的，刺繡在哪裡都能做。」

「或是妳找到了想要共度人生的伴侶？」

「目前只有老師你一個人。」

「那，為什麼？」

曉海露出為難到了極點的表情。想露出這種表情的明明是我——我心裡想這麼說，不過這對於釐清、推進事態發展不會有任何貢獻。總而言之，我先強迫自己往具有建設性的方向思考，就在這時想起了昨晚明日見同學所說的話。面對明日見同學的建議，我當時回答我會處理，不過真要付諸實行，卻需要相當大的勇氣。

「那個，我也覺得不太可能，但有件事還是確認一下。」
「什麼事？」
「是因為妳的想法產生了什麼變化嗎？」
「該說是變化嗎？我從以前就覺得必須這麼做了。」
曉海說著，一面稍微移開鍋蓋，確認豬肉的熟度，看來沒聽懂我剛才那句問話的意思。我感受到說得更具體的必要，下意識按住了胃部一帶。
「妳是不是、把我、當成男人看待，喜歡上我了？」
話一出口，我就想直接轉身逃跑，多想加快語速補上一句「我自己也覺得這種事應該不可能發生」。以鍋中熱水咕嘟咕嘟沸騰的聲響為背景音效，我們面面相覷。曉海仍舊抓著鍋蓋握把，嘴巴半開，整個人傻在原地。看她嚇成那樣，我都想跟她說「也用不著這麼震驚吧」。
「看來不是這樣呢。」
我盡可能冷靜地說道，內心已經羞恥得滿地打滾。
「沒關係，請放心，我只是保險起見問一下而已。」
「啊，原來是這樣。太好了。」
曉海如釋重負似的呼出一口氣，重新面向瓦斯爐，關上爐火，拿沾溼的廚房紙巾蓋住燙豬肉，以免豬肉發乾，然後再一次蓋上鍋蓋。從她的舉止之間看不出戀愛、愛情那一類縹緲情感的波動，我在心裡怨恨起了明日見同學。

「離婚的理由不是在我，而是在老師你呀。」
「我？」
「再繼續讓菜菜等下去就不好了。你好不容易才和尋覓許久的人重逢，應該讓菜菜在小結婚禮那天坐上母親席位才對。我也不樂見現在這種情況，好像我成了你們追求幸福的阻礙一樣。」
曉海說著，開始撕起洗淨的紅葉蒿苣。
「可是，這是你們兩人之間的問題，我也不方便插嘴，只能做好隨時都能離婚的心理準備。但不管我等了多久，老師你都從來不提這件事情。」
噗滋噗滋撕下紅葉蒿苣的動作有幾分粗暴。
「原來是這樣。真抱歉，讓妳這麼苦惱。」
「不會，我才不好意思。所以呢，我們什麼時候要離婚？」
她說得太滿不在乎、不，甚至有點自暴自棄，我見狀終於感到不對勁。我所認識的她還要更感性一些。我做好了再丟一次臉的覺悟。
「妳想要離婚嗎？」
「剛才說過了，重點不是我，而是老師你啊。」
「現在準備解除的是我和妳之間的婚姻關係，這種事不能單憑我和明日見同學的意願決定。假如妳對於和我一起生活有所不滿，那這婚確實不得不離，但實際上並不是這樣，對嗎？」

「……我……」

曉海放慢了撕下紅葉萵苣的速度。我稍等了一會，但她遲遲沒再說話，似乎先前從沒考慮過這種事。

「我和明日見同學並不是情侶。」

曉海回過頭看我，撕下的紅葉萵苣已經在她手邊的濾水籃裡堆成一座小山。看來明天早上也得吃生菜沙拉了。

「你們分手了嗎？」

「我們本來就沒有交往過，結也不是我的小孩。」

曉海瞠目結舌地瞪大眼睛。

「我和妳之間的關係，打從一開始就有櫂存在，我們也是在這個前提下一起加入結婚互助會的。繼續認為我也另有戀人，我想妳心理上也會比較輕鬆，所以才沒有特地解開這個誤會。」

眼見她露出不敢置信的表情，我連忙補充：

「可是聽了妳的想法，我就察覺到自己判斷錯誤了。」

我邊說邊站起身，從曉海手中取走變小的紅葉萵苣，用保存袋包好之後放回冰箱，然後讓曉海在餐桌椅上坐下。

「我會盡可能簡短解釋——」

「不，不要省略沒關係，請你好好解釋清楚。」

她蹙著眉頭說道。我點頭說好，開始娓娓道來。
從我如何遇見明日見同學起頭，說到她懷孕、生產，講到我向她的雙親謊稱自己是孩子的父親、將結收養為自己的孩子那一段，曉海打岔說「不好意思，等我一下」，站起身從流理臺底下取出酒瓶。她將瞳子小姐送的檸檬酒倒進玻璃杯。
「你要喝嗎？」
「好。」
我也有點想喝酒了。
「那稍等一下，我也做點能配著吃的下酒菜吧。」
聽她這麼說，我看向掛鐘，差不多也到晚餐時間了。
「要不要邊吃飯邊說？」
「這麼嚴肅的話題能邊吃飯邊說嗎？」
曉海以帶著譴責意味的眼神看向我。
「配正餐和配下酒菜也差不多嘛。」
「……老師，你……」
曉海似乎還想再說些什麼，不過很快改口說「也對，老師你就是這樣的人嘛」，開始著手準備晚飯。她將燙好的豬肉切片，與堆積如山的紅葉萵苣、紅蘿蔔絲和青椒絲一起擺上大盤子。我則從冰箱裡取出雞蛋沙拉，準備碗盤、筷子等餐具。這是多年來反覆做過無數次的事，因此我們雙方的動作都毫不拖泥帶水。

我合掌說「我開動了」，先將筷子伸向雞蛋沙拉。水煮蛋加入了黃芥末美乃滋和胡椒攪拌均勻，還加上了經過長時間醃漬的醃蘿蔔絲。嚐起來是五味雜陳的大人滋味，感覺相當下酒——正當我這麼想，曉海已經調製起她的第二杯酒了。往檸檬酒裡倒入冰涼的蘇打水，再追加檸檬，然後咕嘟咕嘟大口喝下。

「妳的喝法真豪爽，看了也覺得特別好喝。」

「我應該多少有所成長了吧？」

曉海說著，難為情地垂下眼瞼，我彎起嘴角笑了。

「這麼說來，妳從前喝酒的方式確實滿亂來的。」

「跟老師你的亂來程度比起來，我喝那點小酒根本沒得比。」

曉海拉回原本的話題，這次換我回以苦笑了。

剛才已經說完了最難受的場面，因此剩下的單親爸爸育兒奮鬥記，和我搬遷到這座島上的故事，曉海偶爾邊聽邊發笑。等到我以快轉速度解釋完大概的來龍去脈，曉海開了口。「我……」她端正了坐姿，說：

「對不起。我明明那麼受不了別人先入為主的成見，又因為島上的風言風語吃過那麼多苦頭，自己卻片面斷定了老師你的過去。」

「錯不在妳，這都是我沒有告訴妳所有詳情的關係。」

「沒錯，我明明不清楚整件事的詳情，卻擅自斷定『一定是這樣』。小結的母親是老師的學生，並不等同於老師曾經對自己的學生出手。然而，我卻不抱一絲一毫的懷疑，不曾細想背後是否還有隱情，也不曾與我心目中老師的品行相對照，僅憑主觀的臆測就斷定了這件事。」

曉海深深低下頭致歉，但某種程度上，這也是無可奈何的事。世上也有許多事務，是多虧了這些普遍的推測、共識、常識才得以圓滑推進。

「哎，不過，我還是希望老師能早點告訴我。確實，往後櫂也不會從我心中消失，但即便如此，我也不會因此對老師抱有罪惡感。我們的婚姻打從一開始就是互助會性質，而且最重要的是，不就是老師從背後推了我一把，才將我推向櫂的身邊嗎？」

「妳說得沒錯，是我顧慮得太多了，現在正在反省。」

曉海已經完全是個大人了。她正確理解了我們的婚姻型態，不為此感到絲毫內疚。她真的不再是我的學生了。

「說到底，你大可以直接問我就好了呀。問我『妳是不是因為櫂的事情，心裡對我過意不去？』，我會回答『完全沒有』，這件事情就可以結束了。」

「這我實在辦不到。」

「為什麼？」

「曉海，我內心有時候也是很纖細的。」

「咦，是這樣嗎？」

她大感驚訝，這反應讓人有點遺憾。

「我以為老師是個鐵人。」

「鐵也是會生鏽的。」

曉海停頓一拍，這一次感佩地說「原來如此」，這反應也讓我心情複雜。她還是我學生的時候就算了，但在長成成熟女性的她眼中，我到底是個什麼樣的人呢。

「我只是個會迷惘、也會做錯事的尋常男人。」

曉海什麼也沒說，只是目不轉睛凝視著我。一本正經的濃眉大眼，蘊藏著年輕時所沒有的堅定意志。她的臉龐原本是這副模樣嗎？五官本身明明沒有改變，我卻覺得她比從前美麗多了。

「總之，我明白了。」

她點點頭這麼說，我才回過神來。我看她看得入迷了。

「情況我了解了，所以我就收回離婚的要求吧。」

曉海呼出一口氣，開始為自己調製第三杯酒。看著她往玻璃杯裡倒入冰塊的輕快動作，我對由衷鬆了口氣的自己感到不可思議。打從我們剛結婚那一刻起，我一直希望只要她想，她可以飛往任何地方，覺得這彷彿才是我的使命一樣。但在她提出離婚的時候，我卻出乎意料地焦急，起了阻止她飛離這裡的念頭。我為什麼會——

「老師，要再幫你調一杯嗎？」

「不用，我該吃飯了。我自己盛就好，妳繼續喝。」

我可能有些醉了。我把思緒推到一旁，站起身打開電鍋，一股清爽的香味隨著蒸氣一同飄散開來。今晚吃生薑炊飯。

「是我愛吃的料理。」
「所以我才煮的呀。每到夏天，老師你的食慾總是不太好。」
「妳一面提出離婚，一面煮了我愛吃的炊飯嗎？」
「我又不是因為討厭你才提離婚的。」
她偏了偏頭，像在說「很奇怪嗎？」，我於是回以微笑。往碗裡裝了蓬鬆的生薑炊飯，撒上切絲茗荷，吃下一口，在辛香料的香氣之上，由瀨戶內海小魚乾熬出的高湯鮮香便在嘴裡擴散開來，緩緩滲入被暑氣折騰的胃袋。
「妳煮的料理真的好好吃。」
「雖然都是些不費工的料理。」
「花費的工夫和美味程度也不一定成正比吧。」
「那說不定是我們的口味很接近哦。」
「畢竟都一起生活了這麼長一段時間。」
「光是能一起吃飯、對彼此說好好吃，就已經是最大的幸福了。」
她忽然露出追憶遙遠往事般的眼神。她離開海島，前往櫂身邊的時候，櫂已經因病切除了大部分的胃，他們兩人在日常餐桌上想必也面臨相當多的限制。她和櫂度過的那段時光實在縹緲而短暫。
如果說她和櫂的生活奠基於男女情愛，那麼和我的生活又該如何定義呢？要彼此攜手扶持、一同生活下去，在日本並不存在比結婚更理想的制度。我原本覺得我們之間的關係無法容納於這個框架之中，但是——

「我回來了——」

玄關傳來一道聲音，結伴隨著一陣輕快的腳步聲走進屋裡來。

「我送諾亞回去了，他說這個要給曉海姊。」

結朝我們遞來一個紙袋，上面畫著大阪名產豬肉包。

「諾亞愛吃肉包嗎？」

曉海問。

「他說他小時候住在大阪。啊，是生薑炊飯。」

我要不要也吃一點呢——嘴上這麼說著的同時，結已經拿出了自己的飯碗。這孩子很少猶豫迷惘，說好聽點是乾脆果決，說難聽點就是走一步算一步。

「希望妳結婚不是也像這樣憑著一股衝勁決定的。」

「咦，結婚本來就是憑衝勁結的吧？」

結這麼說的同時已經落座，將生薑炊飯撥入口中。

我搖著頭說「真傷腦筋」，但這也是年輕的力量。

不知道為什麼，我好喜歡曉海姊做的飯哦——結這麼說道，我附和著說「我也是」。

曉海純飲著檸檬酒，高興地瞇細了眼。

即便有人對我們指指點點、說我們離經叛道，但現在這個瞬間，我們毫無疑問是幸福的——圍坐在這張平凡無奇，卻足以充分填滿整個世界的餐桌旁邊。

在海風也轉為涼爽的十月末尾，我們在島上舉辦了結的婚禮與喜宴。會場選在瞳子小姐的咖啡廳，明日見同學和曉海兩個人一起坐在母親席位上。兩家家人氣氛和睦地說著「這座海島真漂亮」，島上年長賓客的反應卻恰好相反，被北原家讓情婦和妻子同桌的大膽作風嚇得目瞪口呆。

不過在新郎新娘進場的瞬間，所有雜音都戛然而止。結的婚紗禮服和頭紗上，有著曉海親手刺上、精巧奪目的呂內維爾刺繡。銀色、七彩，成千上百的珠子和亮片柔和地匯聚光輝，妝點著這位新娘。

「老師。」

曉海不著痕跡地朝我遞來手帕，我才察覺自己已淚流滿面。我感激地接過，但一想起襁褓中比一般嬰兒瘦小許多的結，眼淚實在止不住。

婚宴之後的派對只有新人的親朋好友參加，我們就先回家了。解開戴不習慣的領帶，將西裝外套用衣架掛好之後，我們泡了點溫熱的茶來喝，總算放鬆下來。

「婚禮很有諾亞和小結的風格呢。」

「是啊，非常輕鬆隨興。」

除了曉海父親和瞳子小姐製作的自助式料理之外，身為新郎的諾亞還用島上的鮮魚捏了壽司，由結上菜給賓客。島上的居民剛開始還遠遠打量著明日見同學，看見她與結和曉海談笑風生的模樣，紛紛敬佩地讚嘆「北原老師乍看是個文弱書生，沒想到這麼有出息」，令人啼笑皆非。

「婚紗真是太美了。曉海，謝謝妳。」

「畢竟她也是我的女兒呀。」

她的語調無比自然。

「老師，你不覺得有點餓嗎？」

其實我是有點餓，新人家屬一下替人斟酒、一下乾杯，幾乎無暇用餐。

「我來做個茶泡飯好了。」

但家裡的白飯正好吃完了。是還有麵包能吃，但剛才喝了酒，還是想吃點帶湯頭的東西，乾麵條要煮熟又太麻煩了。曉海苦思了一會兒，「啊」地站起身，從餐具櫃下方取出兩包東西。

「這個怎麼樣？」

曉海雙手拿著兩碗咚兵衛的杯麵，分別是豆皮烏龍麵和天婦羅蕎麥麵口味。島上的蔬菜、水果、漁獲不虞匱乏，在禮尚往來、敦親睦鄰的文化之下，家家戶戶都塞滿了必須盡快食用的生鮮食材，對即食食品沒什麼需求。理論上我們家也一樣，不過——

「是小結的點心。」

難怪，我頓時理解。不同於開始需要顧慮健康的我們，結還是愛吃速食和即食食品的年紀。而這些泡麵的主人在今天離家獨立了。

我們將兩碗倒入熱水的咚兵衛放在桌上，面對面坐下。好久沒吃了，我年輕時常常吃，現在推出了好多新口味——我們說著這些無關緊要的話，等待麵條泡熟。計時器響起，撕開紙蓋，垃圾食物的香味登時飄散開來。

「啊，好好吃。」

吸了一口麵條，我們異口同聲說。念研究所那陣子，我在實驗室待到很晚時經常吃泡麵。曉海也差不多，她說她在公司上班，同時必須照顧母親、做刺繡工作的那段時期，也常吃泡麵當宵夜。我細細品嘗包含當時那些記憶在內的美味。

「那時候真是忙到連吃飯的時間都嫌浪費。」

「雖然現在也不算多優閒。」

確實沒錯，她笑道。我們暫時沒再說話，默默啜食著咚兵衛泡麵。

「總覺得今天比平常更安靜呢。」

「因為結不在。」

那孩子也不算特別吵鬧，只是她的存在本身就帶有開朗歡快的特質。若不是有曉海在，我想必會為此刻的安靜感到寂寞吧。當我這麼想的時候，曉海忽然將自己的天婦羅蕎麥麵推向我。她不吃了嗎？

「我也想吃吃看豆皮口味。」

啊，好的，我拿我這一碗咚兵衛和她交換。

「有兩個人在真是太好了，兩種口味都能吃得到。」

曉海說著，低頭啜食咚兵衛泡麵。不知為什麼，望著她那副模樣，我的心情幸福到有點好笑，一邊想著，今天是我人生中特別好的一天。

北原曉海　四十三歲　梅雨

在松山機場通過安檢之後，我接到母親打來的電話。

『我都這把年紀了，而且還是兼職，從來沒想過會這樣直接升遷。工作內容雖然沒變，卻莫名讓人精神抖擻，真不可思議啊。』

母親朝氣蓬勃的聲音從電話另一頭傳來。已經是六十五歲上下的人了，她卻在兼職打工的農園被拔擢成了組長。

我母親高中畢業之後，到今治一間食品公司任職了三年左右，便在朋友介紹下認識了我父親，結婚進入家庭。離婚之後，她失去了經濟基礎和精神支柱，花了許多時間重新站起來。暌違數十年出外工作，她也曾經吃過苦頭，不過到了這幾年，她總算是找回了原本的自己。想必是經濟上能夠獨立，為她帶來了龐大的自信吧。我深切體認到工作的重要性，這件事不分男女，也無論已婚還是單身。

『我想在今年內搬出「向陽之家」。』

「咦，為什麼？」

『為什麼喔，這個嘛，我的薪水也變多了嘛。』

我感覺得出她答得吞吞吐吐，有點奇怪。「向陽之家」是一棟共居住宅，專供與我母親年齡相仿的女性居住，聽她說那裡的居民關係也都十分融洽，她怎麼會突然想搬出去呢？

「發生什麼事了嗎？」

『什麼事也沒有，妳不用擔心。比起這個，你們又怎麼樣了？』

「什麼怎麼樣？」

『真的不生小孩嗎？』

「又是這個話題，我之前不就說過不生了嗎？」

說到底，性行為本來就被排除在我和北原老師的互助會婚姻之外。

『草介怎麼說？』

「他也說沒特別想要小孩。」

母親受不了地嘆了口氣。

『傻孩子，那是因為草介他還有小結這個小孩，所以才那麼從容。不只有小孩，他連孫子都有了，可是當爺爺抱孫的人啦，跟妳從根本上就不一樣。』

小結在五年前結婚，搬離島上，隔年便懷孕生下了小孩。這個小女孩被命名為瑟琳娜，今年要滿四歲了——話雖如此，小結也不是和北原老師血緣相繫的孩子。但假如我這麼說，事情勢必會變得更複雜，因此我保持沉默。

『哎，曉海，妳要不要離婚，再去找個更年輕的？現在開始也不晚啊。』

這一次換我受不了她了。

「我都已經年過四十了耶，妳還叫我去再婚、生小孩哦。」

『不是啦，我是希望妳至少找個能一起變老的人共度人生嘛。』

我沒料到她會這麼說。

『男人本來就比較早死了，草介還比妳大十五歲。這樣算下來，人家一般夫妻到了退休年齡，好不容易要過上優閒日子的時候，他就剛好要翹辮子了。所以我才會叫妳生個小孩啊，要是真的不想生小孩，媽媽希望妳至少找個年輕一點的人再婚。』

明白她是擔心女兒才會這麼建議，我便不再反駁了。

『我說出這種話，當然也對草介很不好意思啦。雖然他有段時期也在今治找了情婦，發生過那麼多事，不過那段期間他也沒像妳爸爸那樣說要離婚，外面歸外面、家庭歸家庭，還是把界線劃分得清清楚楚，好好保護了妳。我看他現在好像也跟那個情婦斷乾淨了嘛，妳們夫妻感情也那麼好，媽媽就放心了。不過啊，一想到妳老了之後，他說不定會留下妳一個人先走，我還是覺得妳這樣太可憐了。』

若是連那麼遙遠的事情都要顧慮，人是生活不下去的——我忍著不把這句呼之欲出的話說出口，這時航空公司正巧開始廣播登機了。

「抱歉，時間差不多，我該出發了。」

『妳在哪裡呀？』

「松山機場。我今天開始到東京出差。」

『妳還是這麼忙呀，路上小心哦。』

「妳有什麼想要的伴手禮嗎？」

媽媽平常總是回我不需要，但是……

『這個嘛，那我想要一條披肩。』

「什麼樣的披肩？」

『要薄一點、輕一點，亮色系的，可是不要太花俏。』

「好困難的要求哦。」

『如果是能顯瘦的顏色，我會很高興的。』

呼叫到我這一區了，因此我回答「知道了」，掛斷電話。將手機切換到飛航模式時，我注意到向井傳來了訊息。

——他說他已預約好今晚的餐廳，並附加一句「我很期待」。

從這句話當中感受到些許甜蜜與沉重的時候，母親剛才的話不知為何在腦海重播。如果是能顯瘦的顏色，我會很高興的——我忽然想，母親也許是戀愛了。

向井的工作室位在東京雜司谷，由於建造於俗稱的旗竿地，四周被房屋圍繞，只有一條小巷與公用道路相連，因此相當僻靜。寬敞的大窗外能看見櫻花樹，現在即將進入夏季，樹上明亮的綠葉正蓬勃生長。

向井是位織物設計師，一開始是由一位和我有交情的藝廊主人介紹我們認識。我們和藝廊主人三個人初次一起吃飯的時候，向井便熱情地述說我的代表作「Homme fatal」帶給了他多麼巨大的衝擊。我也參觀過他的個展，展場的一整面天花板都懸吊著布藝製成的藤花。原以為它們都是單色的紫花，當我察覺那全是由紅色與藍色布料組合而成的、複雜精緻的紫色漸層，我渾身都起了雞皮疙瘩。

相談甚歡之後，在那天同席的藝廊主人牽線之下，我們決定著手企劃聯合展覽。雖然我們兩人都十分忙碌，到聯展真正實現之前感覺還需要一段時間。

「我想實現我們一個人做不到的事情。把目前為止向井一佳的色彩、井上曉海的色彩都徹底壓抑下去，希望能展示出我們必然誕生、彼此相遇而造就的世界。」

清水混凝土牆面，搭配灰色、藍色、淺藍色統一色調的裝潢。這間工作室給人的印象明明沉靜冷淡，身為主人的向井本身卻總是熱情如火。

「我們總是將創作的重點擺在『如何表現』，但反過來說，我認為那些絕對不想展現、嚴加封鎖在內心，卻還是防不勝防地洩露出來的東西就是本質，或者該說是神髓吧。所以，我想這會是一次相當辛苦的嘗試，畢竟這等於我們要為自己設下限制。曉海，妳覺得呢？」

向井朝我探出身子。他從一開始就是這樣的人——我是這麼想的，那妳覺得呢？如果是我的話會這麼做，那妳呢？當感受到雙方之間有所齟齬，他是傾向將誤會解開的那種人；如果意見相左，他會積極討論出雙方都能接受的共識。在他直率而毫無保留的熱意之下，我偶爾會有些恍惚。

櫂也經常像這樣和尚人談論漫畫。在那種時候，明明和他們共處一室，我卻感覺自己彷彿被排除在外，那是我絕對無法涉足的、屬於創作者的世界。我對那個世界心懷憧憬，原以為自己不可能觸及，如今卻身處其中。

「曉海。」

我回過神來，與目不轉睛凝視著我的向井四目相對。

「妳又跑到青埜先生身邊去了吧。」

「我有在聽。」

「騙人，我都看得出來哦。」

我輕聲笑了笑，蒙混過去。

初次見面的時候，因為他實在對「Homme fatal」太讚不絕口，我在說明作品意象的時候便不經意說出了我和櫂的事情。青埜櫂的名字和久住尚人一樣，現在也和他們的作品一起留存於世。上網一搜尋，馬上就能得知他的經歷，以及帶有傳說色彩的軼聞——一個遭到媒體造謠誹謗，導致命運就此失控的早逝天才。

「和你待在一起的時候，感覺就像待在那時候的櫂身邊一樣。」

「我看過他的照片，我們長得不太相像啊。」

「應該是氣質吧。」

「不要把我當作妳跟青埜先生約會的媒介啦。」

向井不滿地噘起嘴唇。看見他這副孩子氣的模樣，總教人想起他比我小了六歲。我說了聲對不起，向井便稍微坐直了身子。

「和我之間的事，妳有沒有好好考慮？」

上次開完會，踏上歸途的時候，向井忽然對我告白了。原以為不知不覺間醞釀出那種氣氛、不知不覺間形成那種關係才是大人的作風，所以當他像個學生一樣認真地對我說「我喜歡妳，希望能跟妳交往」時，我驚訝不已。

——曉海，妳已經結婚了，我當然要按部就班來呀。

聽他這麼說，我意識到自己已經有很長一段時間，都活在偏離那種「正當性」的地方。我並不後悔自己一路走來的選擇，事到如今，也不會想再回到那一邊去。然而，這種「正確」與「正直」確實存在於這世上，時隔許久接觸到它，我坦然地感到耀眼。

——哎，不過或許妳會說，我一開始就不該跟有夫之婦告白吧。

他有些尷尬地補充道。這麼說也對哦，我笑著說完，我們不約而同地再次邁開腳步。分別之際，向井在票口另一側對我揮手，說，妳好好考慮一下。

「我明白這種事沒辦法馬上答覆，我會耐心等待的。不過競爭者是青埜先生實在對我太不利了，所以我想，還是要適度爭取一下機會。」

他真是個直率的人啊，我想，但我心中這份感受並不與戀愛相通。

「向井，我——」

「等一下，妳繼續觀察一陣子再拒絕我吧。」

他稍微向前伸手，制止我繼續說下去。

「你是怎麼知道我打算拒絕的？」

「哎唷，真是的，都叫妳等一下了。」

向井誇張地垂下肩膀。看見這反應，我道著歉說「對不起」，一邊忍不住笑了出來。

「哎，不過，這也是我不好，畢竟妳已經是人家的妻子了。可是啊……」

向井將手肘擱在桌上，一手撐著臉頰，斜眼看向我。

「可是曉海，妳的婚姻比較不正常嘛。」

我不置可否地偏了偏頭。正常、正確、正當，常識、倫理、道德——說法不一而足。從某個時期開始，我下定決心偏離這些標準，不知不覺間不再在意自己脫離了它們，而此刻才剛因為向井而想起它們的存在。

「妳沒跟妳丈夫睡過吧？」

聽見這麼直接的問題，我「咦」地微微睜大眼睛。

「先前一起喝酒的時候，妳稍微提過這件事哦。」

我不禁視線游移。年輕時，我經常因為喝酒而犯下過錯。原以為這種事不會再發生，但看來我一喝醉酒就容易鬆懈的個性還是沒變。成為大人真是太難了。

「無性婚姻還滿常見的吧。」

「從原本有性慢慢變成無性，和打從一開始就無性不一樣吧？」

「在我們家，這不會帶來什麼困擾。」

「這是身為女性的不幸哦。」

「你知道一句話主詞涵蓋的範圍太大，可信度會立刻降低嗎？」

「抱歉，身為男性也一樣不幸。」

「至少我並沒有變得不幸。」

「這不是個人問題，而是人類這個種族的悲哀啊。」

向井開始談起最近的少子化問題、年輕人不談戀愛，甚至是性慾減退的問題，說這或許全都是因為人類這個種族已經瀕臨極限。從我和北原老師不上床的話題，逐漸講到人類漸趨滅亡的理論。豈止是主詞涵蓋的範圍太大，主題也越來越宏大了，誇張到這個地步，我反而能愉快地加入討論。

「曉海，妳丈夫是一位老師吧？」

經過一段熱烈論述之後，向井忽然拉回原本的話題。

「妳居然是教師的太太，我覺得好不可思議。」

「怎麼說？」

「我認為有些事，確實只有創造作品的人才能明白。青埜櫂是死後都過了十年還擁有狂熱書迷的作家，而曉海妳是能夠接到巴黎服飾品牌訂單的刺繡家。該說他和妳非常相配嗎，就像約翰藍儂和小野洋子一樣，很讓人信服。」

最後的約翰藍儂和小野洋子害我忍不住噴笑出聲。

「有什麼好笑啦。」

「你把我們跟太厲害的大人物並列在一起了。」

聽我這麼說，向井難為情地噘起嘴唇。

「我很嚮往傳說中的情侶檔嘛，像是性手槍樂團的貝斯手席德和他的女友南西，還有鴛鴦大盜邦妮與克萊德。不過我對羅密歐與茱麗葉不感興趣，明明這一對也同樣笨拙、同樣愚昧，為什麼呢？」

「是因為不夠瘋狂嗎？」

「有道理，過於甜美的羅曼史和飛濺的血沫多麼相配。咦，這主意好像不錯吧？我和曉海聯合展覽的主題就定為羅曼史與鮮血，紅與白。」

我咯咯笑了起來。向井對我的這份仰慕，真正的對象其實是櫂留下的《宛如星辰的你》之中登場的女主角。向井憧憬的不是現實中的我，而是傳說中的愛侶。正因為明白這一點，我也不可能愛上他。

「我和櫂都不是你想像中的那種人。」

我們一起度過的十五年光陰，不像小說裡那樣戲劇化，也沒那麼浪漫。我們反覆經歷挫折、失敗與懊悔，最後終於抵達高圓寺那間小公寓。在那裡度過的一年期間，櫂是以什麼樣的心情寫下那個故事呢。

在我們還年輕許多的時候，櫂曾說，酒和故事都是他逃離「此時此地」的一種工具。仍然身處於現實世界的同時，心卻彷彿飛向不存在於任何地方的另一個世界。我似乎能想像，卻又不太明白。有時在刺繡過程中，我也會忘記現實。一針一線刺上細小的、星點般閃耀的珠子和亮片，一個美麗的世界於焉浮現，逐步將我吞沒。那是放空思緒、心無旁騖的一段時間。但小說家並非如此，他們在工作中毫不間斷地思考，一一揀選詞句，放空思緒是寫不來的。

「妳又到青埜先生身邊去了。」

我轉回視線，看見向井面帶苦笑。

「經過十年也無法忘懷的戀情嗎……那也難怪我不是對手。」

向井說道，我緩緩將視線移向空無一物的半空。一直銘記，和無法忘懷有什麼區別？我是在思念權，在思考我自己的事，還是在珍重地緬懷逝去的那段時光？這一切渾然融為一體，彷彿已經成了無法稱之為戀愛的東西。

「先不提和我之間的事，妳至少搬到東京來也比較好呀。」

「我確實覺得有間工作室會比較方便。」

忙碌時期，我一個月要上東京好幾次，坦白說一直住飯店很教人疲憊。

「不只是工作，妳大可以把整個生活據點都搬到東京來呀。這裡好多人都需要妳的才華，而且妳其實也賺得比妳先生更多吧？住在海島聽起來雖然浪漫，但妳看起來就像以此為藉口保護著自己一樣。」

「保護？」

「妳是害怕自己忘記青埜權吧？」

太無的放矢了，但我感受不到說出口的必要。

「就像害怕裝入新的事物之後，舊的事物會被排擠出去一樣，所以妳才不想改變自己的生活。應該是想透過這麼做，讓妳和青埜權之間的戀情化為永恆吧。所以現在的丈夫不會帶來刺激和變化，對妳而言反而恰到好處。」

無的放矢，再加上單方面的斷定。這也沒辦法，畢竟在自己的價值觀當中塑造一個首尾一致的故事，是理解他人最簡單也最舒適的方法。

「妳應該活得更自由一點。」

「我過得很隨心所欲。」

「那是妳對自己的自我暗示。」

總有些人會擺出這樣的態度，彷彿他們比當事人更了解事情全貌。我早已習慣旁人無所顧忌的議論，與其回嘴、挑起風波，還不如像水一樣讓它們悠悠流過就好。沒有任何一部分的我會因此受到傷害。

「我認為還有其他人選能讓妳過得更自由。」

「比方說你嗎，向井？」

我開著玩笑問道。

「至少也比妳現在的丈夫更好。」

「你明明連他是什麼樣的人都不知道。」

自己的說話聲冰冷得令我心驚，向井也嚇了一跳。我沒有打圓場，也沒有收回我剛才的話。我早已習慣受人非議，卻無法忍受北原老師遭人蔑視，甚至連我自己都為這強烈的憤怒感到不知所措。

「抱歉，我說得太過火了。」

「感謝你的理解。」

我點點頭，但心中被憤怒掀起的波瀾不可能立刻歸於平靜。自己內在還存在如此難以駕馭的情緒，以及它源自於北原老師這點，都在在令我困惑。

我看向窗邊。外頭傳來細微的沙沙聲，不知何時下起了雨，經雨水淋溼後更顯鮮活的綠意映入眼簾。被囚禁在蜘蛛網上的雨珠反射光芒，細膩的美逐漸平息我動盪的心。

「聽說下週梅雨季就要結束了。」

向井說道，我沒挪動視線，只答了聲「嗯」。

今年的夏季也如期而至。

目送權離開之後，第十次的夏季。

一星期的出差行程結束後，我從松山機場搭上往今治的電車，然後轉搭計程車前往權長眠的墓園。梅雨放晴後的天空晴朗得萬里無雲，我在墓園入口處下了計程車，租借了清掃用具，爬上平緩的斜坡。

蟬聲填滿了翠綠樹叢的間隙，爬到一半我便有些喘不過氣了。年過四十之後，體力日漸衰退，體重則呈反比增加。為了在減重的同時兼顧健康，我開始運動，但工作繁忙起來的時候總是忍不住偷懶。

權的墳墓一如尋常，掩埋在雜草底下。權剛過世兩、三年的時候，權的母親也會在御盆節過來掃墓，但在那之後就丟著不管了。

——反正權也不在這裡。

她說著像上個年代流行歌詞般的話。櫂的母親還是老樣子，縱然年歲增長也一樣貫徹自我，無論在好的或是壞的方面都一樣，簡直是令人激賞了。看在世人眼中，她或許是最差勁的母親，但櫂都已經原諒了她，而我也愛著那樣溫柔到堪稱沒有原則的、孤獨寂寞的櫂。

我戴上工作手套，拿起租來的鐮刀割除雜草，清洗墓碑，最後供上線香、鮮花與威士忌。那是我們第一次一起喝過的酒，千圓左右的便宜牌子。即使在他成為大獲成功的漫畫家、賺了大錢，一次酒會就要揮霍掉我一個月薪水的時候，櫂仍然一直在自家備著這款威士忌。

我蹲在墓碑前發著呆，這時有風從背後吹來，揚起我的頭髮。我已不再因此依稀聽見喚我「曉海」的聲音，這只是單純的風。從前，一絲微風、一滴雨水、一縷陽光，都讓我感覺到櫂的氣息。

但那種感覺也一點一滴消逝，十年過去，到了今年夏天，我體認到光只是光，風只是風，它們只是緩慢地重新構築，形成了一個沒有櫂的世界。那時促使我展翅飛向櫂身邊的自由，這一次正準備將我從櫂身邊釋放。我暌違已久地想起，自由本就是種伴隨著悲傷與疼痛的東西。

一回到家，我便看見玄關放著兩個大行李箱，還有兩雙陌生的鞋子，一雙大人，一雙是小孩尺寸。走進和客廳相通的廚房，便看見身穿喪服的北原老師，在更靠屋內的客廳裡，則是正把喪服掛上衣架的小結，和她女兒瑟琳娜的身影。

瑟琳娜說著口音有點奇怪的日文朝我跑來。我回來了，我說著，在接近腰際的高度抱住她。她今年四歲，比起上一次見面時長高了許多。

「曉海，歡迎回家——」

「你們辛苦了，參加喪禮一定累了吧。」

我撫摸著瑟琳娜明亮的棕髮，對小結這麼說道。

在東京工作期間，我接到北原老師聯絡，說菜菜的母親過世了。不只是北原老師、菜菜以及她現在的伴侶柄本先生，小結和瑟琳娜也緊急從澳洲歸國奔喪。後來我收到北原老師的聯絡，說喪禮本身一切順利，但強調「本身」聽起來似乎話中有話。

明日見家的父親在三年前亡故，這一次母親過世，絕大多數的財產都將由菜菜和小結繼承。聽說明日見家族經營著當地知名的綜合醫院，這部分已經由親戚接手繼承。至於其他遺產的分配事宜，一家人在菜菜的母親過世前就已經展開規劃，但遺產繼承這種事，到了實際分配的時候本來就容易發生爭執。

「連我該稱呼叔公、叔母什麼的親戚都跑出來，跟我們講了一堆細節，不過說到最後還不是想叫我們把遺產交出去。菜菜姊和我本來都覺得不需要拿那麼多錢，但一聽到他們來要，心裡就產生一種『絕對不給你』的心情，還真奇妙。」

我原本顧慮著我們這些外人還是不要太干涉家務事比較好，但小結不太介意這種事，若無其事地跨越了這道門檻。她們還會在明日見家的顧問律師陪同下持續協商，但小結說她們已經確定能分配到一筆相當可觀的數日，因此她沒有異議。

「我想，這一定是奶奶在冥冥之中推了我一把吧，這麼一來我就能放心離婚了。在各種事情定下來之前，要讓我和瑟琳娜住在這裡哦。」

咦，妳說什麼？我不禁回問。

「第一，諾亞和我們餐廳裡的員工出軌。第二，我無法原諒他，所以決定離婚。第三，我要用奶奶的遺產在這裡開壽司店。對不起，事後才告訴你們。」

暫時要打擾你們了，小結向我們低頭欠身道。這裡是小結的老家，她想回來自然沒有問題，但我一直以為他們婚姻幸福美滿，聽了這番話大吃一驚。我看向北原老師，他說「好像是這樣沒錯」，就連平時波瀾不驚的他也露出五味雜陳的表情。

「先不論開壽司店，我希望妳不是憑著一股衝勁就決定離婚的。」

「離婚本來就是憑衝勁離的吧？」

小結滿不在乎地說。

「妳結婚的時候也是這麼說的。」

北原老師說著，無可奈何地搖了搖頭。關於離婚，北原老師說他本來也毫不知情。雖然通知小結回來參加喪禮的時候，聽她回覆「那正好，我就和瑟琳娜兩個人回去吧」，他確實覺得有點不對勁——

「諾亞怎麼說？」

「他說，出軌是他不對。他對外遇對象有朋友以上的感情，出去約過五次會，睡過一次。如果離婚是為了讓我們雙方的人生更幸福，那他會答應。」

我原本覺得諾亞的態度還真平淡，但在澳洲，人們似乎認為離婚是改善人生的一種積極選項。

「話雖如此，還是存在一些問題。因為他們看待離婚不像日本這樣以夫妻、家庭為單位，而是聚焦於個人的幸福，所以離婚時的財產分配、扶養費，以及其他各式各樣的協議仔細到令人不敢置信。一般民眾無法自己處理，需要找律師幫忙，而律師費又貴得嚇死人。」

她說，正因如此，也有許多人選擇不登記結婚。

「沒有什麼補救的辦法嗎？」

我問道，看向廚房。北原老師讓瑟琳娜坐在他大腿上，正在餵她吃切成小塊的西瓜。我先前聽說過，瑟琳娜很黏爸爸。

「就算我們離了婚，諾亞仍然是瑟琳娜的父親哦。需要父親幫忙的時候我會聯絡諾亞，諾亞也說這是理所當然的事情。瑟琳娜想見他的時候隨時都能見到他，如果瑟琳娜想跟諾亞一起住也沒問題，選擇權都在瑟琳娜身上。不過我們要不要繼續當夫妻，又是另一回事了吧。」

太無懈可擊了——簡直是無可挑剔、銅牆鐵壁般正確的論調。我聽了反而覺得它像一面盾牌，拚死守護著什麼似的。小結加快了語速娓娓道來。

生活這種東西，越是累積，就越是褪色。無論我們有多喜歡彼此才結了婚，新鮮感還是免不了逐漸淡薄。可是啊，結婚不就是用戀愛或心動以外的事物彼此彌補、彼此扶持，決定一輩子一起走下去嗎？用沒有夢想的方式來說，走入婚姻確實也必須放棄一些東西。結婚就是接受這一點，相信從這段關係之中能夠得到更難得的東西，約好兩個人合力生活下去，對吧。

搬到國外生活，我剛開始也很不習慣。英文從高中程度起步，工作上也是初次挑戰當壽司職人……嗯，不過沒辦法，這是我自己說想做的事。到了好不容易慢慢習慣的時候，我就懷孕了，生下了瑟琳娜，接著又被數不清的初次挑戰轟炸。我們兩個人一起努力克服了好多事，在最辛苦的時候也彼此扶持著走過來。

「可是呀，這種把『忍耐』美化的精神，在國外並不適用。」

「諾亞也有一半的日本血統吧？」

不是的，小結搖了搖頭。

「價值觀不是來自於血緣，而是由成長環境形塑的，諾亞的價值觀和日本人不一樣。他不像我這樣，總是以家庭為單位思考……不對，諾亞也會優先為我們考慮，可是除了家庭之外，諾亞也對自己的人生──」

小結說到這裡忽然哽住了，緊緊皺起了眉頭。

「……不對，我要說的不是那麼複雜難懂的事情。」

淚水逐漸在小結的眼眶堆積，啊，眼看就要決堤了。我朝北原老師使了個眼色，他默默點頭，抱起瑟琳娜說「我們去散步吧」，走出了廚房。

「……我可能是太鬆懈了。」

小結低垂著頭，淚水從她眼中滴落。

「最近，我一直疏於打扮自己。一下當媽媽、一下工作，我累壞了，和諾亞待在一起是我最隨便的時候。我不是不在乎諾亞，反而是覺得安心，把他身邊當成只屬於我的、能放鬆休息的地方。自從瑟琳娜出生之後，我晚上也一直都在拒絕他。」

她說，她和諾亞一開始是因為這件事吵起來的。我現在很累了，只想睡覺，等到育兒比較穩定之後再說——小結接連這麼拒絕了他好幾次，一天晚上，諾亞便跟她說，沒有性生活能成為訴請離婚的理由。她一聽，氣得全身血液都往腦門上沖，不甘示弱地拿更過火的話反擊他，說強暴罪在夫妻之間也能成立。

從那天開始，諾亞再也不在她面前提起性事。小結也深自反省，覺得自己或許說得太過火了些，但她又不想特地重提舊事，萬一兩人因此又吵起來就太麻煩了。總而言之，諾亞也算是體諒了自己的想法吧，她當時還氣定神閒地這麼想。

「我問了我在日本的朋友，大家幾乎都是無性婚姻，我以為這很正常。但事實並非如此，諾亞在身為父親的同時，也是一個男人。」

出軌一事敗露的時候，諾亞告訴她，無性關係是對伴侶的一種虐待。小結原以為他是惱羞成怒才這麼指控，但諾亞看起來卻很悲傷。

——對妳來說，和我之間的性愛或許只剩下痛苦，但對我而言，這是我和深愛的妻子溝通的方式，是愛情，是一種療癒。

「聽他這麼說，我稍微理解了諾亞難受的心情。但即使如此，我又不可能說『那我從今以後就跟你做吧』，也不想輕易原諒他出軌，為了讓諾亞反省一下，我說，你這樣做事的順序太奇怪了。你應該先跟我離婚再去和那個女生交往啊，怎麼可能有兩者兼得這種事。」

諾亞陷入沉默，小結確信了自己的正確與勝利，然而……

——是啊，妳說得對。我應該先把離婚這個選項納入考量才對。

小結愣在原地。她原以為諾亞會哭著哀求她說，是我錯了，我再也不會偷吃了，求求妳不要再說出離婚這種話。她慌了手腳，但假如在此時讓步，她就得接受不合意願的性行為。即便對象是諾亞，她也不願意。這同樣是拿身體交換某些東西，差別只在於報酬是金錢還是家庭和睦而已。

一開始明明沒有那個意思，結果我卻自己將話題導向了離婚，事情怎麼會變成這樣——小結抽抽噎噎地哭了起來。

在奉行單獨監護制的日本，離婚後家庭便分裂為父方和母方兩半的印象深植人心，有許多夫妻因此顧慮孩子，遲遲不敢下定決心離婚。另一方面，澳洲則較偏向共同監護制，即便父母親離婚，一家人的緣分仍然會以孩子為中心，用另一種形式延續下去，國家也會出面催收扶養費。或許是由於這些因素，在那裡離婚的門檻比起日本低了許多，小結說道。那也難怪夫妻間的認知會出現落差了，我再一次意識到跨國婚姻的難處。

「到底該怎麼做才對？我應該為了家庭美滿選擇忍耐，每週犧牲個幾十分鐘做愛才對嗎？還是諾亞應該封印他身為男人的一面，只作為一位父親活下去才對？我也提議過要不要採用開放式婚姻，雙方都同意彼此從事婚外性行為，但這被諾亞否決了，他說他只想和自己發自內心珍愛的人上床。這點我明明也是一樣的，可是……」

「哎，小結，我們稍微過一段時間，等到冷靜之後再思考看看吧？」

人在疲憊、悲傷的時候，各方面的處理能力都會下降。即使撇除這點，小結和諾亞也都還年輕氣盛。將對方逼上絕境，堵住所有退路之後，就只剩下彼此舉刀互刺的未來。為了強調自己有多「正確」，招來本末倒置的結果。

但小結卻搖了搖頭。她說，不只是這一次，其實價值觀的差異早就在這段關係的各個角落隨處可見。家庭觀、宗教觀，日常生活中微小的習慣差異，以及因此產生的不協調感。兩人憑藉著愛與體諒，一路磨合到了今天，可是——

「感覺就像那個不斷鼓舞自己，告訴自己『我們要一起撐過去』的引擎壞掉了。我現在仍然喜歡諾亞，也還是愛著他，但我不想過這種自我欺騙的婚姻生活。」

小結緊緊抓住自己的五分褲，布料都要被她抓出縐褶。小結說得沒有錯，她是對的，但我同時也明白，僅憑正確不足以拯救人心。

「……嗯，做出決定很不容易吧。妳很棒。」

好孩子、好孩子，我數度緩緩撫過她經過日曬，稍微有些毛躁的頭髮。我想起從前，瞳子小姐也曾經像這樣撫摸我的頭。

「我又不是小孩子了。」

小結抬起臉，流著鼻水笑道。
「那就把妳當大人囉，要喝酒嗎？」
聽我這麼說，小結抬起手背，粗暴地抹去臉上的眼淚和鼻水。
「好，來喝吧——」
我們站起身，兩個人一起走進廚房。隨便切了些醃菜和起司，拿著我從合作對象那裡收到的高級白酒走向緣廊，等不及酒冰透，便將冰塊直接投入玻璃杯中乾杯。
「曉海姊，這應該是我們兩個第一次單獨喝酒吧？」
「是啊。畢竟我們第一次見面的時候，小結妳才五歲。」
「我睡著了，完全沒印象。聽說那時候阿姨她正要到瞳子小姐家放火？」
「在強烈的緊張感當中，只有妳一個人在車子裡睡得香甜。」
「好激烈的場面哦。看阿姨現在這麼開朗，真的完全想像不到。」
有段時期，我也曾放棄希望，覺得媽媽再也不會好起來了。不過——
「儘管不可能忘記，傷口仍然會隨時間癒合。偶爾舊傷還是會發疼，但基本上飯吃起來一樣美味、酒喝起來一樣過癮，碰上好天氣也慢慢感受得到心情舒暢。隨著時間過去，多年前睡得又香又甜的五歲小孩也會結婚、會生小孩、會離婚，會變成一個舉杯喝酒的人。」
我們一起笑了，再一次碰杯。人生不是風平浪靜的海，婚姻不代表永遠被愛的保障或權利。家庭這個容器也並不牢固，有時會為了一些小事出現裂痕，有時我們明明珍重對待它，它卻在不知不覺間歪扭變形。

「哎，曉海姊。」

「怎麼啦？」

「妳心裡還喜歡櫂嗎？」

「喜歡呀。不論從前、現在，還是未來都一樣。」

我毫不遲疑地回答。

「那妳對我爸爸呢？」

「他是我重視的人，不論從前、現在，還是未來都一樣。」

這一題我也毫不遲疑地回答。

「但身為女人，妳喜歡的還是櫂吧？」

「是呀。」

「那只要妳還跟我爸爸一起生活，未來就永遠不會有戀愛意義上的各種甜蜜和驚喜囉。妳不覺得落寞嗎？不會想再談一次戀愛嗎？」

我不禁眨了眨眼睛。

「我從來沒有這樣想過。」

「那妳現在想想看。」

小結湊過來追問道，我偏了偏頭，望進自己的內心。

「從來沒想過——這或許就是答案了吧。」

「什麼意思？」

「不就表示我和北原老師的生活，幸福到我不需要去想那些事嗎？」

小結張著嘴愣了愣，接著噴笑出聲。她實在笑得太歡快，我也跟著笑了起來。小結靠上我的肩膀。

「曉海姊，我好希望自己有一天能成為像妳這樣成熟的女人哦。」

我成熟嗎？我看向暮色西沉的天空。我從來不覺得自己是成熟的女人，年輕時總在失敗與挫折中度過。將這樣的我從谷底撈起，讓我飛上天空的人是——

我對權的感情是男女之間的愛情，而對北原老師則是伴侶之間共同生活的情愛，兩者種類並不相同。原來我一直受到北原老師守護，甚至到了從來沒意識到其中差異的地步——多諷刺，竟是準備離婚的小結告訴了我這一點。

北原草介　五十七歲　夏

曉海是個喜怒哀樂分明的人。她本人多半沒有自覺，但每當發生了什麼好事、壞事，從她臉上的神情就能隱約看得出來。

最近，曉海開始在操作智慧型手機的時候忽然露出微笑，多半是讀到了誰傳來的訊息吧。我原想裝作沒發現，但總是沒辦法。

那天，我們煮完晚餐，剛坐上餐桌，我便開了口。

「我們離婚吧。」

曉海正準備將有著粉色漂亮切面的牛肉放入口中。這是中元禮品收到的上等菲力牛肉，我們剛才小心慎重地將它煎熟。曉海閉上剛張開的嘴巴，一臉遺憾地將餐具擱上餐盤。

「真希望你至少等用餐過後再說。」

我原本也這麼想，但在吃飽喝足的狀態下提離婚好像也不太合適。

「我想說結她們今天不在，時機正好……不過妳別介意，就繼續吃吧。」

從不久前開始回到這個家生活的結和瑟琳娜，今天和朋友們出去吃飯了。

「邊談離婚邊吃飯什麼的——」

原以為她會說怎麼可能吃得下，曉海卻重新拿起刀叉，將牛排一口放入嘴裡。啊，真好吃。她說這句話時，眉心都擠出了深深的皺褶。是味道不好嗎？我也吃了一塊，是肉質軟嫩的瘦肉，非常美味。

「我覺得很好吃啊。」

「所以我才說好吃啊。」

曉海繃著一張臉，又吃了一塊牛排。

「抱歉，挑了個不太恰當的時機。」

「是啊。不過我會跟老師離婚的，請不用擔心。」

非常冷淡的回應。

「我想好好解釋一下，能請妳先不要生氣嗎？」

「我才沒有生氣。」

曉海大口大口吃著牛肉，看來她肚子很餓了吧，我果然還是該等飯後再說這些才對。正當我懊惱的時候，曉海再一次放下了刀叉。

「對不起。沒解釋原因就自顧自發脾氣，對老師很不公平吧。如果有什麼不滿，就應該好好說出來才對。我只是想起了一些事。」

「什麼事？」

「想起先前我提出離婚的時候，北原老師你還在『狼吞虎嚥』地吃著飯呢。」

這形容有點話中帶刺。

「我們確實是邊吃飯邊談話的。但我沒有『狼吞虎嚥』，而且我們在說完最重要的部分之後才開始用餐，所以我記得氣氛多少也比較輕鬆了一點。」

「是這樣嗎？」

「是的。說到底，是妳在談到一半的時候開始調酒，還順便說要弄些下酒菜。我只是因此才提議乾脆直接吃飯而已，是妳自己提了離婚，自己開始喝酒，然後『狼吞虎嚥』地吃起了燙豬肉片。」

「我也沒有『狼吞虎嚥』呀。」

「有胃口是好事。」

「但老師，你剛才那句『狼吞虎嚥』有諷刺的意思。」

「是妳先把『狼吞虎嚥』拿來諷刺人的哦？」

我們稍微互瞪了一會，開始搞不清楚本來要談什麼了。

「都是老師的錯。」

「我哪裡錯了？」

「都是你突然說要離婚。」

曉海忽然轉向一邊，整個人深深靠進椅背。鬧彆扭的態度令人想起高中時代的她，我一時忘記了當下的狀況，湧上一股奇妙的懷念之情。

「我會跟妳好好談談的，為了讓妳能痛快地離婚。」

「痛快地離婚？」

曉海高高挑起一邊眉毛，我慌忙閉上嘴。

「夠了。我會跟老師離婚的，請你放一百個心。」

她站起身，從架子上取出威士忌，倒進玻璃杯。

「請等一下，中間是不是產生了什麼誤會？我之所以提議離婚，是因為擔心妳不好意思開口。」

「我又怎麼了？」

「妳有喜歡的人了吧？」

我盡可能佯裝冷靜。

「妳的心情經常表現在態度上，所以我立刻就知道了。」

「所以，老師才提議要離婚？」

她詫異地問。

「我很重視妳，所以希望妳能幸福。」

我們已經作為家人一起生活了十幾年，因此在下定決心之前，我心裡確實有那麼一點、不，是多不勝數的糾葛，但那是我該自己處理的問題。總之，我極力控制著不表露任何情緒，以免讓曉海感受到負擔，她卻露出了一言難盡的表情。

「確實有個男人對我表示好感。我實在太久沒被人追求，心情可能因此有點浮躁了，真丟人。對不起。」

「妳完全沒有做錯任何事，不需要道歉。」

「可是我和那個男人只是工作上的關係，除此之外什麼也沒發生。」

「為什麼？在我想像之中，那應該是個和現在的妳非常相配的人吧。」

相配……曉海重複了一遍。

「他比我小了六歲，有時候對話會雞同鴨講。不過我們都是創作者，能一起談論工作，我們感受得到彼此世界的美好，也尊敬著彼此。」

「這不是很好的對象嗎？」

這是在曬恩愛嗎——我吃了一口搭配牛排的菠菜，好苦。

「不久前，那個人對我說……」

還要繼續嗎——我微微低下頭，咀嚼嘴裡的菠菜。真的好苦。

「比起我現在的丈夫，還有其他人能讓我過得更自由。」

對那個陌生男人的憤怒瞬間湧上心頭。

「我在那一瞬間感到非常憤怒。」

我的情緒是不是被她看穿了？我一陣心慌。

「你明明連我先生是什麼樣的人都不知道——我這樣回他，冷淡得連自己都嚇一跳。要說自由，沒有人比老師你給予我更多的自由了。是老師送我前往櫂的身邊，叫我做好自由的覺悟。」

啊，沒錯。我想動用自己的全力，將她推向她所渴望的未來。這種心情現在依舊沒變，卻不再有當時那種得償所願的暢快。我不想看見她飛離這裡。早在許久以前，我就已經對她——

「不過我最近覺得，也許並不是這麼回事。」

曉海說。

「也許比起櫂的身邊，老師是把我釋放到了更遠、更遠的地方。」

我一時不曉得該如何回答才好。

「抱歉，我這麼說很莫名其妙吧。」

我也不明白自己在說什麼。曉海這麼說完，便噤口不語。

我們懷著緊張感彼此凝視。我腦海中有個提案，要將它說出口需要勇氣。以前曉海提起離婚話題的時候，我也曾問了個蠢問題，當時丟臉丟到恨不得鑽進地洞裡。可以的話真不想再經歷一次，可是——

「我們要不要改變一下互助會的規則？」

我還是拿出了勇氣，告訴自己再怎麼丟臉也丟不死人。

「要不要一起去旅遊？像尋常夫妻那樣。」

我們之間頓時產生了一種不同於剛才的緊張感。

「尋常的夫妻，具體來說要做什麼？」

我一時答不上話。曉海總說我神經太大條，但她剛才那句話根本和我不相上下、不，是有過之而無不及。或許是自己也察覺不對，她連忙小聲說了句對不起，耳朵似乎泛著點紅。

「好的，我知道了。我們去旅遊吧，像尋常夫妻那樣。」

曉海忽然坐直了身子這麼說，目光依然沒轉向我。

「如果妳有任何一點不願意，就拒絕我沒關係。」

「我沒有不願意。」

「即使被拒絕了，我也完全不會受傷的。」

曉海忿忿地看向我。

「老師，你的神經真的很大條。」

剛才那句話確實很粗線條。

「抱歉。不過妳也毫不遜色，所以我們算是扯平了吧。」

「我哪裡神經大條了？」

「請自己思考。」

「不要用那種像老師一樣的語氣說話。」

太不講理了。我按捺住湧上心頭的火氣，再一次道歉說「對不起」。但我為什麼要道歉呢？面對這可以說是第一次愚蠢荒謬的爭執，我開始有點頭暈目眩了。

在我默不吭聲的時候，曉海低下頭說，我也要跟老師說對不起。

「我們兩個好像笨蛋一樣呢。」

「是啊，真不知道事情怎麼會變成這樣。」

我原本是想談離婚的——

「老師也有不明白的事呀。」

「當然有。很久以前，妳也說過同樣的話。」

「我記得，那是我離開島上的前一晚。」

「希望這不代表我們雙方都沒有成長。」

聽我這麼說，曉海拿起了放在桌邊的智慧型手機，往我面前一遞，說，我們一起找吧。

「今天內決定旅遊地點，今天就把飯店訂好吧。」

「還真突然啊。」

「俗話說，好事不宜遲嘛。」

所謂的好事是？在我來得及問之前，曉海便興匆匆地從架子底下取出一瓶香檳。剝下覆蓋著瓶栓的包裝紙，鐵絲固定的軟木塞便從底下露了出來。

「都還沒冰呢。」

曉海沒理會我，從冷凍庫直接用手抓起冰塊，投入玻璃杯中。拔起瓶栓時發出了響亮的啵一聲，香檳酒被倒入細長玻璃杯中，金色的氣泡從底部往上冒。

「乾杯。」

曉海朝我遞出玻璃杯。雖然不知道是為了什麼而乾杯，但理由根本無所謂。我們彼此碰杯，將智慧型手機放在桌面正中央，討論著北海道怎麼樣、沖繩也不錯、這個季節泡溫泉太熱了。

「今天吃肉，剛才還是開紅酒比較好嗎……」

她拿著盛裝香檳的玻璃杯，偏了偏頭這麼說。曉海平常對我說話都用敬語，這樣輕鬆隨意、毫不拘謹的語調我聽不太習慣。就好像尋常夫妻一樣，我在略帶醉意的腦中這麼想道。

某種意義上，我們一直以超脫常識的方式生活到今天，事到如今卻準備做一件普通的、尋常的事，準備改變我們相處的形式。這會不會破壞目前和諧美滿的關係？我第一次嘗到這種心情。與不安同等強烈的是雀躍，我的心像十幾歲的年輕人那樣浮動，遙想著從此以後的未來。

一天晚餐後，結難得邀我去散步。曉海察覺她似乎有話想跟我說，特地對瑟琳娜說「我們去泡澡吧」，替我們將她帶開。

距離日落還有一段時間，海面反射夏季濃橙色的陽光，刺得眼睛發疼。我們瞇細眼睛走在附近的沙灘上，這時結緩緩將手伸進口袋。

「我找到了這個。」

她拿給我看的是一張離婚協議書，上頭簽著我的名字。

「我在洗衣服之前檢查了褲子口袋。爸爸，拜託你不要把這麼重要的東西隨便放在卡其褲口袋裡啦。放是可以放，但不要忘記它的存在，不然真的對心臟不好耶。話說，你為什麼想要離婚？是曉海姊有了喜歡的人嗎？」

她不認為是我有了喜歡的人，從中可以看出這孩子的眼光和洞察力有多麼敏銳。這張協議書是我前幾天提議離婚時準備的，以便需要的時候能立刻拿出來簽字，是「不想做的事情最好一口氣完成」這種理性思考下的產物。

「抱歉造成妳的困擾，也讓妳擔心了。我會把它丟掉的。」

我接過那張失去用處的離婚協議書，本想將它放進長褲口袋，卻感受到了結的視線，因此還是決定先將它拿在手上。

「我們不會離婚，妳放心吧。」

「問題解決了嗎？」

「這個嘛，問題從一開始就不存在、不對，據推測它確實存在，但在問題浮上表面之前，我們就透過溝通……不，它確實是浮上表面了。不過經由某種難以命名、我弄不太明白，但也不壞的作用，它最後消失不見了。」

「總而言之，你們關係很美滿吧？」

「是的。」

「相親相愛吧？」

這題我不好直接答「是」，因此換了種方式回答。

「我們決定兩個人一起到北海道旅遊。」

結臉上的表情唰地亮了起來。

「哇，真好真好。咦，等一下，爸爸，就我記憶所及，你和曉海姊應該從蜜月旅行之後，就沒有兩個人一起出去玩過了吧？」

我答了句「是啊」帶過。但那次其實不是蜜月旅行，只是為了避免旁人不必要的揣測，形式上一起出門旅遊一趟而已。那一晚，我們姑且還是討論過兩人之間是否要有性關係的話題，在雙方合意的情況下嘗試過性行為，但剛開始沒多久就放棄了。和沒有戀愛之情的對象嘗試性愛只是徒然造成尷尬，我們決定將性行為從我們夫妻之間的規則中刪除。

但這一次旅遊就不一樣了。我越是東想西想，越覺得壓力好大。

在陷入沉思的我身旁，結喃喃說，真好呀。

「爸爸，你和曉海姊真的是我的理想耶。雖然島上居民常對你們指指點點，但你們都當作耳邊風，兩個人感情那麼好。雖然感覺和尋常夫妻有點不太一樣，不過你們都把對方當作獨立的個體、彼此尊重，這一點真的好棒。」

結並不知道我和曉海這場婚姻的內情。那是我們夫妻之間的問題，不該與孩子共享。但即使如此，知道我們在結眼中是這副模樣仍然令我安心。

「和我家真是天差地遠。」

唉──結微微低著頭，走在海潮拍打的沙灘上。

「婚姻真的好難哦。」

「不只是婚姻，人際關係全都很困難哦。」

不決定目的地，我們隨興漫步在緩緩沉入暮色的海灘。

「爸爸，我還是覺得你好厲害哦。在男女戀愛的意義上，曉海姊喜歡的人是櫂，送她離開島上的時候，你心裡一定也百感交集吧。可是到了最後，你還是連同櫂的存在接受了曉海姊的全部，兩個人一直感情要好地生活到今天。」

「我們前幾天才吵架了。」

「很正常吧，夫妻哪有不吵架的。」

那種「正常」，對我們來說卻是初次體驗。

「哎，爸爸。」

結停下腳步，轉身面向我，背朝著身後那片大海。

「怎麼了？」

「我失敗了，但爸爸，你要加油哦。」

太陽即將沉入海平線下，豔紅的日光從結背後照來，看不清她的表情。嗓音開朗明亮，我卻覺得她隨時都要哭出來了。

「妳並沒有失敗，只是選擇了一條新的道路。」

我往前走，盡可能不去看她的臉。她答了聲「嗯」，從後面跟了上來。

聽著波浪聲和踩踏沙地的聲響，我想起幼時的她。想起她第一次對我笑的那一天，想起她第一次看見今治市民祭典「ONMAKU」的煙火時拍著手興奮地大叫。想起入學典禮那天小小的她背著太大的書包，想起她在婚禮上美得那樣奪目。無論長到多大歲數，即便結了婚，遠渡重洋，生了小孩，她在我心目中永遠都是該守護的、心愛的女兒。

「媽媽——爺爺——」

聽見細小高亢的聲音，我抬起視線，看見一個小小的人影正跑下護岸磚鋪成的斜坡，曉海就在瑟琳娜身後。結不著痕跡地以手背抹了抹眼睛。

「她這麼快就泡完澡了嗎？那孩子真是的，剛入水就急著出來。」

跟諾亞一模一樣。小結苦笑著說道，抱住朝她跑來的瑟琳娜。

「老師，今天的泡澡水被瑟琳娜調成草莓牛奶香味了。」

聽見曉海這麼說，我回以一笑，說，偶爾為之也不錯吧。

太陽已完全西沉，我們四人一起走在入夜的沙灘上。瑟琳娜忽然說「好漂亮」，伸手指向藏藍色的夜空。月亮不安定地傾斜，在它的斜下方有顆明亮的星星閃閃發光。

「是金星呢。」

當我這麼說的時候，曉海喃喃說，是晚星。「哪一個才對？」瑟琳娜問。

「金星有各式各樣的名字哦。晚星、一番星、黃昏星、啟明星、晨星。」

「有那麼多名字呀？」

「是呀。有很多名字，怎麼稱呼它都可以。」

曉海露出微笑，仰望夜空，我也跟著抬頭望去。

時間像一道蜿蜒蛇行的河，悠然和緩，又或者轟然奔騰而過。河面越往下游越是寬廣，終將匯流入海。從波浪之間探出臉，便能看見頭頂上一整片耀眼的夜空。

在這一夜，我祈願自己能像這樣活著。

北原曉海　四十七歲　冬

二月連假，我們一起去旅遊，慶祝北原老師六十歲生日。

其實本來想更早出遊的，但中間出了個意外，我父親腦中風昏倒了。送醫之後救回了一命，但他右半邊的身體仍然殘留著輕微麻痺。

聽說經過後續復健，能夠恢復到不妨礙日常生活的程度，但他以後就很難繼續當廚師了。瞳子小姐也要照料他養病，因此找我商量，問能不能將經營咖啡廳的工作交給小結，而小結一聽便說「當然沒問題」，二話不說地答應下來。

小結在幾年前離婚之後，便拿祖父母留下的遺產開了間壽司居酒屋，正好搭上了外國旅客來日旅遊和瀨戶內海的觀光熱潮，順利吸引到觀光客消費。沒想到小結還頗有經營天分，對她而言，經營咖啡廳也是擴大事業版圖的好機會。

我父親和瞳子小姐搬進了今治的一間公寓，那裡生活比較方便。不過等到康復之後，他們還想再搬回來住，因此島上的住家仍然保留原樣，並未轉手出售。父親說「還是住在自己出生長大的海島最好」，瞳子小姐則笑著說「我無論到哪裡都能生活下去」。她是個剛毅堅強的人。然而，瞳子小姐比我父親大了六歲，今年已年過七十，身體肯定難免有些病痛，還要看顧我父親想必十分辛苦。我想盡我所能幫助她。

看見我頻繁去探望父親，島上的人們交口稱讚我真了不起，父親明明捨棄了我們母女離家出走，如今我卻還願意去照顧他；另一方面，也有人勸我不要理睬那種女人。那不是奪走妳父親、破壞妳家庭的罪魁禍首嗎？這是她應得的報應。還是老樣子，箭矢從不著邊際的方向飛來，但我只笑著用幾句「沒有啦」、「也不能這麼說」敷衍帶過。

父親和瞳子小姐正面臨艱辛的時刻，另一方面，母親卻忽然打電話來告訴我，她要結婚了。說歸說，但我其實早已隱約有所察覺。最開始的徵兆，是她的服裝色調變明亮了。然後是她離開了感覺沒有任何不滿的「向陽之家」，開始搬到外面一個人生活。我感覺得出母親樂在其中，因此也沒多說什麼。

她的對象是一位在農夫市集擔任志工的男性，已經退休隱居，聽說他們家在松山也是數一數二的大規模農家。農夫市集每個月舉辦兩次，我母親任職的農園也會去擺攤，他們倆都因為配偶出軌的關係離過一次婚，因為這個共通點而彼此熟稔起來。這個月，她準備要搬進對方為了結婚新購置的公寓。

——你們完全不用幫我慶祝之類的哦，妳也幫我跟草介說一下。

——這樣不好吧。

——沒關係、沒關係。我們不會登記，也不辦婚禮。

——咦，這樣啊？

我頓時擔心她是不是遇上了結婚詐騙，不過……

——登記之後，財產之類的不是會弄得很麻煩嗎？

對方育有一子一女，兩個子女都已經結婚，也生了小孩。我母親見過他們了，說他們都是性格溫厚的人。不過說歸說，現實是一旦牽扯到財產，事情總會變得特別複雜。母親說，她和伴侶未來都只想優閒平穩地過日子，不希望徒生糾紛。即使如此，對方仍然將買來當作新房的那間新建公寓登記在我母親名下，看來是個真誠的人，我聽完便放心了。

——所以你們就不用替我費心了。妳現在還要去妳爸爸那邊幫忙，很辛苦吧。

父親倒下的事，也傳到我母親耳中了。

——他明明才六十幾歲啊，說不定神明真的都看在眼裡呢。

母親這麼說道。要是她陰沉哀怨地說這句話就有點恐怖了，不過現在的她一方面也是因為找到了愛人，心裡多了些餘裕，嗓音聽起來甚至明朗快活……雖然這也是另一種恐怖就是了。

雖說他們不登記也不辦婚禮，但我還是和男方的親戚見個面比較好。我們約定在下個月撥出一個週六做這件事，便掛斷了電話。

「聽起來岳母過得很幸福，真是太好了。」

「是啊，我總算也能卸下肩上的擔子了。」

我捲起浴衣下襬，將腳泡進露天浴池的熱水中這麼說。

這一次旅遊是小結為了慶祝北原老師六十歲生日而送給我們的禮物，但服務員帶我們到房間時我嚇了一跳。除了設有矮桌的主要房間以外，還有另一間寢室，陽臺上不僅能一眼望見群山，甚至還有座寬敞的石造露天浴池。我們換上飯店提供的浴衣，先把露天浴池當作足湯泡了一下。池水的熱度緩緩浸透冰涼的雙腳，血液逐漸在全身迴流。

「不過，人生真是什麼也說不準呢。爸爸離開家，媽媽無論過多少年還是一直把自己關在家裡那陣子，坦白說，我以為她再也不會好起來了。」

「這也就表示，無論是幸或者不幸，都不會永久停留在某一點上吧。」

「是呀。不過我爸爸和瞳子小姐，看起來也不是不幸的人。」

瞳子小姐懂得在當下落腳的地方找到樂趣，有她陪在身邊，我父親一定不會有事的。小時候，我總莫名覺得父親有點可怕；到了長大成人的現在，我想那時的他或許是陷入了男性的詛咒，逼迫著自己必須堅強、必須支撐整個家庭。待在瞳子小姐身邊的父親，有時不可思議地和晚年的櫂有所重疊。

櫂向來也是個深陷於男性詛咒的人。他無法依賴母親，反而覺得自己必須保護她才行，這種想法使得櫂比實際年齡看上去更加成熟，卻反而使他在長大成人之後開始磨損綻線。我想卸下櫂身上的重負，讓他活得輕鬆一些，想告訴他不必再背著包袱前行。

「這間旅宿不曉得要多少錢。」

北原老師說著，看向覆上薄薄一層銀妝的群山。這座陽臺建成了往山林間凸出的樣式，陽臺底下有河川流過，能聽見透明的潺潺水聲。

「感覺很高級呢，不過小結的事業好像經營得有聲有色哦。」

「那真是太好了。不過就像我們剛才說的，無論幸或者不幸都不會永久停留在同一點上。無論從好的還是壞的方面來說，那孩子做事都太依靠衝勁了，實在讓我擔心。」

「老師只在面對小結的時候特別愛操心呢。」

聽我指出這一點，老師靦腆地笑著說，畢竟我是她的父親啊。直到幾年前，我才知道北原老師會露出這種表情。我原本覺得北原老師是個鋼鐵一樣的人，像個永遠不會迷惘的、無懈可擊的師長，但世上明明不可能存在那樣的人。

「聽說晚餐每人會有一隻特大螃蟹哦。是進獻給皇室的頂級螃蟹，小結說就是它抬高了住宿費。」

「這就是她衝動過頭的地方了。」

那孩子真是的……北原老師展露出父親苦惱的一面。

「說到底，那麼大的螃蟹我們吃得完嗎？」

不只是北原老師，最近我的食量也變小了。

「我聽小結說，飯店會幫忙把剩下的螃蟹留下來當早餐。」

「真不錯，那就不用擔心有罪惡感了。我不喜歡浪費食物。」

「北原老師，小結跟你很像，基本上也是個辦事很牢靠的人哦。所以我們就安心享用皇室級的螃蟹吧，畢竟這可是我們從以前到現在最豪華的一次旅行。」

「那真是謝謝她了。」

「這是諧音冷笑話嗎？謝和蟹。」

一聽我這麼問，北原老師連忙搖著頭說「不是那個意思」，那副模樣逗得我笑了出來。

「我們兩個人一起去了好多地方呢。」

「曉海，妳印象最深刻的是哪裡？」

「這個嘛……」我用腳撥弄著池水，循著記憶往回追溯。

第一次是蜜月旅行，那已經是至少十五年前的事了。我和櫂幾乎都在東京櫂居住的公寓或今治見面，蜜月旅行也是我第一次和男人一起好好旅遊。雖說我們的婚姻是互助會形式，但既然結為夫妻，我們姑且嘗試了床第之事，可是異樣感太過強烈，最後我們還是將性事從互助事項裡刪除了。到了現在，這也成了件趣事，雖然我們當時都是認真的。

第二次是四年前，我們造訪了北海道的美瑛。一整片的麥田在連綿平緩的丘陵地上鋪展開來，一直延伸到望不盡的遠方。麥穗往風吹動的方向齊齊擺動，我們倆一起看見風如何渡過金色的穗海。那一晚，我第一次與北原老師肌膚相親。蜜月旅行時那種怪異感蕩然無存，一切自然得甚至令人困惑。不過到了隔天早上，我們彼此都有點害臊。

自從那次以後，我們在每個季節前往各式各樣的地方。兩年前，配合我個展的行程，我們一起去了巴黎。美得像夢一樣，北原老師說著，看起來樂在其中。他平時是個與時尚打扮無緣的人，不過有著能夠欣賞未知世界的性格，無論到了哪裡都自在愉快。

這些對我而言，也是未知的時間。

在這之前，我只知道與櫂的這一種愛的形式。我和櫂之間的愛並不呈現溫柔的形狀，那是激烈的祈禱與詛咒。而北原老師卻像我出生的島嶼上，自瀨戶內海無窮無盡湧來的浪。在和緩的、形狀不定的波浪之間，他讓我自由泅泳，我因此能夠安心，能夠前往任何地方。

「是不是差不多到晚餐時間了？」

回過神來，群青色的夜幕已經迫近周圍。我們之間的對話並不特別興奮激昂，充實的時光卻悠緩地流逝而過。我站起身，身邊的人便伸出手，說地面溼滑，要我小心腳步。我自然而然地執起那隻手。

從提供晚餐的餐廳，也能看見群山的景色。餐廳裡燈光昏暗，氣氛很好，但菜單上的字也因此看得不太清楚。我拿著折疊式的今日菜單，對著桌上光源一下靠近、一下遠離的時候，注意到北原老師正看著這裡。

「我開始有點老花了，看來我也變成歐巴桑了。」

我為了掩飾害羞說了句無聊的話，北原老師卻目不轉睛地凝神打量起我來。

「妳現在這張臉更好看哦，我非常喜歡。」

我不知該如何回答才好，只好小小聲地說謝謝。這個人平常明明更像根木頭才對，偶爾卻會說出這種話來，真讓人困擾。

北原草介　六十一歲　夏

東京的人一年比一年多。我年輕時在關東的高中教書，偶爾會到東京買點東西，但我所認識的東京和現在的東京已大不相同了。

「住在東京也一樣會這麼想哦。明明走在時常經過的街道上，有時候卻會納悶這裡什麼時候蓋起了這棟建築物。不過人潮擁擠是因為訪日觀光客的關係。」

植木先生走在前方不遠處，快活地這麼說道。即便在熙來攘往的人群當中，他的嗓音仍然清晰得不可思議。我應該在櫂的喪禮上見過他，但當時太過匆忙，實在沒什麼印象。我只從曉海口中聽過他的名字，今天幾乎可說是我們初次見面了。

當我望著被高樓大廈填滿的風景時，植木先生停下腳步說，就是這裡。這是新宿車站附近的一間大型書店。在這多數街區都沒有書店的時代，這棟建築卻從一樓到九樓都是書店，年輕時我也來過幾次。

「這間書店實在太大了，我第一次來的時候還在裡面迷了路。」

曉海在我身邊說道，她說她從前經常和櫂一起來。

「那已經是大約三十年前的事了，這裡也變了好多哦。」

大樓前方，柱子上的直式電子看板正播放著知名作家的新書介紹。

「曉海、北原老師，我們往這邊。」

植木先生喊了我們一聲，我們於是搭乘電扶梯前往三樓。與事前聽說的一樣，賣場正面的書架上滿滿排列著櫂的小說和漫畫作品。除了介紹作品內容的手繪廣告之外，還有面標語聳動的大型看板，寫著「萬眾折服的早逝作家——青埜櫂自傳小說，終於躍上大銀幕！」宣傳力道比我想像中還要更強，我不禁感到佩服。

「畢竟是敝社和薰風館聯手一起推廣呀。還有，負責這個賣場的幾位書店店員從小就是櫂和尚人的書迷，所以為了這次宣傳也特別賣力。」

「……萬眾折服的作家呀……」

曉海瞇細眼睛，入神地看著那面看板。那張側臉上沒有哀戚之色，只有出於懷念而自然流露的笑容，我和植木先生靜靜守望著這一幕。櫂對她而言是戀人，對植木先生而言是他負責的作家，對我而言則是從前的學生，也是我妻子的戀人。

兩年前，我從曉海那裡聽說，櫂的小說《宛如星辰的你》即將翻拍成電影了。都過了那麼多年還要拍電影嗎？我大感驚訝，不過據說主導的是一位年輕導演。那位導演從小看櫂和尚人的漫畫長大，這次翻拍也是在其再三懇求之下才得以實現。櫂的小說當中除了他本人以外，也出現了容易聯想到曉海和我的人物。不曉得會拍成什麼樣的電影呢？我和曉海曾聊過這個話題，但從那之後沒再收到任何消息，因此一直以為拍攝計畫遭遇了什麼挫折。不過到了去年年中，我們忽然收到電影開拍的通知，上個月便收到了寄給我和曉海的殺青試映會邀請函。

「自從電影情報公開之後，小說也賣到再刷了。」

我回過頭，看見一位苗條嬌小的女性站在那裡。

「北原老師，這位是薰風館負責櫂的編輯，二階堂繪理小姐。」

植木先生替我介紹。我在櫂的喪禮上應該也見過她，但我還是沒什麼印象。我們互相低頭說「好久不見」。

「謝謝兩位特地遠道而來，導演非常希望能讓曉海和北原老師看看這部電影。除此之外，還有一件事——」

二階堂小姐邊說邊往店內走去。書店深處是個藝廊般的空間，一整面牆上都展示著電影拍攝花絮的相片展板。在製作團隊的工作人員和演員之間，也展出了櫂本人的照片。

「為了宣傳電影，這裡的書店店員為我們企劃了這場特展。經過一路舟車勞頓，我想兩位一定很累了，但還是很想讓兩位看看這個展覽。」

「這張照片裡，在櫂旁邊的這位就是植木先生吧？」

我指向照片這麼問。「是啊，真不好意思。」植木先生害羞地笑著說：

「這是漫畫第一次在上市前敲定再刷的時候，在這棟大樓樓上的辦公室拍的。」

相片裡，二十歲出頭的櫂正在簽簽名板。植木先生在他身旁幫忙，兩人對面則是和櫂搭檔創作的久住尚人。

「櫂他們應該也想不到，當年的照片到了現在還會被拿出來展示吧。」二階堂小姐說。

「他們一定也很開心……我是很想這麼說，但還真不太確定。」

「畢竟櫂和尚人個性都很靦腆呀。」

曉海說道，在場所有人都表示贊同。在我們聊著回憶時，二階堂小姐輕聲對植木先生說「差不多了」，植木先生點點頭，一個人先搭乘電扶梯下樓。過一會兒，二階堂小姐看了看自己的智慧型手機，邁開腳步說「那我們走吧」。我們三人一起搭乘電扶梯，植木先生已經在路旁攔好計程車等著我們了。雖然任職於不同公司，但植木先生和二階堂小姐似乎是很有默契的搭檔。

試映會在池袋一間電影院舉行。參加者以業界人士居多，整體氣氛盛大輝煌，我在其中顯得格格不入。曉海不愧是自己也從事藝術工作的人，表現得從容自在，顯然已習慣這種場合。植木先生和二階堂小姐似乎是大型出版社的部門首長，走到哪裡都不斷有人叫住他們，向他們打招呼。我向後退一步，打量整間大廳。

兒時閱讀櫂和尚人的漫畫，心靈深受震撼的小孩長大成人，當上了電影導演，將櫂的小說翻拍成電影作品。比結更年輕的孩子們，現在仍然在閱讀櫂寫的書。我們家的書架上也擺放著許多櫂的著作，全都是相同卻又不同的書。

每一次再刷，二階堂小姐和植木先生都會寄書來給我們，漫畫愛藏版已印了八刷，小說則是單行本六刷、文庫本十四刷。在我們順路造訪的書店，也能看見年輕人一個接一個拿起他的作品到櫃檯結帳。對於這一切，我感受到無可言喻的震撼。那些甚至不曾與櫂擦肩而過的人，能夠跨越時代，觸碰到他的靈魂——櫂留下了如此超越時間局限的東西。

我越想越覺得自己真是個平凡的人。我不具備像櫂和曉海那樣值得誇耀的才華，甚至連北原家的血脈都沒有留下。我這麼想並不是出於後悔，結也永遠都是我比誰都還要珍愛的孩子，但我卻沒來由地感受到父親與母親，以及雙方祖父母的存在。感受到那些將生命延續到我身上的、甚至素未謀面的血親，不禁遙想起我的另一種人生。

大廳的喧囂聲逐漸遠去，我緩緩閉上眼睛。假如人生能再重來一遍，我或許會生小孩吧。那是場幸福的夢，也令人悲傷地感慨自己已年華老去。正因為已經失去，再也無法挽回，夢才散發出如此炫目的光。

「老師？」

睜開眼睛，一臉擔心的曉海就近在眼前。

「你不舒服嗎？是不是這裡人太多了？」

「沒有，我只是稍微作了個夢。」

曉海偏了偏頭，這時植木先生他們正好回來，告訴我們差不多可以進場了，於是話題就這麼畫上句點。

觀眾席劃分為前側與後側兩大區塊，製作團隊為我們準備的座位在後側第一排正中央，是最棒的位置。導演和主要演員的舞臺致詞十分溫暖，充分表達了他們對作品真摯的態度以及對觀眾的感謝。然而電影一開場，便將此前和睦的氛圍瞬間吹散，將觀者帶進不屬於這裡的另一個世界。

在一片黑暗裡發光的銀幕當中，有當年的櫂、當年的曉海、當年的我。尚人、植木先生、二階堂小姐，每個人都拚盡全力過著自己的人生。從客觀角度看來，那或許愚不可及，或許令人不耐，但正因如此才惹人憐愛。已永遠無法企及的、那個時代的我們，在強烈得令人目眩的光裡確切無疑地呼吸。

直到片尾名單播放結束，廳內亮燈之後，我還遲遲無法回到這一邊來，坐在我身旁的曉海也紋絲不動。我們深深、深深地沉入其中，再次浮上水面也需要相應的時間。植木先生和二階堂小姐靜靜地等候我們。

晚上，我們和植木先生他們一起用餐。被問到看完電影的感想，曉海和我陷入沉思。我們尋找恰當的語彙，摸索著該如何表達，但最後說出的感想仍然是「用言語難以形容」。我們抱歉地說不好意思，植木先生卻安慰我們說，這對創作者而言是最令人高興的評語。二階堂小姐事不宜遲地傳訊息給導演，轉達我們的感想，導演立刻傳來「太感動了」的回覆。在開胃菜上桌之前就發生了這麼多事，東京的時間跑得太快，習慣島上時間的我實在跟不上。

開始用餐之後，一切總算安頓下來。聽說要吃法式料理，我事先準備了胃腸藥，不過上桌的是以蔬菜為主，輕盈無負擔的套餐。使用了十種以上蔬菜的開胃菜新鮮可口，還有馬鈴薯泥、紅蘿蔔慕斯，以及巨大到從沒見過的蘆筍，再淋上蛋黃製成的醬料等等，嚐得到每一種蔬菜的原味，非常好吃。

「這要是在家也能煮就好了。」

曉海邊拿蘆筍沾著鮮黃色的醬料，邊這麼說。

「你們喜歡就太好了，我原本還有點擔心你們吃得不夠飽足。」

「很足夠了，我們每年都越吃越簡單了。」

我懂，植木先生和二階堂小姐都點頭這麼說。兩人看起來很年輕，但植木先生說他已經來到五十歲中段，二階堂小姐則比植木先生年輕五歲。炎熱的季節特別容易沒食慾，但這時候的啤酒也特別好喝；最近我的腰圍有點不妙，我是膽固醇值……我們熱烈聊起這個話題，說著說著便談起了退休後的計畫。

「北原老師，你退休後不考慮兼職或副業嗎？」

「教師比較難找到副業，尤其島上也沒有那麼多職缺。」

我現在為島上的孩子們舉辦每週一次的學習會，不過我也覺得差不多該認真規劃二次就業了。我希望盡可能和共同生活的伴侶保持一致的生活節奏。曉海自由接案，她的職涯裡沒有所謂的屆齡退休，身為刺繡家，她已在業界建立起屹立不搖的地位，現在正以自己的步調，同時也保持著正向的緊張感持續工作。我不想讓這樣的她看見我懈怠到極點的模樣，而且我自己也希望日子過得充實有目標。

「和伴侶維持一致的生活節奏確實很重要呢。」

植木先生點頭說道。「你根本沒在管伴侶怎樣吧。」坐他身邊的二階堂小姐輕巧地這麼說，完全不給他任何面子。植木先生原本還想反駁，二階堂小姐制止了他，自顧自開口：

「尤其是退休之後，這就更重要了。和伴侶相處的時間比在職時更長，也已經形成了自己的步調，假如節奏被對方打亂，真的會讓人煩躁。」

「不過二階堂小姐，反正妳也沒有需要配合的對象，這方面不用煩惱也無所謂吧。」

這一次換植木先生潑她冷水，二階堂小姐忿忿地抿起嘴。

「我還是有想要配合的對象好嗎？不過我已經受夠同住在一個屋簷下的婚姻了，如果能保持一點距離交往，彼此住在熱湯送過去也不至於涼掉的距離，那就是最理想的了。」

「聽起來真不錯。我倒是想要從婚姻畢業，保持著熱湯送過去會完全冷掉的距離生活。」

「植木先生，你想離婚嗎？」

「不是離婚，只是『卒婚』，從婚姻裡畢業的意思。經濟上維持原樣，夫妻雙方也不會和新的對象談戀愛，但各自分居，以自己的步調生活，只在想見面的時候見面。」
「經濟上維持原樣……我記得你太太是全職主婦吧？」
「是啊。」
「然後你們還要分居，那不就表示你要完全變成太太的自動提款機了？」
「也可以這麼說。」
「如果寧可做到這種地步也想重獲自由，那不如乾脆點離婚算了。」
「沒辦法，夫妻之間沒有那麼簡單啦。」
「渴望自由，卻不想放手。這真的算是一種愛嗎？」
求問神明似的，二階堂小姐看向半空。
「老愛把別人的心理活動寫成書腰文案，是編輯的壞習慣哦。」
「多謝你的讚美，我最擅長寫書腰了。」
二階堂小姐微笑回應，植木先生只能咬著嘴唇啞口無言。
「植木先生，你會考慮在退休後兼職嗎？」
我不著痕跡地換了個話題方向。
「當然會考慮囉，畢竟我的上班族人生也所剩不多了。總而言之，我會繼續工作，只是還在猶豫要不要利用再雇用制度，回到同一間公司繼續工作。這輩子一直待在企業裡，日子雖然充實，但還是有種該做的事都做完了的感覺。退休後換成自由接案，或許也不錯吧。」

「我懂這種感覺，真想不受組織限制，自由地工作看看呢。」
二階堂小姐「嗯、嗯」地點著頭表示贊同，這時植木先生咦了一聲看向她。
「二階堂小姐，妳無論何時都是自由到讓人嚇一跳的地步吧？」
植木先生轉而展開反擊，二階堂小姐「啊？」地狠狠皺起臉來。
「你以為我從年輕到現在，為組織內部的人際關係吃過多少苦頭啊？男性上司和同事都說我不可愛，對我敬而遠之；後進也說我太可怕，對我敬而遠之。我想變得圓滑點或許能解決問題，結果我把態度放軟之後，他們又懷疑我到底有什麼企圖，到頭來還是對我敬而遠之。」
「畢竟二階堂小姐妳樹敵很多嘛。」
「植木先生你也一樣呀。」
「能撐到這個年紀實在不簡單啊，我們彼此都是。」
「真的，辛苦啦、辛苦啦——」
兩人突然和解，舉起紅酒杯相碰乾杯，看起來像一對好戰友。
晚餐後，兩人邀請我們續攤，但我們還有想去的地方，因此禮貌地婉拒了。我們決定上東京的時候，曉海便說如果有時間，她想去高圓寺一趟。
與兩位編輯分別之後，我們一起走向池袋車站。雖然一整天舟車勞頓，曉海多半已經很累了，但我想比起搭計程車，她應該更想搭電車過去。搭上她和櫂在東京搭乘過無數次的電車，我們前往兩人共度最初與最後一段日子的街區。

「好久沒去高圓寺了。」

有多久？對著她那張隱約透露出喜悅、膽怯與遲疑的側臉，我問不出口。畢竟只要有心，她隨時都能過去。永遠失去所愛的人，就像在內心一角築起一個上鎖的房間。

高圓寺站周邊密密匝匝地開滿了小巧舒適的餐飲店，每間餐廳都生意興隆。街上能看見許多打扮時髦的年輕人，感覺卻不知為何與池袋、新宿有些不同，散發著平易近人的下町氛圍。明明是初次造訪，我卻覺得有些親切。

「感覺是很適合年輕人居住的地段。」

「畢竟這一帶有許多便宜又好吃的餐廳。」

曉海邊說邊拐進巷子。我配合著她的步伐與方向前進，走著走著，曉海「啊」地停下腳步。她的視線另一端是棟公寓，看上去已經十分老舊了。

「它還在呀。」

語氣莫名有幾分稚嫩，令我回想起十幾歲時的她。她說，這裡就是櫂高中畢業、搬到東京之後住的第一間公寓。在建築物側面，裝有油漆斑駁剝落的金屬樓梯。

「他住的是二樓，右邊數來第二間。一踏進玄關就是兩坪多的廚房，往內是三坪大的和室。不知為何還附有壁龕，櫂自己做了書架，把書放在那裡面。」

「這棟房子屋齡幾年了？」

「我記得當時還不到三十年吧。」

那麼現在大約是六十年左右了，仔細想想，我們家的屋齡也差不多。只要好好維護，住起來仍然足夠舒適，如果是年輕人一個人住，房租便宜也是魅力之一，這裡說不定比想像中更受租客歡迎。曉海四下徘徊了一會兒，探頭往圍牆內望了望，便再度邁開步伐。然而，曉海下一次停下腳步的地點，卻已經蓋起了全新的公寓。

曉海一時呆立在原地。在此期間也有居民返家，那是對年輕情侶，看上去像大學生，提著便利商店塑膠袋，一起走進新式公寓的入口。

曉海凝視著那對情侶的背影。這一刻，她不在我身邊，而是處於和櫂一起度過的過去當中。明知道她一定會回來，我卻無法等待，默默牽起了她的手。她回過神似的看向我。

這是我第一次打斷她與他共處的時光。我對這樣的自己感到羞愧，但我無法忍受再將她一個人獨自留在那種寂寞當中。她邁開了腳步。腳下的步伐變得不太穩健，正當我擔心時，她輕輕「啊」了一聲。循著她的視線望去，那裡有間餐飲店，好像是賣天婦羅的餐廳。時間這麼晚了，店門口卻大排長龍。

「這家天婦羅真的很好吃。」

她說道，眼神遙遠。

「我們去吃吧。」

她露出驚訝的表情。

「我們才剛吃過東西哦？」

當然，我也吃得很飽了，但不是那個問題。

「點一人份，我們一起分著吃吧。」

「這樣會不會對店家不好意思？」

「一起點個啤酒之類的，應該就沒問題了。妳等我一下。」

我走進店裡詢問，店家表示「沒問題哦」，因此我招招手示意她過來，一起排進隊伍。這間餐廳翻桌速度滿快的，沒等太久就輪到了我們。在吧檯席位上坐下，我望向掛在牆壁上的木牌菜單。往左右兩側瞥了一眼，大家吃的都是天婦羅丼。

「這裡的招牌是半熟蛋天婦羅丼。」

曉海說。那就點這個吧，我點點頭。啤酒先送上桌，我們彼此乾杯，不需要特別的理由。在吧檯另一側，看似是店老闆的男人不斷打著蛋，也不回頭看，就把蛋殼一個接一個往後拋，聽說這也是這家餐廳知名的表演。

稍等了一下，天婦羅丼和分食用的小碗便被放上吧檯。飯上放著好幾種熱騰騰的天婦羅，其中一個就是半熟蛋天婦羅。以筷子撥開它，橙色的蛋黃便從其中流出。將半碗天婦羅丼分進小碗，我們兩人一起合掌，說「我開動了」。

吃了一口，我便喃喃說真好吃，曉海也開心地點著頭。話雖如此，吃完法式料理再吃天婦羅丼配啤酒還真有點吃不消。離開餐廳之後，我邊走向車站，邊摸著自己快撐破的肚子。看來睡前還是吃個胃腸藥比較好。

「對不起，讓你吃得這麼撐。」

曉海說。

「但是，謝謝你願意為我勉強自己。」

我牽起她的手作為回應，我們就這麼仰望著月亮往前走。

不知從何時開始，我們變得經常牽手。年輕人姑且不論，島上上了年紀的夫妻是不會牽手的，居民們都說，北原老師，你們家夫妻感情真好。太太們笑著說，我們家從來不會做這種事，真難想像跟老公牽手。我知道她們這些話一半出自真心，另一半是掩飾羞赧的說詞。那些人和另一半築起了某種穩固的羈絆，不必牽手也無所謂。

那麼，我和曉海為什麼牽手呢？我和她之間存在著某種溫暖卻脆弱的東西，是那促使我們牽起彼此的手。我們是否能將之命名為「愛」了？

北原曉海　五十八歲　夏

我們自家做的料理一年比一年清淡、簡單。比起煎炒更常清蒸，開始用水煮的方式烹調魚肉。取而代之地，我對調味料變得有所講究。鹽麴、蒜麴、醬油麴、洋蔥麴、鹽漬山椒、梅子醬、鹽漬檸檬、味噌——這些我都能自己做。

有些調味料還是市售的比較美味，我也並沒有標榜自然主義的意思。真要說起來，那一類主張總有點預設別人必須效法的強硬感，我反而不太喜歡。

「也就表示我們到了比起滋味或其他要素，更優先考慮健康的年紀了吧。」

北原老師握著方向盤這麼說。夕陽斜照的時段，島波海道沿途的海域今天也無風無浪，平靜的海面反射著銀光。渡過連接兩座島嶼的橋梁，我們從造船廠前方駛過，穿越聚落往上山的方向直開到底，在道路盡頭停車。

「爸爸，我們進去囉——」

我在玄關前這麼喊道，聽見庭院方向傳來應答聲。我們繞到那裡一看，父親戴著頂草帽，正在替院子裡的花木澆水。時值盛夏，生機蓬勃的植物經過精心照料，紫薇盛開著白色小花，滿得彷彿要溢出枝頭。

「爸，我們來了。」

北原老師也打了招呼，父親抬起草帽帽簷，向他點了點頭。側眼看著兩人談論園中樹木長勢的身影，我從緣廊進到屋內。廚房擦拭得一塵不染，屋子裡也收拾得乾淨整齊。我從帶來的保冷箱裡一一取出食材，打開冰箱，裡頭堆滿了各種常備菜的保鮮盒，這些全都是父親做的。

習以為常的風景當中，唯有瞳子小姐不在。

大約十年前那次昏倒，導致我父親半邊身體留下了輕微麻痺的後遺症，但幸虧他努力復健，後來總算恢復到能夠正常生活的程度。他和瞳子小姐於是搬離了今治那間公寓，重新回到島上生活，結果回來沒多久，瞳子小姐卻遭遇交通事故身亡了。事發原因是她在行車途中遇上自拍觀光客衝出道路，她為了避開對方而釀成意外。

一切發生得太過突然，父親和我們都茫然無措。瞳子小姐的遺容安詳得彷彿正睡得香甜，很符合她的風格，喪禮就像場不具現實感的夢那樣結束了。

——小瞳過了八十歲之後，我也做好了這方面的心理準備。

喪禮過後，父親喃喃這麼說。他說，只是沒料到會來得這樣突然，像剪刀喀嚓一聲剪斷絲線那樣天人永隔。父親沒有哭泣，也沒有大呼小叫。他連這麼做也辦不到，只是深深低垂著頭。

現在，他雖然恢復了日常生活，但整個人彷彿被掏空了內裡，給我一種輕飄飄的印象。我和北原老師開始每週過來一趟，陪我父親一起吃飯。原以為是因為有瞳子小姐在，我和父親之間的關係才得以持續到現在，但瞳子小姐不在之後，我依然定期到這裡來。那些臭罵我父親、叫我別管一個拋家棄子的父親和他的情婦的人，到了瞳子小姐亡故、我父親成了世人眼中的孤獨老人之後，終於展現出幾分寬容——哎呀，他們也受到該有的報應了，他好歹還是妳的父親嘛。

還真虧他們說得出這種話，比起憤怒，我只覺得不敢置信。想起年輕時被島上不負責任的傳言碾碎了心，即便如此仍然奮力反抗的自己，我想輕輕摸一摸她的頭。

——說閒話的那些人，沒有一個會為妳的人生負責喲。

這句話以瞳子小姐柔和微啞的嗓音，在我腦海中重現。若以世間的尺度衡量，瞳子小姐並不是行正道的人；但面對那些溢出到「正確」之外的事物，她卻是懂得將它們打撈起來的人。年輕時她送給我的話、那雙手的溫柔，如今化為我的思路，在我的內裡復甦。即使沒有血緣，即使不是家人，但對我而言，這就是與我「彼此相繫」的人。

北原老師和父親回到屋內，父親著手從冰箱裡拿出菜餚加熱。他的動作十分緩慢，不過我和北原老師準備好飲料，在一旁從容不迫地等待。本來我總是凡事都迅速替他代勞，是北原老師教會了我，「有時候靜靜守望也是很重要的哦」。

口袋裡傳來震動，我拿出智慧型手機，是母親傳來的訊息。她好像跟丈夫一起去泡溫泉，問我想要什麼伴手禮。

不用費心，你們好好放鬆吧——我這麼回覆完，心裡鬆了一口氣。年輕時花費大半時間在照顧母親的我可以斷言，成為好父母的其中一項條件，就是至少當一個能夠自立的人。不只是父母，在所有人際關係都可以這麼說。必須先在精神上、經濟上學會站穩自己的腳步，才能在重要的人即將跌倒的時刻支持對方。

「她過得還好嗎？」

父親察覺了一二，這麼問我。

「嗯，他們最近好像到各地去巡訪溫泉。」

這樣啊，父親點頭，臉上也浮現鬆一口氣的表情。

瞳子小姐過世的時候，母親曾對我說過一句話。

——他肯定很受打擊吧，畢竟是那麼喜歡的人。

言下之意彷彿接受了我父親與瞳子小姐的關係，我還是第一次聽見母親口中說出這種話。這不是同情，聽起來卻也和溫柔不盡相同。母親察覺我的視線，說：

——我已經不想再背負多餘的包袱了。

她說，現在體力日漸衰退，時間也所剩不多，她想盡可能走得輕便一點。我沒問她要走去哪裡。我們每一個人，都為了那個時刻一包包卸下行囊，為了在波濤之間輕盈地游動，最終抵達遙遠盡頭某處的約定之島。

「那我們開動吧。」

父親慢慢準備好一切，開口這麼說道。我們坐在黃昏時分盈滿了朱色夕照的餐廳，三個人一起合掌說「我開動了」。瞳子小姐的座位，此刻依然保持著美麗的空缺。

北原草介　七十二歲　夏

結束工作回到家，便看見曉海和朋友在玄關站著說話。曉海手上的籃子裡裝有沾著泥巴的蔬菜，應該是朋友特地拿來分送的吧。

「老師，你回來啦。」

竹脇同學向我打招呼。她是曉海的同屆同學，也是我的學生，直到現在見了面還是喊我老師。順帶一提，竹脇同學的丈夫也是我的學生。

「今天回來得這麼早呀。」

「原本打算休假的，但上午臨時有事得過去。」

從島上的高中退休之後，我在幾年前當上了校園心理師，到島上和附近幾所學校服務。原本覺得自己能力有限，不知能幫上多少忙，不過令人慶幸的是與我接洽的學校還不少。今天則是接到了學生本人的聯絡，說無論如何都想找我談談。在休假日出勤辛苦了，曉海這麼慰勞我。

「曉海，妳打算穿這件衣服接受採訪嗎？」

聽我這麼問，曉海露出「是呀，怎麼了」的表情偏了偏頭。

「前幾天買的那件綠色襯衫比較上鏡吧？」

「我本來想穿那件的，後來又覺得好像太花稍了。」

「妳穿起來很適合哦。」

「這樣呀？那就穿那一件好了。」

我向竹脇同學點頭打了個招呼，走進屋內，聽見背後傳來「真好耶」的說話聲。「我們家那個老公啊，就算我剃了光頭他也不會發現……」她接著說：「沒想到北原老師是這麼疼老婆的人。」聽到這裡，我也覺得不好意思了，於是慌忙逃進屋內。

我和曉海結婚的時候，許多人聽了紛紛皺起眉頭，說這個老師居然要把自己以前的學生娶進家門。也有人追溯到曉海的學生時代，揣測我們和櫂之間的三角關係。曉海離開島上、前往櫂身邊的時候；帶著櫂回到島上的時候；在那之後我和曉海仍然沒有分手、繼續維持夫妻關係的時候；和明日見同學之間的關係遭到誤會的時候；一直到櫂的自傳小說翻拍成電影的時候，永遠都有人說閒話。但無論我、曉海和櫂之間是什麼樣的關係，明明都與旁人無關，也沒有造成任何人的困擾。

話雖如此，我也能明白那些人不論如何都沒辦法視若無睹的心情。讓他們害怕的，是同樣的事情有一天也許會發生在自己身上的危機感。他們不希望那種不道德的行徑在社會上大肆橫行，這種自我防衛後續又轉化為對他人的攻擊和不理解。

但是，我、曉海、櫂、曉海的父母、瞳子小姐都是各自獨立的個體，過的只是自己的人生，不曾教導別人依樣效法。自己是自己，別人歸別人，只要理解每個人都是不同的個體，便能明白攻擊和自己日常生活無關的他人是件無用又徒勞的事情了吧。每當我這麼想，總想起一句格言。

——知易行難。

我因而反省說得冠冕堂皇的自己。即使過了古稀之年，我仍然遠遠談不上豁達，反而注意到自由的難處。

我沖了個澡洗去汗水，準備迎接客人。今天有東京的女性雜誌採訪團隊要來。曉海身為國內高級時裝刺繡的翹楚，團隊希望能了解她的工作、生活，以及平時的一日三餐等等，為讀者介紹曉海的生活美學。而且今天還是今治市民祭典「ONMAKU」的日子，他們也想進行祭典相關的採訪。

到了下午，雜誌編輯、採訪人和攝影師三個人便抵達了我們家。在曉海接受採訪的期間，我著手準備飲料和餐點。鯛魚飯、同樣以鯛魚煮成的清湯、使用帶骨雞肉油炸而成的千斬切炸雞、採收庭院裡自種蔬菜製成的蔬菜沙拉，點心則是瞳子小姐親自傳授的檸檬蛋糕……不，今天的點心是使用檸檬糖漿製作的果凍。曉海最近正在努力減重，她感嘆年過五十之後，年輕時的節食法都不管用了，偶爾還會遷怒說「老師一直都這麼瘦，真是太不公平了」，我也不知道該怎麼辦。

「各位辛苦了。」

採訪結束之後，我將餐點端到緣廊上。我們家的餐桌坐不下所有人，攝影師於是請我將餐點布置在緣廊，以方便拍攝。

「好厲害，這些全都是您先生做的嗎？」

「是呀，我們家無論家事還是煮飯，基本上都是分擔制。」

「真不錯，最近擅長做家事也是男性的魅力之一呢。」

女編輯說了聲「我開動了」，喝了一口魚湯，睜大眼睛說「真美味」，還稱讚我的手藝像專業主廚一樣好，但老實說，這都是瀨戶內海鮮美鯛魚的功勞。一群人一邊訪談，一邊氣氛和睦地開始用餐，攝影師從旁捕捉畫面。

「您的丈夫是高中時的恩師，對吧？」

男性採訪人提問道。現在，我們的關係不只為島上居民所知，所有讀了櫂的小說、看了改編電影的人都知情，已經成了公開的私人情報。

「我在二十幾歲時看了電影之後，立刻跑到書店去買了原著小說。那段時期我正好為了公司的人際關係煩惱不已，所以這部作品深深打動了我。它教會了我絕對不要放開自己人生的韁繩，也教會了我有些時候，即使違背世俗眼中的『正確』，也必須貫徹自己的理念。那個故事是我決定成為獨立撰稿人的契機。」

男性採訪人有些難為情地這麼說道，曉海朝他瞇細眼睛笑了。

「那時候的我們也總是在掙扎哦。」

她說到這裡，重新修正道：不對，在那之後也一直都在掙扎。

「我和北原老師之間，也討論過好幾次離婚的話題。」

「那是因為青埜櫂先生的關係嗎？」

曉海「嗯──」地沉吟了一會兒，像在尋找恰當的措辭。

「櫂確實深深融入了我的人生，成為我生命中無法分割的一部分。但即便如此，這也不代表我一直都思念著櫂，每天都沉浸在悲愴之中過活。我肚子餓了還是得吃飯，身體髒了還是得洗澡；社區傳閱的板報還是得傳給下一家，收到左鄰右舍分送的東西還是得回禮。為了維持這些日常生活，我必須工作，必須賺錢。在這個過程中，我逐漸習慣重要的人不在場。一回過神來，我就快六十歲了，開始重視健康，親手製作調味料。這完全不戲劇化，也一點都不浪漫。」

原來如此……採訪人有些錯愕地點頭。

「回到原本的話題，我想說的是，無論哪一對夫妻都難免討論過離婚，這是很正常的事。櫂是我重要的人，但這不代表我人生中發生的一切都以櫂為中心運轉。」

「那個，那兩位是為什麼討論到離婚呢？啊，不好意思，問了這麼私人的問題。當然，您不願意透露的話也沒有關係。」

「不是那麼嚴肅的原因。」

曉海笑了笑，概略說了一下當時的情況。我們倆都曾經誤以為對方有其他喜歡的人，因而主動提出離婚；後來好好談過，才解除了危機。這段描述省略了細節，被總結成一小段話，我聽著便覺得想笑。

「老師，你在笑什麼呀？」

曉海看向我。

「抱歉，我只是覺得，這還真是『常有的事』。」

確實沒錯，曉海也跟著笑了出來，攝影師在這時連續按下快門。

結束攝影之後，攝影師也加入我們一起用餐。一群人聊著分不清是訪談還是閒聊的話題，端出來的料理全都被吃得一乾二淨，我在安心之餘也感到滿足。

「今天真的非常開心，不好意思打擾到這麼晚。」

「我們也很開心哦。」

曉海和採訪團隊的人在玄關門口道別。

「老實說，青埜先生、曉海女士和北原老師……某種意義上，兩位稱得上是傳說中的夫妻檔了，採訪前我本來還非常緊張，以為兩位一定是不同於常人的人物。」

「真抱歉哦，我們只是隨處可見的平凡夫妻。」

曉海開玩笑道，所有人都笑了。

「只不過，假如——」

曉海說到一半，又打消了念頭似的閉上嘴，露出微笑說，我很期待你們的報導。目送採訪團隊離開，我們回到家中，兩人一起收拾善後。

「妳剛才原本想說什麼？」

我邊將洗碗精擠到海綿上邊問道。

「沒什麼，只是一些假設性的話而已。」

「我想知道，告訴我吧。」

我一個個清洗碗盤，曉海一個個接過，將它們擦乾。

「我只是想，假如櫂活了下來，假如他跟我結了婚，我們還是會成為隨處可見的尋常夫妻吧。」

病痛完全痊癒，迫切而寶貴的一天成為了稀鬆平常的一天，對於在一起習以為常，為了雞毛蒜皮的小事吵架，偶爾提起離婚的話題——

「說不定哦。」

不，應該說一定會吧。想釘還在原處的喜悅和悲傷都被沖刷而去，無論再怎麼竭力反抗，日子都將在朝陽升起的同時翻過一頁，又是一個大同小異的日子揭開序幕——活在現實中就是這麼回事。沒有故事裡那樣優美的完結句號，日漸堆積的記憶不被整理也無人收回，某一天就在零落散亂的狀態畫下句點。

「不過，那也會是幸福的日子吧。」

「是呀，就像現在一樣幸福。」
她擦拭著盤子說道，臉頰被照進廚房小窗的日光照亮。

北原曉海　五十八歲　夏

日落之後，我們兩人一起出門去看煙火。
從島上的海岸邊，可以清楚看見今治港施放的煙火。自從和櫂最後一次看過煙火的夏天以後，我每年都到這裡來。有時候和北原老師兩個人一起，也有時候和其他人同行。我、北原老師、小結、諾亞、瑟琳娜、菜菜、我的母親、母親的丈夫、父親、瞳子小姐。我們時而聚集，時而分開。
「爸爸——曉海姊——」
小結從海岸邊朝我們揮手，瑟琳娜站在她身邊。小結本來就身材苗條、手腳修長，不過長大後的瑟琳娜身材更好。今天她穿了一襲輕飄飄的薄洋裝，腳下踩著涼鞋。
「瑟琳娜，妳回日本了呀。」
「對呀，我一直跟男朋友炫耀日本的煙火有多好看，得錄個影片讓他看看才行。」
瑟琳娜在今治念完國中之後，到澳洲的父親身邊就讀那裡的高中，現在則是巴黎服裝設計學院的學生。井上曉海的名字在巴黎時裝界也小有名氣，瑟琳娜常被問到將來是否打算成為像井上曉海那樣的高級時裝刺繡家，不過她本人說想成為電影等影視作品的服裝設計師。

「哎，曉海姊，這是我們咖啡廳的新作。請妳拿給伯父試吃看看吧。」

小結說著，將一個手提袋遞給我，說裡面裝的是番茄紅醬，是她想在咖啡廳推出的新菜色。我嚐嚐，我說著打開保鮮盒蓋，用手指蘸了一點試吃。黑橄欖、大蒜、辣椒的香氣非常顯著，類似於煙花女義大利麵醬的味道，不過加入了鹽漬山椒果實，也能感受到和風滋味。很好吃，感覺也是年輕人會喜歡的味道。

「小結，那已經是妳的咖啡廳了，不用每件事都特地徵求我爸爸同意哦。」

起初她只代為負責經營管理，後來隨著業績成長，小結便正式買下了那間咖啡廳。現在，包含原本的壽司居酒屋和這間咖啡廳在內，小結已經是經營五間餐飲店的企業家了。從去年開始，她成為了今治商工會議所史上第一位女性監事。

「不過，畢竟這次的基底是瞳子小姐的番茄醬嘛。」

「嗯，這我一吃就知道了。」

「在開發新產品的同時，也必須對原作抱持敬意才行。」

「謝謝妳，我爸爸會很開心的。」

即便瞳子小姐不在了，但仍然有人繼承了她的味道，有人能和他聊起瞳子小姐——這些都成了我父親現在的樂趣。

「我準備在東京開一間島波咖啡，想用這道醬料製作那裡的招牌菜。」

「妳要在東京開店？」

北原老師一臉驚訝，似乎也沒聽說過這回事。

「所有店鋪的業績都蒸蒸日上，不趁這個勢頭開店更待何時呀。」

「妳該不會只憑一股衝勁就決定這麼做了吧。」

「事業擴張本來就是憑衝勁去做的吧？」

小結滿不在乎地如此斷言，北原老師搖著頭叨念真是的。這情景至今不知見過多少次，簡直成為每回固定上演的劇碼了。

「我打算把萌夏列入開幕員工當中，未來準備讓她當店長。」

「咦，她不念大學嗎？」

「她說比起念大學，她更想朝餐飲業的道路邁進。」

萌夏是菜菜的女兒，不過她們之間並沒有血緣關係。菜菜透過非營利組織的活動認識了這個女孩子，當時萌夏才國一，小小年紀卻非常成熟懂事。但我聽北原老師提過，這種表象只是拜理智所賜，她的本質其實是個像小提琴弦一樣的孩子。菜菜原本與她身為非營利組織代表的戀人維持著有實無名的婚姻關係，在結識萌夏之後過了一陣子，兩人便正式登記結婚，收養了萌夏。

我並不清楚在各式各樣的邂逅當中，她為什麼只收養了萌夏一個人。那想必是只有菜菜、菜菜的戀人和萌夏自己才明白的「連結」吧。

萌夏一升上高中，便開始到小結的咖啡廳打工。她對念書沒什麼熱情，說為這些不喜歡也不擅長的事情浪費時間和學費太愚蠢了，還不如早點踏上自己喜歡的道路，她也好早點獨立，而菜菜他們也贊同了萌夏的想法。真不愧是明日見同學的女兒，那時北原老師感佩地說道。

「她畢竟是我的妹妹，我希望能和她互相幫助。」

小結說。她們倆不僅沒有血緣關係，就連戶籍上都沒有任何關係。可是小結說「我的妹妹」時，語氣沒有半點遲疑。萌夏叫小結姊姊，和瑟琳娜就像表姊妹一樣要好。

「因為結稱她為妹妹，就連我都下意識把萌夏當作家人了。」

「因為小結和北原老師這麼想，就連毫無關係的我都覺得她是家人了。」

我們兩人同聲歡笑。我們夫妻之間沒有孩子，北原老師雖然有小結這個女兒，但從繼承血脈的意義上來說仍然沒有後代。如果有個小孩說不定也不錯呢——我們倆曾經這麼說，但也只是像一場朦朧的夢那樣，想像一下罷了。

血濃於水，傳承血脈的意義確實重大。另一方面，我們組成的這個團體又該如何稱呼呢？連結模糊而寬鬆，但確實彼此相繫的這個「團體」。經常聽到的稱呼是「擬似家庭」，但外人又有什麼權利，將這屬於我們的東西以「擬似」命名？

「媽媽，妳嘴上說要互相幫助，其實是計畫要讓萌夏繼承妳的公司吧？」

瑟琳娜指摘道，小結心跳漏了一拍似的按住胸口。

「還不是因為妳不願意繼承。話說回來，既然都花大錢去巴黎念書了，妳繼承曉海姊的刺繡就好啦，這樣不就圓滿收場了嘛。」

「我才不要圓滿收場——」

瑟琳娜高舉雙手擺出萬歲姿勢，往海岸邊跑去。

「我要——做我——想做——的事——」

洪亮的宣言響徹海灘。瑟琳娜白色的洋裝裙襬輕飄飄地搖曳，攪動接近入夜時分藏藍色的空氣。真美，像自由的游魚。

當我看得入迷，爆裂聲從遠處響起。

我反射性地抬頭仰望，火光在對岸的夜空中閃耀。

大朵煙火在澄澈的夜空中綻放，我屏住呼吸。

——啊，櫂。

無論多少時光流逝，唯獨這個瞬間，總會將我拉回那個夏天。那些接連升空、縹緲消散的火光看得我目不轉睛，同時我微微動著左手，像在摸索櫂那時以微弱力道回握的手。

哎，櫂，我們兩人一起看過的煙火，現在還是一樣美麗哦。

「好厲害——久久看到一次還是好漂亮哦。」

瑟琳娜興奮地嚷嚷，拿智慧型手機開始錄起煙火的影片。要直拍還是橫拍好呢，她轉來轉去地調整畫面。妳給我安靜點，小結訓斥道。那個夏天，小結也和我們一起目送櫂離開。我回想起那個在夜色裡一直壓抑著聲音哭泣，還是個大學生的小結。沒關係，我小聲告訴她。

「對不起，這麼吵鬧。」

「不會，真的沒關係哦。」

我搖搖頭，看向歡快的瑟琳娜。

——希望這孩子能隨心所欲，自由地游向任何地方。

她睜著燦然發亮的眼睛仰望煙火，我朝著那張年輕的側臉如此祈禱。這孩子擁有無限的未來，不會受到任何妨礙，能選擇她想要前行的道路。我不曉得這願望會不會實現，但即便如此，我還是希望誰都能去往自己想去的地方，見想見的人，希望這是個允許我們擁有這些選擇權的世界。因為，這肯定是當年的我們全部的願望了。

——哎，曉海。

摻雜在煙火的聲響之中，我聽見櫂的聲音。

——無論如何，我們還是很幸福吧？

露出靦腆笑容的櫂掠過心頭。

啊，這樣啊，或許真是如此。或許那時的我們，確實是幸福的。

我們一直都拚了命地活著，也曾經在誰也無法觸及的暗處鬱積成泥。但如果包含那些痛苦在內，一切最終都會抵達這裡，那麼我們絕不孤單。終將與我們彼此相繫的人們，一直都與我們同在。

每一次聲音與火光炸開，我的左手便微微顫動，持續摸索著櫂那隻我心知再也無法觸及的手。有另一隻手，將我的手輕輕裹進手心。

我抬頭望，看見一張面帶微笑仰望夜空的側臉。無論在風平浪靜的時候，抑或是驚濤駭浪的時候，我都和這雙手一同渡過了數之不盡的海波。我緩緩使勁，握住那隻相繫的手。

於我而言，櫂是燦爛耀眼的火花。

而北原老師像海。

我回想起那個夏天，在夜色中墜入海面的、數以千計的火花。

即便有一天，走到生命盡頭的時刻來臨，如果是回到這片海，我便不害怕。數以千計的光燃燒殆盡，閃耀著光輝回歸大海，我們凝神注視這一幕，目送它們的去向。

2023 本屋大賞 TOP 1

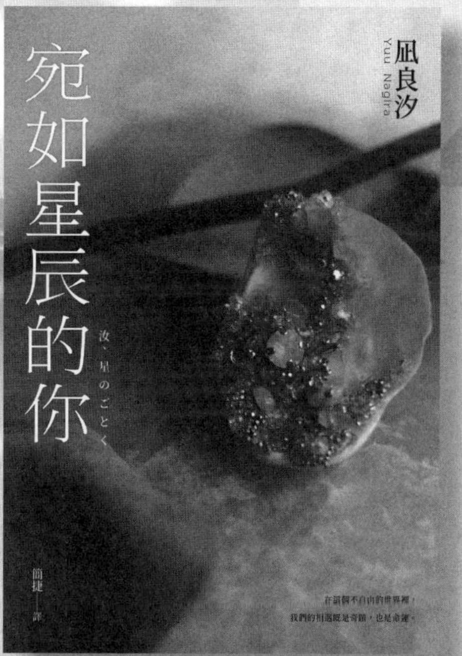

誠品、博客來、金石堂
三大書店選書

凪良汐
宛如星辰的你
汝、星のごとく

風光明媚的瀨戶內海島嶼上，高中生曉海和櫂相遇了。曉海的父親住進情人家裡，留下曉海照顧抑鬱寡歡的母親；櫂的母親為了追求一段戀情來到這裡，在不同的男人之間徘徊。兩個家庭的「不正常」在保守的島上迅速傳開，流言蜚語卻讓曉海和櫂更加靠近。懷著同樣的孤獨，他們互相吸引、彼此熟悉……

國家圖書館出版品預行編目資料

編織星辰的你 / 凪良汐 著；簡捷 譯. -- 初版.
-- 臺北市：皇冠, 2025. 03
320面；21×14.8公分. --(皇冠叢書；第5213種)(大賞；179)
譯自：星を編む

ISBN 978-957-33-4265-6 (平裝)

861.57　　　　114001209

皇冠叢書第5213種
大賞 | 179

編織星辰的你

星を編む

作　　者—凪良汐
譯　　者—簡　捷
發 行 人—平　雲
出版發行—皇冠文化出版有限公司
臺北市敦化北路120巷50號
電話◎02-27168888
郵撥帳號◎15261516號
皇冠出版社(香港)有限公司
香港銅鑼灣道180號百樂商業中心
19字樓1903室
電話◎2529-1778　傳真◎2527-0904
總 編 輯—許婷婷
主　　編—蔡承歡
美術設計—鄭婷之、李偉涵
行銷企劃—蕭采芹
日文版封面設計—鈴木久美
著作完成日期—2023年
初版一刷日期—2025年3月

法律顧問—王惠光律師

讀者服務傳真專線◎02-27150507
電腦編號◎506179
ISBN◎978-957-33-4265-6
Printed in Taiwan
本書定價◎新臺幣420元/港幣140元